見えない糸

物乞いの少年とキャリアウーマンの小さな奇跡の物語

AN INVISIBLE THREAD
by Laura Schroff and Alex Tresniowski

Japanese translation rights arranged with
the original publisher, Free Press, a division of Simon & Schuster, Inc.
through Japan UNI Agency, Inc., Tokyo

想像もできないほど過酷な人生を生きている
モーリスのような子どもたちへ。
負の連鎖を止めて人生を変えることへの
希望を失わないでほしい。
夢をあきらめないでほしい。
夢の力こそ、あなたを救ってくれるものだから。

プロローグ

ブルックリンの歩道にひとりの男の子がぽつねんと立ちつくしている。この子が目にしているのはこんな光景だ——死にもの狂いで逃げる女を、別の女が金づちを手に追いかけている。逃げているのは父親の情婦。金づちを握っている女はだれだかわからない。

男の子は地獄のような場所にはまり込んでいた。

六歳の身体は、トコジラミに咬《か》まれたぽつぽつの赤い発疹《ほっしん》だらけで、痛々しいほどやせている。お腹がすきすぎて胃が痛いけど、それはいつものことだ。二歳のころ、こらえ切れずにゴミをあさってネズミの食べ残しでお腹をふくらませたこともある。

今はブルックリンのいちばんさびれた地区にある、汚くて狭苦しい父親のアパートメントにいて、まだおねしょの治らない腹違いの弟たちと同じベッドで眠り、死の臭いがする場所でなんとか生きのびている。母親には三カ月も会ってないし、なぜ会えないのかもわからない。そこは、麻薬と暴力と終わりのない混沌《こんとん》の世界だ。まだ六歳だというのに、今すぐなにかが変わらなければもう先はないと悟っている。

男の子は祈らないし、祈り方も知らないけれど、オトウサンガボクヲシナセマセンヨウニ、と念じる。その想い自体が、ある意味で小さな祈りだ。

すると、目の中に父親がやってくるのが見える。金づちを持った女も父親を見て声をはり上げる。「あんた、あたしの坊やをどこにやったのさ！」

その声で、男の子はやっと気づく。「ママ？」

金づちの女は男の子を見下ろして、戸惑った顔をする。しげしげと見つめて、ようやくつぶやく。「モーリス？」

母親だとわからなかったのは、クスリのやりすぎで歯が全部抜けていたからだ。

息子だとわからなかったのは、やせ細ってしわしわになっていたからだ。

母親は叫びながら、ふたたび父親を追いかける。「あたしの坊やになんてことしてくれたんだい！」

ふつうなら怖がったり混乱したりするはずなのに、男の子はなにより幸せな気持ちになった。だって、ママがぼくを迎えに戻ってきてくれたから。それに死ななくていいから——少なくとも、今、この場所では。

ママに愛されていると知ったこの瞬間を、男の子はいつまでも忘れなかった。

目次

I
物乞い

「すみません、小銭ありますか？」

それが、彼が私にかけた最初の言葉だった。九月のある晴れた日、マンハッタンのブロードウェイと五六丁目の角でのことだ。

その声は耳に入っていた。でも私は聞いていなかった。彼の言葉は、車のクラクションやタクシーに向けたただれかの怒鳴り声と同じ、この街の喧噪《けんそう》の一部だったから。ただの騒音――ニューヨーカーならいつのまにか振り払うことを覚えるやっかいごと――と言ってもいい。だから私も、まるで彼がそこにいないかのように、すぐ横を通り過ぎた。

だけど、数メートル行ったところで立ち止まった。

そして、なぜそうしたのか今も不思議に思うけれど、私は引き返した。引き返して彼を見たとき、ほんの子どもだったことに気がついた。さっき目のはしでちらりととらえたときに、若いなとは思った。でも今見てはじめて、幼い子ども——細い身体つき、折れそうな腕、真ん丸の目——だとわかったのだ。

ぼろぼろで染みだらけのエンジ色のトレーナーと、おそろいの汚らしいスウェットパンツ。ひものほどけた白い運動靴をつっかけて、爪には垢《あか》がたまっている。でも、目はキラキラと輝いて、なんともかわいらしかった。あとでわかったのだが、そのとき彼は一一歳だった。

その子は私に手を伸ばして、もう一度聞いた。「すみません、小銭ありますか？　お腹ペコペコなんです」

私の返事に男の子は驚いただろうが、本当にびっくりしたのは私のほうだった。

「お腹がすいてるんだったら」私は言ったのだ。「マクドナルドでお昼おごってあげるわ」

「チーズバーガー食べてもいい？」

「もちろん」

「ビッグマックは？」

「もちろんよ」

「ダイエット・コークは？」

「いいわよ」

「じゃあチョコレートシェイクとフレンチフライも？」

好きなものをなんでも頼んでいいと言った。ついでに、私も一緒に食事をしてもいいかと聞いてみた。

彼は一瞬考え込んだ。

そしてやっと、「いいよ」と言った。

その日、ふたりでマクドナルドに行った。

それ以来、私たちは毎週月曜に会うことになった。

その後一五〇回も。


男の子の名前はモーリス。彼は私の人生を変えた。

なぜ私は立ち止まってモーリスのところに引き返したんだろう？　いや、それよりも、どうしてはじめに彼を無視したのかを説明するほうが簡単だ。私のスケジュールになかったから。それだけだ。

そう、私はスケジュールどおりに人生をおくる女だった。アポイントを入れ、空きを埋め、一分の隙《すき》もないほど細かく時間を管理する。次から次へと会議をこなし、やるべきことをリストから消していく。時間に正確どころじゃない。いつどんな約束にも、一五分前に現れる。それが私の生き方、私という人間だ。

だけど、人生には予定にないことが起きるものだ。

たとえば、雨。モーリスに会った一九八六年九月一日、ニューヨークに台風が上陸し、私は暗闇と打ちつける雨音の中で目覚めた。その週末は、夏の終わりも近い労働者の日《レイバーデー》の休日で、私は午後にテニスのUSオープンを観にいく予定だった。センターコートの前から三列目のボックス席のチケットが手に入ったからだ。熱烈なテニスファンというわけでもないのに、特等席を手に入れたのがうれしかった。私にとって、そのチケットは成功者の証《あかし》だった。

一九八六年、三五歳の私はUSAトゥデイの広告営業担当重役で、人となりだけを頼りに関係を積み上げるこの仕事は私の天職だった。人生で欲しいものをすべて手に入れたとまでは言わないが――今もまだ独身で、特別な人を見つけられずに今年も夏が終わってしまう――、どこから見ても私はうまくやっていた。USオープンにクライアントを招待し、ただで特等席から観戦することもまた、ロングアイランドの労働階級出身の女の子がどれほど遠くまできたかを示す証拠だった。

それなのに、雨のせいでその日の昼前にUSオープンは延期されることになった。部屋でのんびりし、少し片づけ、いくつか電話をかけ、新聞を読んでいると、午後になってやっと雨があがった。私はセーターをつかんで散歩に飛び出した。これといって行き先はなかったけれど、目的は決めていた。初秋のさわやかな空気とちらちら顔を射す日差しを楽しみながら、ちょっと身体を動かして、夏にさよならを言うこと。立ち止まるなんて、まったく予定になかった。そう、だからモーリスが話しかけてきたときも、私はただ歩きつづけた。

歩きつづけたのは、それが一九八〇年代のニューヨークだったからでもある。当時、ホームレスと物乞いは、自転車に乗った子どもや乳母車を押す母親と同じくらい、この街では見慣れた風景だった。アメリカは好景気に沸《わ》き、ウォール街では日替わりで億万長者が生まれていた。その陰で、貧富の差は広がり、それがどんな場所よりこのマンハッタンの路上に顕著《けんちょ》に表れていた。中流層に流れ落ちるはずの富は、この街のいちばん貧しい、だれよりも助けが必要な人たちにははるかに手が届かず、そんな人たちに残されたただひとつの生きるすべは、路上で暮らすことだった。

しばらくすると、みんなその光景をなんとも思わなくなった——骸骨《がいこつ》のような男性や幽霊のように悲しげな女性が、敷物を身体に巻き、街角で丸くなり、通風孔の鉄格子の上で眠り、物乞いをしていた。そんな姿を見れば、だれだって彼らのひどいありさまに心を痛めるはずだろう。だけど、当時はそんな光景があまりにも当たり前で、たいていの人はほとんど無意識に目をそらせ、見て見ぬふりをしていた。それはどうしようもなく大きな社会問題で、立ち止まって物乞いをひとり助けたくらいではまったく意味がないように思えた。だから、私たちは人波にまぎれて彼らの前を毎日ただ通り過ぎ、できることはなにもないと自分に言い聞かせながら、いつもの生活を続けていた。

モーリスに出会う前の冬、少しだけ知り合いになったホームレスの男性がいる。スタンという名前で、私の家からそう遠くない六番街の路上で生活していた。四〇代半ばのずんぐりした男で、毛糸の手袋と紺色の縁なし帽とくたびれた革靴を身につけ、手には小物を詰め込んだスーパーのレジ袋を持っていたけれど、私たちが当たり前に身につけているささやかな品——たとえば暖かい毛布や厚手のコートなど——は、ひとつも持ち合わせていなかった。スタンは地下鉄の通風孔の上で眠り、電車が吐き出す蒸気のぬくもりによって生きのびていた。

ある日、彼にコーヒーはいかが？　と聞いてみると、「いただきます。それにミルクと砂糖を四つ」という答えが返ってきた。それからは、通勤途中に彼にコーヒーを持っていくのが私の日課になった。毎朝、調子を訊ね、いいことがありますようにと声をかけた。でも、ある朝スタンの姿は消え、通風孔は彼の居場所ではなく、ただの通風孔に戻っていた。スタンはなんのヒントも残さず、私の人生から消えた。

彼がそこにいないのは寂しかったし、なにがあったのかしらと思いめぐらしたりもしたけれど、私は相変わらずの生活を続け、そのうち彼のことを考えなくなっていた。スタンや彼のような人たちへの思いやりが自分の気まぐれだったとは思いたくないが、正直なことを言えば、やっぱりその程度のものだったのだろう。気にかけてはいたけれど、自分の人生を変えてまで助けようとは思っていなかったのだ。私は善行に命をかけるような英雄ではなかったし、やっかいごとを避けるようにもなっていた。

モーリスに出会ったのは、そんなときだ。私は彼の前を通り過ぎ、ブロードウェイを横切りかけて、道の半分まできたところでなぜか立ち止まった。信号待ちの車が並ぶ列の前に一瞬立ちつくし、クラクションの音で我に返った。ふりむいて、急いで歩道に引き返した。なにを考えていたのかも憶えてないし、引き返そうと意識していたのかさえ思い出せない。憶えているのは、ただそうしたことだけだ。

何年もたってこうしてふりかえると、強く、見えないつながりが私をモーリスへと引き戻したにちがいないと思える。見えない糸、と言ってもいい。中国のことわざにあるような、時間や場所や環境を超えて、出会う運命にあるふたりを結びつけるなにか。伝説の中で、運命の赤い糸と呼ばれたり、宿命の絆《きずな》と呼ばれたりするもの。それが、巨大な都市の人混みの中でモーリスと私を——八百万人の中でなぜだかつながり合った、知り合うはずのふたりを——同じ街角に呼び寄せたのだ。

私たちはどちらも正義の味方なんかじゃないし、それどころかとくに立派な人間でもない。出会ったときは、ふたりとも複雑な過去と壊れそうな夢を抱いた、どこにでもいる人間だった。だけど、なぜだかお互いを見つけ出し、友だちになった。

そして、それが私たちふたりの人生を大きく変えた。

2 出会い

私たちは通りを渡ってマクドナルドに入ったものの、最初のうちはお互い口を開かなかった。見知らぬふたりが、それも大人と子どもが一緒にランチを食べるなんて、どう見ても奇妙だったし、自分たち自身も変だと感じていた。

私は思い切って言った。「あの、私ローラよ」

「ぼくはモーリス」

私たちは列にならび、彼が食べたがっていたもの――ビッグマック、フレンチフライ、チョコレートシェイク――を注文した。私も同じものを頼んだ。空いた席を見つけて座ると、モーリスは一気に食べ物をかき込んだ。お腹がペコペコだったのね。次にいつ食べられるかわからないんだわ。全部平らげるのに数分もかからなかった。食べ終わると、モーリスは私にどこに住んでいるのかと訊ねた。座っていた窓際の席から私のアパートメントが見えたので、指さした。「ほら、あそこ」

「ホテルに住んでるの？」彼は聞いた。

「ううん。アパートメント」

「ジェファーソン一家みたいな？」

「ああ、テレビドラマのね。そんなに広くないわよ。ワンルームだから。きみはどこに住んでるの？」

モーリスは少しためらって、ブライアントに住んでいると教えてくれた。ブロードウェイと五四丁目の間の福祉住宅だ。

私のアパートメントからほんの二ブロックしか離れていないなんて、驚きだった。たった一本の道を隔てて、私たちは天と地ほども違う世界に生きていた。

ただ住所を教えるだけでも、モーリスにはものすごく勇気のいることだったと私が知ったのは、しばらくあとになってからだ。モーリスは大人、とくに白人の大人を信用するのに慣れていなかった。立ち止まって話しかけたり、どこに住んでいるのか訊ねたり、やさしくしてくれたり、ランチを食べさせてくれたりする人がそれまでにいなかったことぐらい、少し考えれば私にもわかったはずだ。なぜモーリスは私を疑わなかったのだろう？　私が彼を家族から引き離そうとしている社会福祉局の職員じゃないと、どうして信じられたのだろう？　モーリスが家に帰って、おじさんのひとりに、どこかの女の人がマクドナルドに連れていってくれたと言うと、そのおじさんはこう言ったそうだ。「人さらいに決まってる。その女に近づくな。戻ってくるかもしんねえから、絶対あそこに行っちゃだめだぞ」

モーリスに自分のことをなにか説明したほうがいい、しばらくして私ははたと気づいた。ランチを食べさせるのはいいことだと感じていた反面、なんとなく落ち着かない気分にもなっていた。なにしろ、彼はまだ子どもで、私は赤の他人だし、子どもは知らない人についていっちゃいけないと教えられているはずじゃなかったっけ？　もしかしたら、私はいけないことに首を突っ込もうとしている？　絶対にやめておけという人だっているにちがいない。でも、そのときはほかの考えは浮かばなかった。首をかしげる人がいたっておかしくないのもわかるけど、とにかく、私は自分のことをなにか説明すれば、それほど「知らない人」でもなくなると思ったのだ。

「ＵＳＡトゥデイで働いてるの」と私は言った。

モーリスがぽかんとしているのがわかった。私は、それが新聞であること、創刊されたばかりでアメリカ初の全国紙をめざしていることを説明した。私の仕事は広告を売ることで、それが新聞の収入になるのだとも伝えた。だけど彼はぽかんとしたままだった。

「一日中なにやってるの？」

ああ、スケジュールが知りたいのね。営業の電話、会議、仕事のランチ、プレゼン、クライアントとの接待ディナーってところよ。

「毎日？」

「そう、毎日」

「お休みしないの？」

「病気だったらね」私は言った。「でもほとんどないわ」

「ただ休んだりしないの？」

「しない。絶対に。仕事だから。それにね、すごく好きなことだから」

モーリスには全然通じていなかった。私と知り合う前まで、彼のまわりに定職のある人間などひとりもいなかったと知ったのは、ずっとあとになってからだ。


もうひとつ、その日彼のむかいに座っていながら、私がまったく気づかなかったことがある。スウェットパンツのポケットにナイフを忍ばせていたことだ。

実際にはナイフというより、小型のカッターだった。ブロードウェイ沿いのドラッグストアから盗んできたものだ。武器を持っているかもしれないなんて露《つゆ》ほども思わなかったことこそ、私が彼の生きる世界をまったくわかっていない証拠だった。その折れそうな小さな手の中に武器があるなんて考えもしなかった。彼がそんなものを使えるなんて、それ以前に、そんなものを使って身を守らなければならないほど彼が毎日暴力と向き合っているなんて、頭の片隅にも浮かばなかった。

モーリスが幼いころ、いちばんの危険人物は彼に命を授けた男だった。父親はそれほど長いこと一緒にいなかったが、その短い間でさえ、周囲に害をまき散らすとんでもない人間、スイッチを切れない電動のこぎりのような存在だった。父も、姿を消した自分の父親にちなんでモーリスと名づけられたが、生まれたときにだれも綴《つづ》りがわからなかったので、モリスになった。右利きなのに左手でみんなをノックアウトしていたので、しばらくするとレフティーと呼ばれるようになった。

モリスの身長は一六〇センチ足らずだったが、そのせいでかえってより強く、攻撃的になった。まるで、いつどんなときでも自分の強さを見せつけないと気がすまないようだった。彼はブルックリンの東側のとくに危険なブラウンズビルという地域に住み、だれよりも恐れられる男のひとりになった。

モリスは、トマホークという有名な極悪ギャングの中でも、相手を選ばず強盗を働く男として知られていた。顔見知りでもかまわずに、しょっちゅう巻き上げていた。ときにはハワード街で開かれていたサイコロゲームにも参加した。そこでは一五人から二〇人が賭《か》け金の一〇ドル札や二〇ドル札をテーブルの真ん中に積み上げていた。

ある晩、彼は自分が全部巻き上げると宣言した。ある男が、おれからは取れないさ、と言うと、モリスはその男の顔に拳銃の台尻を叩《たた》きつけて気絶させ、数百ドルをつかんで歩き去った。だれも口を開かなかった。翌日モリスはアパートメントの前で車に寄りかかり、襲った相手が目の前を通るのを笑いながら見ていた。彼らになにも言わせなかったし、みんなも黙っていた。

そんなモリスがやっと自分につりあう女を見つけた。ひと目惚《ぼ》れだった。細くて美しく、肌の色が薄くて身体つきがしなやかな、ダーセラという女だった。ダーセラは、ボルティモア出身のシングルマザー、ローズのもとに生まれた一一人の子どものひとりで、ローズに連れられてブルックリンのベッドスタイ地区に家族で越してきたのだった。

男兄弟に囲まれて育ったダーセラは、男まさりの手ごわい女になった。男だろうが女だろうが敵だと思うと向かっていき、決して疲れる様子もなく、いつまでもパンチを浴びせつづけた。頭がおかしいのか、ただ気が強いだけなのかは、まわりにもわからなかった。一〇代のころはトマホークに珍しい女性メンバーのひとりとして、ユニフォームの黒い革ジャンを見せびらかすように羽織っていた。

ダーセラは、大物気どりのモリスと恋に落ちた。でも、ふたりの相性は最悪だった。どちらも異常に気が短く、似たもの同士すぎた。彼女は、モリスの正式名のモーリス・ジュニアのジュニアをもじって、彼をジューンバグと呼んでいた。モリスは、肌の色の薄い黒人女性を指すレッド・ボーンにちなんで、彼女をレッドと呼んでいた。

ダーセラが二〇歳にもならないうちに、子どもが三人できた。最初のふたりは女の子、セレステとラトーヤだ。それから男の子ができ――ダーセラは息子をモーリスと名づけた。

モーリスと姉たちにはかわいそうだが、両親は、言葉より暴力の応酬《おうしゅう》でしか自分たちを表現できなかった。とくに父親のモリスは、重度の麻薬常習者だったばかりかアルコール依存症で、コカインとヘロインとウィスキーが引き金となってしょっちゅう荒れ狂っていた。たまに家に帰ってくると、罵《ののし》り言葉と握りこぶしで家族を痛めつけた。娘たちの頭もいつもひっぱたいていた。あるときセレステを強く叩きすぎて、鼓膜が破れた。ブラウンズビルの住人をこわがらせていた冷酷さで、ダーセラを情け容赦《ようしゃ》なく叩いたりこづいたり殴ったりした。ひとり息子のモーリスにもそうだった。モーリスが泣くと、「うるせえ、黙れ！」といってまた殴るのだった。

モリスは情婦のダイアンの家に何日も雲隠れしていたかと思うと帰ってきて、ダーセラにほかの男を見ることさえ許さないと脅《おど》かした。ついに浮気に耐えきれなくなったダーセラは、子どもたちを連れてベッドスタイ地区の中でもとくに劣悪なマーシー公団住宅に引っ越した。野球場ふたつ分ほどの敷地に六階建ての建物が二七棟立ち並び、一七〇〇戸に四〇〇〇人が住むこの集合住宅には、麻薬と暴力が蔓延《まんえん》し、どう見ても避難場所にはほど遠かった。それでも、ダーセラにとっては、さらに大きな危険から身を隠す場所だった。

結局モリスは彼女らを見つけだした。ある晩、彼が突然アパートにやってきて、ダーセラに迫った。「レッド、おまえがいないとダメなんだ」モリスは泣いていた。「愛してるんだ」でも、幼いモーリスの前で、ダーセラは意地を見せた。

「だめよ。およびじゃないね。出てって」

モリスは左のこぶしを握り、ダーセラの顔面に一発叩き込んだ。

ダーセラは床に倒れ、モーリスが父親の足にしがみついて次のパンチを止めようとした。父親はモーリスを壁に弾《はじ》き飛ばした。それがダーセラをかっとさせた。床に落ちた息子を見たダーセラは、キッチンに走り、ステーキナイフを手に戻ってきた。

モリスはまったくひるまなかった。ナイフをつきつけられるのには慣れている。「それでどうするつもりだ？」彼は言った。

ダーセラはモリスの胸めがけてナイフを突き刺した。モリスが腕でかばったので、ナイフは腕に刺さった。身体をかばおうとするモリスをダーセラは何度もナイフで突き刺した。モリスはついに廊下にころがり出てその場に崩れ落ち、血まみれのまま泣き叫んだ。「おまえ、おれを刺したな！　おれを殺そうとしたな！　なんてことしやがるっ！」

モーリスはあっけにとられて、その一部始終を見ていた。やっと警察がやってきて、だれにこれほど手ひどくやられたのかと父親に訊ねた。

「そこらへんのヤツら」父親はそう言っただけだった。

それを最後に、父親は足を引きずりながら去っていった。まだ五歳だったモーリスは、父親が行ってしまうのを見ていた。もう家族じゃなくなった、と思った。

モーリスとの初めてのランチは三〇分で終わってしまい、私はまださよならを言う気になれなかった。店を出ると、晴れ晴れと太陽が輝いていたので、セントラルパークを散歩してみないと誘ってみた。

「いいよ」肩をすくめてモーリスが言った。

公園の南端の入り口を入って、北側のグレートローンまでぶらぶらと歩いた。自転車に乗った人やジョギング中の人、母親と子ども、笑い声をあげるティーンエイジャーたち、だれもがのんびりしているように見えた。

私たちはここでもあまり話さなかった。横に並んでただ歩いた。彼のことも、どんな事情で路上で物乞いするようになったのかも聞きたかったけれど、おせっかいだと思われそうで聞けなかった。

だけど、ひとつだけ聞いてみた。

「大きくなったら何になりたい？」

「わからない」即答だった。

「そうなの？　考えたことない？」

「ない」きっぱりと言い切った。

モーリスは、警官や宇宙飛行士や野球選手や大統領を夢見て過ごすことなんてなかったのだ。男の子ならだれでもそんな夢を見ることさえ知らなかった。だいいち、目の前の悲惨な世界以外に生きる道があることを知っていたとしても、そんな夢を見ることになんの意味があったろう？　なりたいものなんてない。今の自分以外のだれかになれるはずはないのだから。物乞い、ホームレス以外には。

公園にはさわやかな秋の風が吹き、木の葉が舞い落ち、楡《にれ》の大木の間から陽の光が差し込んでいた。コンクリートのジャングルから何百キロも離れた場所にいるような気がした。私はモーリスにそれ以上なにも聞かなかった。ただ、路上での日課を離れてひとときのやすらぎを楽しませたいと思った。

公園を出て、ハーゲンダッツの前を通ったので、アイスクリームを食べるか聞いてみた。

「チョコレートコーン食べていい？」

「もちろん」

コーンをふたつ頼んで彼にひとつ渡すと、その日はじめてモーリスが微笑《ほほえ》んだ。それは、ふつうの子どもが浮かべるような、にっこりと歯が見える大きな笑顔ではなかった。笑顔は一瞬あらわれて、すぐに消えた。だけど、私はたしかにそれを見た。そのキラキラとした美しい微笑に、私ははっとした。

アイスクリームを食べ終わると、私は聞いた。「行きたいところある？」

「ゲームセンターに行ってもいい？」

「じゃあ、一緒に行こう」ふたりでブロードウェイのゲームセンターに行った。私はモーリスに二五セント硬貨をいくつか渡し、SFゲームで遊ぶ彼を見ていた。モーリスはふつうの子どもと同じように夢中でプレーしていた。ジョイスティックをひっぱり、舌をつき出し、つま先立ちになって、宇宙船のミサイルで敵を打ち落としながら声を上げていた。それを見ているだけで楽しかった。

その日のあとになって、私は、モーリスにランチをおごって何時間か一緒に過ごしたことで、自分がこれまでになく幸せな気分になっていることに気づいた。時間もお金もほとんどかからなかったのに。だから、逆に罪悪感を感じた。私はほんの少しいい気分を味わうために、立ち止まって施《ほどこ》しをしたのだろうか？　ウィンドーショッピングをしたり、映画を観たりするかわりに、ひまつぶしでモーリスにバーガーとアイスクリームを買ってあげただけなのではないか？　私のしたことは傲慢《ごうまん》で、もしかすると弱い人につけ込む行為だったのか？

貧乏な子どもを助けて、自分がいい気持ちになるなんて。

そのときは答えが出なかった。ただ、モーリスといることが正しいと感じたられたのだ。私たちはゲームセンターを出て、ブロードウェイをぶらぶらと下り、最初に出会った五六丁目まで戻ってきた。私は財布から名刺を取り出して、モーリスに渡した。

「もしすごくお腹がすいたら、電話してくれればなんとかするから」

モーリスは名刺を手に取り、それを見てポケットに突っ込んだ。

「ハンバーガーとハーゲンダッツありがとう。楽しかった」

「私もよ」

そして彼は歩き出し、私は別の方向へ向かった。

またモーリスに会えるだろうかと考えた。会えなくても当たり前だ。そのときにはモーリスがどれほど厳しい環境にいるのか、家庭の状況がどんなに悲惨かを知らなかった。もし知っていたら、彼をそのまま返さなかったはずだ。彼を抱きしめて離さなかっただろう。だけど、私は歩き去った。それからふりかえってブロードウェイの人混みの中に彼を探したときには、もう姿は見えなかった。私の人生から永遠に消えたとしてもしかたがない——私たちの奇妙な友情は、始まりと同じように突然に終わったのだ。

それでも、この広い宇宙には、お互いを必要とする人同士を呼び寄せるなにかが今も昔も存在しているのだと思う。これ以上ないほど、かけ離れたふたりの人間を結びつけるなにかが。もしかしたら、私たちはそのなにかに突き動かされて、他人になぐさめの手を差し伸べるのかもしれない。それとも、私自身の過去がその日私をふりむかせ、モーリスに出会わせたのかもしれない。もしかしたら、もしかしたら、その運命の見えない糸がもう一度私たちを呼び寄せてくれるかもしれない。

家に向かって歩いていると、突然、胸に後悔が押し寄せた。名刺は渡したけれど、公衆電話に使う二五セント硬貨をあげていなかった。携帯電話よりもずっと以前の時代のことで、モーリスの家に固定電話があるかどうかもわからなかった。もし私に電話してくるとすれば公衆電話を使うはずで、それにはだれかに硬貨をもらうしかない。

でも、結局そんなことはどうでもよかったのだ。
モーリスは家に帰る途中に、私の名刺をごみ箱に捨てていたのだから。

3
一度だけ、チャンスをください

翌日は、仕事中もモーリスのことが頭から離れなかった。友だちや上司のバレリーに昨日のランチのことを話し、同僚の営業マン、ポールとルーにもすごい男の子に会ったのよと話してみた。みんなの反応は判で押したようだった。「えらいわね」「いいことしたじゃない」「そりゃすごい」だれも特別なことだとは思っていないようだった。

もちろん、私もみんなも広告の仕事で手一杯だった。モーリスと出会った当時、私は金融企業担当の営業責任者として、広告を出稿してもらおうと必死だった。企業がM&Aや資金調達を正式に発表する際に打つ墓石広告《トゥームストーン》をねらって、投資銀行の担当者にしょっちゅう電話をかけていた。墓石広告は、定型の文字と数字だけが並ぶ、なんのおもしろみもない広告だ。写真もないし斬新《ざんしん》でもない。でも私たちにとっては、ピカソの名画並みに見える、濡《ぬ》れ手に粟《あわ》のおいしい仕事だった。

私が勝ち取ったいちばんの大手クライアントは、アメリカン・エキスプレスだ。アメックスの広告チームはUSAトゥデイへの出稿をほのめかしていたものの、彼らの望む品質を私たちが保証できるか疑っていた。私はもう何カ月も、あの手この手で一度のチャンスをもぎ取ろうとがんばっていた。アメックスほどの一流企業が広告を出稿すればものすごい話題になることは確かだったし、もちろん私にとっても大きなチャンスだった。でも、アメックスのふたりの女性担当者はどちらも威圧的で何を考えているのかわからず、何度となく会議やランチをともにしていても、まったく前進した気がしなかった。

そんなある日の午後、その厳しい女性のひとりから電話がかかってきた。二ページ分の広告を出稿してくれるという。一度その品質と掲載位置に満足してくれれば、絶対に出稿を増やしてもらえる自信があった。実際そうなった。最終的には数百ページ近く出稿してくれた。それは私の大きな得点になり、USAトゥデイ時代のいちばん誇らしい瞬間となった。モーリスに出会ったのは、そんな絶好調のときだった。

ここまで来るのは、長い長い道のりだった。

生まれ育ったロングアイランドの田舎町、ハンティントン・ステーションの高校を出たばかりの私の夢は、大学に行かなくてもかなうものだった。本当になりたかったのは、客室乗務員だ。どうせ成績も悪かったし、田舎町を出て世界を見ることばかりを考えていた。航空業界で働けば、その夢がかなうだろうと思ったのだ。

でも、最初の仕事は保険会社の秘書だった。半袖シャツに極太ネクタイを締めた心やさしい三人のおじさんたちの下で、手紙をタイプし、口述筆記を行い、電話の応対をした。事務能力がたりなかったので、秘書学校に入学した。すると、タイプライターの音が鳴り響くその場所で、アイスランディック航空に勤める女性に出会った。

彼女は、アイスランディック航空が事務員を探していると教えてくれた。夢見た空の上ではなく机につく仕事だけど、きっかけにはなるだろう。私は航空会社に連絡してタイピング試験の予約を取り、くる日もくる日も毎晩タイプの練習に励んだ。試験では最後の一秒まで集中を切らさず、終わったときには一分間に六〇語を一文字も間違えず完璧に打ち込んだと確信した。

結果は、不合格だった。

あまりにも悔しくて、建物をひとまわりしてからもう一度試験を受けさせてほしいと試験官に頼んだ、というより涙ながらに訴えた。「どうか、どうかお願いします。緊張してたんです。ぜんぜん実力が出せませんでした」かわいそうに思った試験官は、私に建物を一周させてくれて、戻ってきた私は深呼吸してもう一度タイプライターを叩いた。

また不合格だった。

今度は試験官が本当に気の毒がってくれた。二回も試験に落ちたことが、彼女と話すきっかけになった。私はよそいきの顔を脱ぎ捨てて、本当の自分を、弱いけれど意志が強くて、少しおっちょこちょいだけど、けっこう人の役には立つ自分をさらけ出した。それが私の強みだと自覚したのは、しばらくたってからだ。試験官は私を気に入り、受付係の仕事に推薦してくれた。

保険会社での最後の日、一九六四年製の愛車、ベージュのフォルクスワーゲンで高速道路を走りながら、私は一九歳の今やっと自分の人生が始まったと感じていた。ふたりの修道女を乗せた車が通り過ぎ、私を見て美しく微笑んだ。私も思い切り美しく微笑み返した。そして、「お先に、お嬢さんがた」とつぶやいてアクセルを踏み込んだ。車線変更して追い越し車線へ。そのとたん、制御が効かなくなった。

車は分離帯の溝《みぞ》を跳び越し、一瞬宙に浮いた。手がハンドルから離れ、気づいたときにはガードレールにぶつかる寸前になっていた。恐怖心がこみ上げ、ハンドルをつかんで思い切り右に切った。車は三回転して逆さになり、そのまま道路脇に着地した。

あたりはシーンとして、割れたガラスがそこらじゅうに散らばっていた。私は車の中で天井に横たわり、座席を見つめていた。左に目をやると、あのふたりの修道女が心配そうにのぞき込んでいた。事故を目撃したビジネスマンが車を停めてスーツの上着を脱ぎ、運転席側の割れた窓の下にそれを敷いて私をひっぱり出してくれた。泣きじゃくる私を修道女たちがなぐさめてくれた。

救急車で病院に連れていかれたが、目のまわりのあざと泣きすぎて声が出なくなった以外はなにごともなく、私はかすり傷ひとつ負わずに事故を生きのびた。ふたりの修道女を探したが、いなかった。もしかすると、あのふたりは守護天使で、私をひどい怪我《けが》から守ってくれたのかもしれない。いや、もしかすると、神様には別の計画があったのかもしれない。


アイスランディック航空のビルは五〇丁目と五番街の間、マンハッタンのちょうど真ん中にあった。高級デパートのサックス・フィフスアベニューから百メートル足らずの聖パトリック教会のむかい側で、テレビドラマ「30ロック」の舞台から目と鼻の先の場所だった。私はドラマの主人公になったような気がした。ベレー帽でもかぶっていたら、毎日空に投げたいほどだった。

仕事はそれほどおもしろくなかったけれど——電話に応え、来客を案内する毎日だった——新しい体験に心が躍った。そのうち秘書に昇格し、さらに予約係とは名ばかりの電話セールス係になった。

なんといっても興奮したのは、どうしようもなく世間知らずな私の浅知恵、航空会社に就職すれば、世界中を旅行できるだろうという安直な考えが、現実になったことだ。信じられないほど格安な航空券やホテルの宿泊が手に入った。あんまり安かったので、女友だちを誘って金曜の夜にしょっちゅうローマに飛び、土曜にショッピングを楽しみ、日曜の晩にニューヨークに戻ってきたりした。オーストリアのキッツビュールへの往復航空券と古城での六泊が、全部込みで五七ドルだったこともある。そんなわけで、アイスランディック航空には五年もいることになった。

でもしばらくすると、もっと力を出したくてうずうずしてきた。まわりの人たちを観察して、自分なら絶対にうまくやれると思ったのはセールスだ。クライアントと話し、信頼を築き、ランチに誘い出し、こちらの視点から物事を見るように仕向ける。それは私の天職に見えた。問題は、アイスランディック航空では電話セールス以外のセールス部員が全員男性だったことだ。ただひとりの例外は、そう、あのグドルンだった。

グドルンは、絵に描いたような北欧美人で、社のシンボル的な女性セールス部員だった。どう転んでも彼女にかなわないことは、はっきりしていた。もちろん私だってそれなりの魅力はあるし口達者だし、そこそこに愛嬌《あいきょう》もあってつやつやの黒髪は自慢だった。だけど、グドルンはだれもが目を見張る長身のブロンド美人で、まるで北欧の神話に出てくる女神みたいだった。ガラスの天井ならぬ氷河の天井が頭上にあるのは明らかで、セールスの仕事をしたければどこかよそに行く必要があった。私は絶対に六カ月以内にセールスの仕事を見つけると心に決めた。

そんなとき、ニューヨーク・タイムズで求人広告を見つけた。「広告スペース営業。週二回発行の旅行雑誌にて」営業経験などゼロも同然で、広告のことなどなにも知らなかったけれど、とにかく電話をかけて面接の約束をとりつけた。面接の前の晩は、きちんと部屋で夕食をつくり、髪を洗ってブローして、マニキュアを塗り、ぐっすりと寝て、翌朝は元気よく家を出て一五分前に到着する予定だった。でも、予定がいつも予定どおりに運ぶ……とはかぎらない。アスパラガスの茎《くき》のはしっこを切っていたら、左の人差し指を切り落としそうになってしまった。

ものすごい勢いで血が噴《ふ》き出した。幸運にも、すぐ近くにキムという友だちが住んでいたので、指にタオルを巻いて彼女のアパートメントに走った。彼女がレノックスヒル病院の救急治療室に連れていってくれたけれど、本物の救急患者——銃で撃たれた人、腸に穴が開いた人、頭になにか傷を負った人——が次々に運び込まれてきて、料理中にどじを踏んだだけの私は四時間も待たされた。

やっと私の番がきた。医者が局部麻酔を打ち、縫合用の針を取り出した。私が大声で泣き出したので、その医者は看護師を呼び、それからもうひとりの看護師も呼んだ。三人がかりで私が気を失わないように励ましながら、指先を八針縫った。恥ずかしい話だがしかたがない。私は子どものころから針が死ぬほどこわかった。

日付が変わる寸前に家に帰りつくと、私はベッドに倒れ込んだ。お腹は空っぽだし、髪はぼさぼさで、マニキュアも塗っていなかった。翌朝、飛び起きると髪をひとつに結び、西四六丁目に急いだ。なんとか予定どおり、七時一五分に到着した。面接の約束をしたデビッドという男性は、控え室に入ってくると包帯をぐるぐる巻きにした私の手を見て、なにごとかと聞いてくれた。

「昨晩、指を切ってしまって」

「大丈夫?」

「ええ、まあ大丈夫です」

「縫ったの？」

「はい、八針ほど」

「八針？」彼は言った。「ってことは、切断しそうになったんだね！」

デビッドは腕時計に目をやった。

「わかってると思うけど、この業界は競争が厳しくて、時間厳守がきわめて大切なんだ。昨夜八針も縫ったのに一五分前に来てるなんて、感心したよ」

出だしは上々だった。

デビッドは大部屋の中の自分のデスクまで私を連れていってくれた。でも、履歴書を見ると顔をしかめた。「営業経験はないんだね」彼は言った。「広告の経験もなし。大学にも行ってない」

そう言われるのはわかっていたし、なんと答えるかも決めていた。

「ええ、わかってます」私は言った。「たしかに経験はあまりありません。でも、これだけは言えます。ご自分を働き者だと思っていらっしゃるなら、私を見てください。その二倍は働きます。もし雇ってもらえるなら、絶対にお約束します。決して、決して後悔させませません」

それから、こうたたみ込んだ。

「デビッドさん、私、たくさんのチャンスが欲しいわけじゃありません。一度だけでいいんです」

三日後、デビッドは私を雇ってくれた。一度のチャンスさえあれば、それで充分なこともある。

モーリスと出会ったころには、私は学歴がないことで感じていた引け目を、とうの昔に感じなくなっていた。学歴が話題になるようなときにも決して嘘をつかなかった。ごまかしていると思われたくなくて、「大学には行ってないの」と自分から切り出したりした。一九八六年までには、負い目だった学歴のなさは逆に勲章《くんしょう》になっていた。サラブレッドではないけれど、努力と根性でそれなりに成功してきた成り上がり者、それが私だった。

クローゼットは垢ぬけたブランドの洋服でいっぱいだったし、ガレージには銀色の高級セダンがあった。ベージュのキャンバス地に茶色の革の縁どりのついた、お洒落《しゃれ》なグルカのアタッシェケースと、三〇〇ドルもするおそろいのスケジュール帳だって持っていた。高級アパートメントの居心地のいいL字型のワンルームをお気に入りの家具で埋めつくし、ときどき生花を飾った。そのすべてに――一九八〇年代のマンハッタンではそれが人間としての成功のバロメーターだった――、つまり物質的な豊かさに、私はただ純粋な幸せを感じていた。

だけど、心が満ち足りていたかというと、そうでもない。そのころでさえ、なにかたりないものがあるとは感じていた。私はすべてを犠牲にして、ひとつの夢、キャリアの成功を追いかけていた。仕事は大好きだったし情熱も持っていたけれど、仕事にすべてを吸い取られ、人生でなにがたりないのかに気づくひまもなかった。仕事以外のことに気をとられる余裕はなかったのだ。

それなのに、モーリスと出会ったあとの数日間は仕事に集中できなかった。電話をかけたりミーティングに出たりしている間も、気がつけばモーリスのことを考えていた。もっと彼のことを知りたかったし、そもそもどうして街角で物乞いをするようになったのかが気になった。

私はモーリスからの電話を待つのをやめた。

そして、彼を探しに出かけることにした。

4
誕生日プレゼント

その週の木曜日、忙しかった一日が終わると、モーリスと出会った場所に行ってみた。帰宅ラッシュがそろそろ終わる午後七時半ころ、まだ人混みは途切れていなかった。はじめは彼の姿が見えなかったが、よく見ると、別れたときのあの場所にモーリスが立っていた。あの日と同じぼろぼろのエンジ色のトレーナーを着て、あの日と同じ汚れた白いスニーカーをはいて。

モーリスは私がやってくるのを見ると、にっこりと笑った。今度は、笑顔がすぐには消えなかった。

「ハイ、モーリス」

「こんにちは、ミス・ローラ」礼儀正しいので驚いた。ちゃんと礼儀を教えてくれる人がいるんだわ。

「元気？　お腹すいてない？」

「ペコペコ」

私たちはまたマクドナルドに行った。モーリスはこの前と同じビッグマック、フレンチフライ、チョコレートシェイクを注文し、私もそうした。今日は、この間よりもゆっくり食べていた。思いきって、家族のことを教えてと聞いてみた。

彼は、母親のダーセラと一緒に福祉住宅に住んでいるといった。おばあさんのローズと、お姉さんのセレステとラトーヤも一緒だと言う。それは嘘ではなかったけれど、隠していることがまだたくさんあったのを、私はあとになって知った。

はじめのうち、モーリスは人生のいろいろな細かいことを話そうとしなかった。とりわけ気のめいるようなことについては隠していた。当時は、恥ずかしいからだろうと思っていたが、本当のことを話すと私がこわがって逃げ出すのではないかと恐れたのかもしれない。同情を引くつもりなら、最悪の出来事のひとつやふたつは私に話していたはずだ。でもそうしなかった。モーリスは同情など求めていなかった。ただ、生きのびようとしていただけだった。

「お父さんは？」

「いない」

「どうしたの？」

「いなくなった」

「お母さんは？　あなたがこうして街に出てるのは知ってるの？」

「ううん、べつに気にしないから」

信じられなかった。そのときには、彼の母親の人生についてなにも知らなかったからだ。モーリスは昼だろうが夜だろうが好き勝手にそこらへんをうろついた。どこに行っていたのか、なにをしていたのかを訊ねる人はいなかった。モーリスには返事を返す相手も、面倒をみてくれる人もいなかった。

モーリスがそれまでの人生でもらった贈り物はふたつだけだった。

ひとつは、四歳の誕生日にダークおじさんがくれた、ヘス社製の小さなおもちゃのトラック。

もうひとつは、六歳の誕生日にローズおばあさんがくれたもの。

「ほら、あげるよ」おばあさんはそう言ってモーリスに小さな白い包みを手渡した。

マリファナたばこだった。

祖母のローズはとても小柄だが驚くほど頑丈《がんじょう》だった。ノースカロライナの寒村で生まれ、赤貧《せきひん》の中で育ち、幼いころから逆境に向き合ってきた。自分の前に立ちはだかる相手よりも強くなることで、彼女は逆境を乗り越えてきた。きらきらと輝く目とくるくるとした笑顔の愛らしい女性だったから、男たちは彼女の関心を引こうと争った。しかし、そんな男たちは早晩みな同じ仕打ちにあった。ローズは決しておべんちゃらに耳を貸さなかった。よく「バラしてやる」、つまり、殺して切り刻むと言っていた。

それはただのこけ脅しではない。ローズはいつも鋭い剃刀《かみそり》を持ち歩き、それをベッツィーと呼んでいた。

モーリスはよくローズおばあさんにまとわりついていた。おばあさんの強さが好きだった。ふたりで地下鉄に乗っていたとき、男がたまたまおばあさんのティンバーランドのブーツを踏んでしまったことがある。ローズは立ち上がると、車両の床にその男を押し倒して、「ちょっと、そこをどきな！　あたしのティンバーランドを踏んづけるんじゃないよ！」と怒鳴った。

押し倒された男は、「あんた、イカれてる」としか言えなかった。その瞬間、まだ子どもだったモーリスは男にこう言った。「おっさん、口閉じといたほうがいいよ」なにか間違ったことでも言おうものなら、ベッツィーが出てくるとわかっていたからだ。

ローズはいちばん近しい人たちをも傷つけた。ローズの男友だちのなかに、チャーリーというひょろりと背が高く、ひどい吃音《きつおん》の男がいた。つっかえながら罵る言葉がコメディーのようだったので、モーリスはふたりの言い争いを楽しんだものだ。ある晩、チャーリーが言い過ぎてしまった。

「ロ、ロ、ロ、ロ、ローズ。お、お、おまえを、め、め、め、め、めちゃくちゃにし、し、し、してやるからな」

するとローズは剃刀を手にしてチャーリーに飛びかかり、顔から胸にかけて切りつけた。モーリスはショックで立ちすくみ、呆然《ぼうぜん》としてそれを見ていた。チャーリーはソファのうえで血まみれになっていた。

「お、お、お、おまえ、イ、イ、イ、イ、イカれてる」チャーリーが口にできたのはそれだけだった。

ローズは言った。「あんた、ラッキーだよ。あたしが急所をはずしちまったから」

ローズの六人の息子たちは、大人になってもローズの近くにいて、姿を消したかと思うといつのまにかまた戻ってきた。モーリスにとっての世の中を生き抜く手本は、よくも悪くもこのおじさんたちしかいなかった。

いちばん年上のおじは海兵隊員だったが、少し精神を病んでベトナムから帰還した。モーリスは、このEおじさんと散歩するのが好きだったけれど、Eおじさんはいきなりダッシュで走り去り、モーリスを路上に取り残すこともあった。あとで、「Eおじちゃん、どうしちゃったの?」と聞くと、おじさんは「やつらだよ。見えなかったのか? ベトコンだ。おれを追いかけてきた。あの細い目のやつらがおれを追いかけてきたんだよ」と言った。

ほかのおじたちと同じように、Eおじさんもドラッグの売買に手を染めていたが、小物だったし大きな取引には手を出していなかった。ほかのおじたちは、あまりEおじさんを取引には関わらせず、仕返しが必要なときだけ手伝わせていた。そういうことがうまいおじさんだった。とくに強いわけでも暴力的でもなかったけれど、罠《わな》をしかけて孤立させ、仕返しするのが好きだったのだ。「戦争訓練だ」と言っていた。

肌の色が黒いので、ダークと呼ばれていたおじもいた。ダークおじさんは切れものだった。少なくとも、トラックで肉の配達をする仕事を見つけてきては、仕事中にコカインを取り引きできるくらいには賢かった。だけど、ずいぶん前にふつうの仕事は辞め、麻薬取引を本業にするようになった。ブルックリンではギャングの売人として知られていた。入り用のものをなんでも手配してくれるが、敵にまわすと恐ろしい男という評判だった。

もうひとりのおじは足が悪かったので、みんなに足引きおやじと呼ばれていた。刑務所に服役中、有名なイスラム運動組織のハーレム支部に入信し、神や悪魔についてのさまざまな理論や、社会における黒人の役割を説《と》くようになっていた。服役するたびに大げさで難しい言葉を覚えて出所してきたが、そのうちなにを言っているのかさっぱりわからなくなった。「アジア的黒人男性は、神の深淵《しんえん》な力の化身だ」と高らかに宣言したりする。モーリスにとってはわけのわからないおじさんだった。

上から二番目のオールドおじさんは、だれよりも狂暴だった。いちばん老けて見えたので、みんなからオールドと呼ばれていて、有無を言わせぬ強引なやり方でまわりを押さえつけていた。モーリスの父親に似て背が低く、すぐに手が出るタイプだ。子どもには、家で鞭《むち》打って外で闘うことを教えるべきだと思っていたから、いつもモーリスを叩いたり殴ったりしていた。モーリスは幼いころに、オールドおじさんが人を何人も殺したことがあるという噂を聞いていた。

オールドおじさんは、家族の中でいちばん成功した大物の麻薬ディーラーだった。ニューヨーク中で嵐のようにクラックが蔓延した一九八〇年代、このおじさんはドミニカ人の売人からコカインを買い、それを家でクラックに精製してブルックリンで売って名をあげた。ときには、幼いモーリスを連れてコカインの仕入れに行くこともあった。マシンガンを持った男がモーリスの身体検査をし、おじさんがドラッグを計量している間、モーリスの頭にピストルを突きつけていた。モーリスはわずか一〇歳だったけれど、銃を突きつけられてもそれほどこわくなかった。そのころには、それがただの形式だと知っていたからだ。

いちばん若いおじはモーリスと歳が四つしか違わず、ほかのおじさんのように狂暴ではなかった。女性にもてるハンサムなこのおじは、ナイスと呼ばれたりカサノバと呼ばれたりしていた。けっこう頭がよかったけれど、それはあまり役に立っていなかった。麻薬ディーラーとしては負け組で、しょっちゅう刑務所に入っていた。今は麻薬売買で一〇年間の服役中だ。

それから、ヒップホップ歌手を夢見ていて、ジュースというラップ名で呼ばれていたおじさんもいた。ジュースおじさんは警察を心底恐れていたので、兄弟と一緒に麻薬取引に関わることはなかったけれど、兄弟全員合わせたよりも大量のマリファナを吸っていた。マリファナ漬けのあまり、いつも夢でも見ているようにぼんやりとして、同じメロディーをくりかえしていた。あの同時多発テロの日は、たまに請け負っていたメッセンジャーの仕事でワールドトレードセンターに行くはずだった。でもハイになりすぎて時間に間に合わず、最初の飛行機がツインタワーに突っ込んだ場面をテレビで見ることになった。

「ミシェル」ジュースおじさんは妻に言ったという。「おれのビルに飛行機が突っ込んだから、仕事に行くのはやめる」

「冗談はやめて」妻は言った。

それからおじさんは飛行機が突っ込んだのは自分のビルのほうではないことに気がついたので、着替えて仕事に出かけようとした。スニーカーの靴ひもを結んでいると、二機目が突っ込んだ。

「こっちのビルもやられた」おじさんはソファにドスンと腰を下ろすと、マリファナたばこを巻きながら大声で言った。「よっしゃ、もう今日は行かなくていいな」

何日かたってから、モーリスはジュースおじさんに聞いてみた。「おじさん、どんだけ自分がラッキーだったかわかってる?」

「ラッキーじゃないさ。おれは飛行機が突っ込むって知ってたんだ。タワーのネズミが教えてくれたからな」

「だからな」いかにも教えてやるよという感じで、おじさんはモーリスにこう言った。「絶対時間どおりに仕事にいっちゃだめだぞ」

おじさんたちは、やってきては去っていった。だれもいないこともあれば、ひとりかふたりだけのこともあった。六人全員がいることもあった。モーリスにとってはみんな家族だった。家族といえば、彼らしかいなかった。

それと母親とおばあさん。その人たちだけが、世界中でモーリスのことをだれよりも気にかけてくれた。外からみれば全然かまってないように見えたかもしれないが、敵に囲まれたこの街の、狂気と暴力が渦巻く福祉施設やシェルターの中でモーリスを守ってくれるのは、血のつながった人たちだけだった。だれの側についたらいいのかを、モーリスは知っていた。どこにいればいちばん安全か、危険を全部避けられるわけではなくても、最悪のことから逃れるにはどこへ行けばいいのかを、彼は知っていた。

モーリスには、家族のみんながそれなりのやり方で自分を愛してくれていることがわかっていた。なかでもおばあさんは、本当に必要なときに頼れる人だった。

一家がとりわけ劣悪な西二八丁目のプリンス・ジョージ福祉住宅に入居していたころのことだ。ある晩母親が姿を消した。次の晩も戻らなかった。二週間たっても戻ってこなかった。だれにも理由はわからなかった。いつのまにか、ただいなくなったのだ。モーリスの姉たちは、これを自活への合図だと感じ、まだティーンエイジャーだったのに年上の恋人の家に転がり込んだ。おじたちは散り散りになり、ローズおばあさんは街の北側にあるブライアントという別の福祉住宅に移った。

そして、モーリスはプリンス・ジョージにただひとり残された。一〇歳だった。夜になると大通りをうろつき、街角に立つ娼婦たちに話しかけた。スネークという名前の客引きのひとりが、モーリスをかわいがってくれた。

「よぉ、にいちゃん。手伝ってくんねえか?」

スネークはモーリスに通りを見張らせて、車で流している男たちに娼婦をあてがった。男たちは車を停め、娼婦を車内に連れ込んだ。スネークは女をひとりの車に長居させたくなかった。なるべくたくさんの男の相手をさせるためだ。そこで、モーリスに言いつけた。「五分過ぎてもまだ車の中にいるようなら、窓ガラスを叩いて警察がきたって言うんだぞ」

モーリスは毎晩夜明けまでそれを続けた。スネークは一回につき一ドルくれたので、一晩で百ドルになることもあった。

これが、モーリスの初仕事と言ってもいい。

日が昇ると、モーリスはそのお金でいつも同じことをした。タイムズ・スクエアのゲームセンターで何時間もゲームをしつづけるのだ。

そんなある日、部屋のドアをドンドンと叩く音が聞こえた。まだ朝の七時で、モーリスはちょうど帰ってきたばかりだった。隣の人かおじさんのひとりだろうと思ってドアを開けると、スーツ姿の白人男性がふたり立っていた。モーリスはあわててドアを閉め、カギをかけた。白人たちはドアを叩きつづけた。

「開けろ! 話がある」男たちは怒鳴っていた。モーリスは窓に駆け寄って、そこから抜け出そうと思ったが、あいにく部屋は一三階だ。ドアを叩く音がだんだん大きくなっていく。そのときアイデアがひらめき、モーリスはドアを開けた。「児童福祉局の者だ」片方の男が言った。「一緒に降りるんだ」

モーリスは黙って男たちに従った。だが男たちが少し気をゆるめるのをうかがい、ロビーで男が電話をかけるために立ち止まると猛ダッシュした。「待て！」男たちは叫び、トランシーバーに向かって大声で指示を出しながら、モーリスを追いかけた。モーリスは北の方向へ走りながらふりかえった。男たちが白いワゴン車に乗り込み、追いかけてくる。モーリスは車が入れない一方通行の道に曲がったが、ワゴン車はまわり道をして追いかけてきた。一方通行の五番街を車の流れと反対に走ったが、またもや彼らは追いついてきた。いよいよワゴン車が近づいたので、駐車中の車の下に潜り込んで通り過ぎるまで隠れていたが、そこからはい出るとまた見つかった。

メイシーズ・デパートの前を抜け、ロックフェラーセンターを通り過ぎ、聖パトリック教会を越えた。大勢の人たちの間を走り抜けたが、だれも気にとめていなかった。たどり着いたのは、おばあさんが住む五四丁目の福祉住宅だった。モーリスが建物の中に駆け込むと同時にワゴン車が止まり、男たちが飛び出した。五階まで駆け上がるモーリスのすぐ後ろに、男たちが迫ってきた。ローズおばあさんの部屋にたどりつくとドアを叩いた。おばあさんがドアを開け、モーリスが部屋に倒れ込んだその瞬間、男のひとりがモーリスの腕をつかんだ。

「児童福祉局の者です」男は言った。「母親が収監されたので、子どもを預かります」

すると、おばあさんはベッツィーを取り出した。

「孫はどこへも行かせないよ」

男たちもおばあさんには勝てなかった。


おばあさんがマリファナたばこをくれた話を私にしてくれたとき、そこには皮肉や軽蔑はなかった。モーリスは、あったことをそのまま淡々と話しただけだ。彼にとって、それは本当の贈り物で、おばあさんのやさしさを示すものだった。自分のことを思ってくれる人がいるのは、いないよりいい——忘れられ、無視され、存在を否定されるよりも、ずっといい。違法な薬物をもらうのが悪いとも思わなかった。そもそもドラッグのない人生を知らなかった。

マリファナたばこを受け取ったモーリスは、唇をつけて吸い込み、咳《せ》き込んだ。もう一度吸ってみて、さらに咳き込んだ。ローズおばあさんはマリファナを取り上げ、その日以来ずっとモーリスをドラッグから遠ざけようと精一杯努力した。あの瞬間に、おばあさんは孫の中になにかを見たのだと思う。みんなとは違う、特別ななにかを。もしかしたら、あの日私が街角で見たのと同じものを、おばあさんも見たのかもしれない。

マクドナルドを食べ終えた私とモーリスは、ブロードウェイに向かって歩いた。今日はそのまま別れるつもりはなかった。

「モーリス、来週の月曜も一緒に夜ごはん食べない？　ハードロックカフェに連れていってあげる」

「いいよ。この服でいいかな？」

これしか着るものはないんだわ。

「ええ、いいわよ。またこの場所で、七時でいい？」

「はい、ミス・ローラ。ごちそうさまでした」

そして、モーリスは夜の街に消えていった。

これでまた彼に会える。今度はそう思えた。

5 切り刻まれたグローブ

モーリスと会ってからちょうど一週間後、私は五六丁目に戻ってきた。腕時計は七時二分を指していた。モーリスは絶対にくると思っていたものの、まだ彼のことをそれほど知らなかったし、こない理由ならそれこそ山ほどあった。スーツ姿の男性やハイヒールをはいた女性が急ぎ足で前を通り過ぎ、カクテルや夕食に向かっていた。七時五分になっても、モーリスがやってくる様子はなかった。

それから数分後、モーリスがブロードウェイをこちらに歩いてきた。今日もエンジ色のトレーナーを着ていたけれど、きれいになっていたので驚いた。どうやら洗濯したらしい。顔も手もごしごし磨いたのだろう、この間とは違っていた。

夕食のために精一杯がんばって外見を整えてきたんだわ。

当時流行《はや》りのレストランだったハードロックカフェまでふたりで歩いた。壁一面にギターが飾られて、こってりしたハンバーガーが名物の店だ。ウェイトレスが私たちを席に案内してくれた。彼女が気をつかってモーリスにやさしく接しているのがわかった。まるで事情を全部わかったうえで、私の願いどおりにモーリスのために特別な夜を演出してくれているようだった。彼女がメニューを渡すと、前菜とメインディッシュが載った大判のメニュー表の後ろに、モーリスの身体がすっぽりと隠れた。

そこから顔を上げたモーリスが言った。「ミス・ローラ、ステーキとマッシュポテトを頼んでもいい？」

「好きなものをなんでも頼んでね」

「じゃあステーキがいい」

鉄板の上でジュージューと音を立てている分厚いステーキが運ばれると、モーリスははじめて見るような目つきでそれを見つめた。どでかいステーキナイフと重たいフォークを手にとったけれど、使い方がまったくわからない様子だった。短剣を握るように、握りこぶしでナイフをつかんでいた。私は口をはさまず、手も出さなかった。せっかくの夕食を、マナー講習で台なしにしたくない。もし助けてほしいと言われれば、もちろん助け舟を出すつもりだったけれど、とりあえずモーリスの好きにさせようと思った。

モーリスはなんとかステーキをばらばらにして飲み込んだ。よっぽど気に入ったのだろう、笑顔が広がった。今回は、これ以上ないほど大きな笑顔だった。

私は彼の笑顔をもっと見たいと思いはじめていた。

ディナーのあと、ふたりでもとの場所まで歩いた。

「モーリス、来週の月曜も一緒に夜ごはん食べる？」

「うん」

「じゃあ、またここで、七時でいい？」

「オッケー。ステーキごちそうさま」

「どういたしまして、モーリス。おやすみなさい。気をつけてね」

彼は走っていった。おそらく家へ。でも別の場所かもしれない。アパートメントまで歩く間、私は彼がどこへ行ったのか考えまいとした。

次の月曜は、五五丁目のブロードウェイ・ダイナーに行った。モーリスは毎日店の前を通り過ぎていたのに、一度も入ったことはないという。ちょっとだけ窓からのぞいてみたことはあるというが、それはマンハッタンにごまんとある他のレストランも同じことだった。どこも、モーリスには縁のない場所だった。

ダイナーの分厚いメニューをじっくり眺めたモーリスは、ようやく卵料理が食べたいと言った。

「卵？　夜ごはんに？」

私がそう言うと、モーリスは戸惑った表情を見せた。なんでそんなこと言うの、といった様子だった。朝食とか夕食とか言われても意味がわからない。時間によって違う食べ物が出ることを知らなかった。そんなふうにきちんと食事をしたことがなかったのだから。

それまで、モーリスは食べられるときに食べられるものを口に入れていた。

卵料理を注文してウェイターに「スクランブルにしますか、半熟両面焼きにしますか？」と聞かれたモーリスは、よくわからないながらも「半熟両面焼き」と答えた。オレンジジュースも注文した。でも、いざジュースが運ばれてくると顔をこわばらせて手をつけなかった。

「どうかした？」

「ミス・ローラ、このジュース腐ってるよ。なんか上のほうにいっぱいゴミみたいなのが浮かんでる」

それは果肉だと説明すると、彼はちょっとだけ口をつけてみた。それから、そのフレッシュジュースをゴクゴク飲みほし、お替わりを頼んだ。

夕食のあと、またいつもの場所で約束した。「モーリス、来週月曜日、七時ね」

「はい、ミス・ローラ。またくるね。夜ごはんごちそうさま」

もうそのときには、彼にサプライズを計画していた。次の月曜には驚かせよう。以前スポーツは好きかと聞いたとき、モーリスはテレビでメッツの試合を観ると言っていた。

「野球観にいったことある？」

「本物の試合？　まさか」

私の上司はメッツのシーズンチケットを持っていた。ふたりの弟がいた私は、男の子がどれほど野球好きで、観戦に胸躍らせるかを知っていた。だからそれをサプライズにしようと思ったのだ。私はモーリスを生まれてはじめての野球の試合に連れていくことにした。

私の弟のフランクにとって、この世の中でなによりワクワクするもの、なによりも手にとって心が躍るものは、自分が使い込んだ革のグローブだった。ローリングスだったかウィルソンだったか、メーカーはよく憶えていない。じつを言えば、私は野球に詳しいわけでもないし、野球のどこがそんなにおもしろいのかもよくわからない。それでも、六歳だったフランクが、自分のバットや帽子や、なによりグローブに、本能的な愛着を持っていたのはわかった。もう何十年もたった今ふりかえると、弟にとって野球はただのお気に入りのスポーツ以上のものだったとわかる。野球はフランクの隠れ家だった。彼だけではない。ほかのきょうだい――私、姉のアネットと妹のナンシー、もうひとりの弟のスティーブン――全員が、それぞれ自分なりの隠れ家を持っていた。フランクにとって、それはヤンキースの四番になった自分を想像することだった。グローブは彼のお守り、嵐の中で自分を守ってくれるものだった。

私たち家族はマンハッタンから東に一時間ほどの典型的な中流階級の街に住み、外から見ればそれなりの生活をおくっていた。

父のヌンジアトはレンガ職人とバーテンダーの仕事をしていて、友だちからも隣人からも、もちろん父が酒をおごってあげた多くの人からも愛されていた。みんなからはヌンジーと呼ばれていた。ずんぐりとした体型で、あたまのてっぺんが禿《は》げていたけれど、その目はきらきらと輝いて、父が笑うと赤の他人でも友だちのような気分になった。子どもだった私たちにとって、父の腕は、マンガの主人公かなにかのように力強く見えた。大工になりたかった父は、私たちが住んだ二軒の家も自分で建てた。父が建てた飾り気のない頑丈な家は、今もそこにある。なんといっても、父はせっかちで落ち着きがなく、ひとところにじっとしていられなかった。いつもせかせかと動きまわり、ゆっくりすることのない人だった。

母のマリーはその正反対で、柔和《にゅうわ》で落ち着いた人だった。一時期は、地元のケータリングレストランで低賃金のウェイトレスとして長時間働き、給料をそのまま父に渡していた。結婚式、記念日と、どんなイベントでも働きに出て、朝の一〇時から夜中の二時まで働きづめの日もあった。知らない人にはシャイだったけれど、私たちにはいつもあたたかい愛情をそそいでくれた。すごく美しかった母の姿を、今でもはっきりと憶えている。やさしくて無邪気で、歳をとってからも、うれしいことがあると少女のような表情になった。私たち五人は心から母の愛を感じていた。私たちのためにいつも心を砕《くだ》いてくれていたので、子どもたちはいつも母にまとわりついていた。

父はバーテンダーだったから、たいてい午後六時から六時半の間に仕事に出かけた。ふつうの父親ならちょうどのんびりと夕食のテーブルにつく時間だ。私たちは父に合わせて五時に夕食を食べ、父が出かけるのを見送った。時間がふつうと違うだけなら、なんでもなかったはずだ。夜勤の人は世の中にたくさんいる。でも、父のいない時間、つまり出かけてから家に帰ってくるまでの時間が、子ども時代の私を支配し、それが今の私をつくったと言ってもいい。

どう言ったらわかってもらえるだろうか。仕事に出ている間に父の中でなにかが変わるのだ。家に帰ってきたときには別人になっている。顔つきが違う。車の停め方もどこか違っている。それは、車のドアをバンと閉める音でわかる。いつもそうなるわけではないし、その激しさも違っていた。でも、本当にこわかったのは、それを待っていた時間、なにが起きるかわからずに息を殺していた時間だ。

ある日曜日の午後。家には子どもたちしかいなかった。父はバーの仕事に出て、母はその日ウェイトレスの仕事に行っていた。夕方六時ごろ父が帰ってきた。家の前に車が乗り入れる音がすると、私たちはみんな父の目にとまらないように、あちこちに散らばった。家に入った父はキッチンへ行き、テーブルの上に巻尺《まきじゃく》が置いてあるのを見つけた。

父は巻尺を手に取って、「なんだこれは」と言った。その巻尺は絡まっていた。フランクがそれで遊んでいたのを私は知っていた。家にはたくさん巻尺があったので、フランクはときどきそれをひっぱり出して、おもちゃにしていた。そのときフランクは五歳で、私よりも二歳半下だった。やさしくて人を傷つけることなど絶対にない子。幼児言葉のかわいらしい、こっちの心が痛むほど無邪気でいい子だった。

「フランク!」父が低い声で怒鳴った。「フ、ラ、ン、ク!」

姉のアネットと私はその声ですぐ動き出した。家中を駆けまわって窓を閉め、隣の家族に音が聞こえないようにした。だれに教えられたわけでもない。ただ本能的にそうしていたのだ。父はフランクの部屋にドスドスと向かっていき、弟を見つけた。そして弟の顔に巻尺を叩きつけた。

「おまえがやったんだな」

私も姉も妹も、父に殴られたことはない。父の暴力は母とかわいそうなフランクに向けられた。暴力といっても身体的なものとはかぎらない。このときフランクは殴られる前に部屋から飛んで逃げた。父はなにか標的になるものはないかと部屋の中を見まわした。

グローブがそこにあった。

父はグローブをわしづかみにすると、廊下から居間を走り抜け、玄関から外に出てガレージに入った。フランクは父の手にグローブがあるのを見て、叫びながら追いかけた。「パパ、やめて！　ごめんなさい！　ごめんなさい！」姉と妹と私も、やめてと叫びながら追いかけた。

父は道具棚に近寄って、植木ばさみを取り出した。

そしてグローブにはさみを入れた。硬い革をぼろぼろの破片になるまで切り刻んだ。フランクは見ていられなかった。泣き叫びながら家の中へ駆け込んだ。私は電話に駆け寄り、仕事中の母を呼び出した。「今すぐ帰ってきて！」姉のアネットは妹のナンシーを連れて自分の部屋に隠れた。

母が帰宅したとき、父は居間のソファで酔いつぶれていた。父のまわりには、ばらばらになったフランクのグローブの破片が散らばっていた。フランクは自分の部屋の隅で丸くなっていた。母は泣きやまない弟をなぐさめようとしたが、かける言葉はなく、できることもなかった。

翌朝、父はなにごともなかったようにふるまった。だから私たちもそうした。それがいつものやり方、母が私たちに教えたやり方だった。今でも私の耳には母のささやき声が残っている。「ふつうにするのよ。なにもなかったみたいに」数日後、父はフランクに新しいグローブを買ってきた。

それがばらばらになったグローブのかわりにはならないことが、父にはわからなかった。

6 友だちの約束

四回目の月曜にいつもの場所で会ったとき、外食せずに私の自宅で食べようとモーリスに言った。彼はびっくりして、「すごい」と言ってくれた。私も招いた自分に驚いていた。モーリスに手料理を食べさせたいと思ってはいたものの、ぬぐえない懸念《けねん》もあった。本当にこの子を自宅に招いていいのだろうか？　大問題にならないかしら？　みんなはどう思うだろう？　でもいつもの場所でモーリスの顔を見たら、そして私を見つけてにっこりと笑った彼の笑顔を見たら、大丈夫だと思えた。

私たちは、自宅アパートメントのザ・シンフォニーまで歩いた。ドアマンのスティーブは、手を振って私を出迎えてくれた。

「こんばんは、ミス・シュロフ」

そう言うとスティーブは、汚ないエンジ色のトレーナーを着たモーリスを見下ろした。一瞬だが、ふたりはお互いを眺めまわした。アパートメントを出入りする人をみんな憶えることがスティーブの仕事なのだが、彼は私たちがどんな関係なのかを測りかねているようだった。

「こちらは友だちのモーリスよ」私はなんとかそう言った。

スティーブはまだけげんそうな顔をしていた。

私たちはロビーを抜けてエレベータまで歩いた。ザ・シンフォニーは新築で、天井の高い広々としたロビーには、豪華な錆《さ》び色まじりの黒御影石《みかげいし》のフロアの上にアールデコ調の家具と大きなコンシェルジュデスクが置かれていた。なにもかもがぴかぴかに輝いていた。エレベータは広くて明るく、廊下には深々とした絨毯《じゅうたん》が敷きつめられていた。モーリスはただ言葉を飲み込んでいた。

部屋は狭かったけれど、私にとってはぜいたくな住み家だった。天井まである高い窓、ふたつある両開きのクローゼット、真新しいシステムキッチン、そしてベランダ。家具はマホガニーのチェストに、楕円のダイニングテーブル、それに美しいアンティークのライティングデスク。色調は落ち着きのあるブルーと薄紫で統一した。すべて私の望みどおりだった。

ソファに座ってねと言うと、モーリスは右はしにちょこんと座った。その視線は、床にある小銭の入った特大ジョッキにそそがれている。一メートル近い高さの透明のプラスチックジョッキには、ほぼ半分あたりまで五セントや一〇セント、二五セント硬貨が詰まっていた。それは、父のアイデアだった。

父は昔、バーテンの仕事でもらったチップを全部残さず寝室のバスケットの中に入れていた。入れるだけで、決して取り出しはしない。私たち子どもはお金の山がどんどん高くなるのを見てワクワクしたものだ。毎年三月になると、父は私たちを集めて小銭を数えさせた。全部合わせると数千ドルにもなった。父はそれを税金にあてていた。

それから時がたち、私も働きはじめたときに小銭を入れるための大きなジョッキを手に入れた。ジョッキの中には少なくとも千ドル分の硬貨があったと思う。路上で小銭をせがんで生きのびているモーリスのような子にとって、そのジョッキは宝物のように見えたにちがいない。

「ダイエット・コーク飲む?」私は聞いてみた。

「はい、お願いします」

私は飲み物を持っていき、ソファに腰かけた。

「モーリス、大切な話があるの。一度しか言わないから、よく聞いてね」

モーリスがびくりとした。

「あなたを自宅に呼んだのは、友だちだからよ。友だちってね、信頼し合うものなの。私は絶対にあなたの信頼を裏切らないわ。だから、いつでも私を頼ってくれていいのよ。でも、もしあなたが私の信頼を裏切ったら、友だちでいられなくなる。わかった？」

モーリスは目を見開いて私を見つめ、なにも言わなかった。戸惑っているようにも、驚いているようにも見えた。

「わかる？」もう一度聞いてみた。「それでいいかな？」

するとモーリスが聞いてきた。

「それだけ？　ぼくと友だちになりたいだけ？」

「そうよ」

目に見えてほっとしている。モーリスが立ち上がって手を出した。私たちは握手をした。

「約束する」モーリスが言った。

ずっとあとになって、モーリスは、このとき本当にこわかったのだと話してくれた。それまで、大人はだいたいモーリスになにかを求めたからだ。母親、おじさん、客引きのスネーク……。大人が近づいてくるときには、いつも目的や下心があった。だから、この白人の女の人もやっぱりなにか欲しがってるんだ、自分にやさしくしてくれた理由がこれではっきりする、そう思ったのだという。

私がただ友だちになりたいだけだとは信じられなかったらしい。だけど、私たちは約束をかわした。友だちの約束だ。といっても、そのときの握手の意味を私が本当に理解したのは、何年もたってからだった。


私が夕食をつくるから、その間にテーブルをセットしてねとモーリスに頼んだ。お皿とフォークとナイフを手渡した。鶏の胸肉を三枚オーブンに入れ、パスタと野菜を茹《ゆ》でていると、食卓のほうで食器をがちゃがちゃさせている音が聞こえた。少しすると、モーリスがキッチンに入ってきた。

「ミス・ローラ。テーブルセットのやり方を教えてくれる？」

彼が私になにかを教えてほしいと頼んだのは、それがはじめてだった。

私は食卓へ行き、彼に見せながらテーブルをセットした。フォークは左、ナイフは右、その間にお皿とナプキン、そしてグラス。

食べようと椅子に座ると、今度は私の手をじっと見ているのに気づいた。

「モーリス、どうかした？」

「フォークとナイフをどうやって一緒に使ったらいいか見ようと思って」

私は彼に見えるように、ゆっくりと手を動かした。でも、なにも言わなかった。講義はなし。ただ見て覚えればいい。モーリスは好奇心旺盛《おうせい》で頭がよく、スポンジのようになんでも吸収した。母親とおじさんを見て、麻薬取引のイロハを習得した。路上で生きのびるすべも、ただ見て覚えた。だけど、テーブルセットやフォークとナイフの使い方は、それまでだれも見せてくれなかった。

モーリスは、よその家に招かれて食事をしたことがなかった。

でも、私のナイフとフォークの使い方を見ると、すぐにできるようになった。テーブルマナーはサバイバルに必要なことではないけれど、知っていて損はない。モーリスがそれを身につけたいと思っていることが、私にはわかった。

モーリスは食事を半分残した。

「鶏肉、大丈夫だった？」

「うん、おいしい」

「食べきれなかった？　お腹すいてなかったかな？」

モーリスはもじもじしていた。

「ママに持って帰りたいんだけど、いいかな」

「まだキッチンにあるわ。それは食べちゃって。持ち帰り用を持たせてあげるから」

すると、モーリスは残りを平らげた。

食事のあとはふたりでテーブルを片づけ、ロール状のクッキーのタネをキッチンでモーリスに手渡した。

「クッキーいかが？　切ってちょうだいね。私が焼くから」

モーリスに包丁を渡したが、彼はどうしていいかわからない様子だった。私はタネをひと巻き取り出して見せ、二センチちょっとの厚さに切るように言い、あと四ロールお願いねと頼んだ。モーリスはさっそく仕事にとりかかった。切ったタネをふたりでクッキーシートの上に並べてオーブンに入れ、一五分後にミルクと一緒にホカホカのチョコチップクッキーを食べた。

モーリスは、デザートをすごく気に入った。それも、これまで知らなかったことのひとつだった。デザートはごほうびで、彼の人生にはごほうびなんてほとんどなかったのだから。ふたりで食べる食事の中で、デザートはモーリスのお気に入りのパートになった。いつもおみやげに四個残しておくことも忘れなかった。

九時近くなったので、モーリスを帰すことにした。そのときもまだ、彼の居場所をだれも気にとめないとは信じられなかった。彼に手みやげ用の食べ物を包み、帰る前に座っておしゃべりをした。

「モーリス、聞いていい？　おうちに自分用の歯ブラシある？」

「ううん」

「タオルとお手ふきは？」

「ない」

「石けんはある？」

「ないよ。ミス・ローラ」

私は棚からタオルとお手ふきを取り出し、予備の歯磨きと歯ブラシと石けんを見つけてきた。それを食べ物と一緒にスーパーのレジ袋に入れた。モーリスが家に持ち帰ったものはみんなすぐに消えてなくなると私が知ったのは、しばらくあとになってからだ。それを盗むのが姉なのかおじさんなのか、モーリスにはわからなかった。ただ、どこかに消えてしまうのだ。のちには、私が大きめの鍵つきトランクを買ってあげて、モーリスはその中に私物をしまうことにした。

「もうひとつ」私は切り出した。「びっくりさせることがあるの」

モーリスが背筋を伸ばした。

「今度の土曜にメッツの試合を観にいかない？」

彼の目がパッと輝いた。あんなに昔のことなのに、今でもあのときの彼の表情が、喜びに満ちたあの顔が忘れられない。

「でも、聞いて、モーリス。私の運転であなたを試合に連れていくっていう手紙に、お母さんのサインをもらわないといけないの。大丈夫？　この手紙をお母さんに見せて、サインをもらえるかな？」

前もってタイプしておいた手紙をモーリスに渡した。そして水曜に、いつもの時間にいつもの場所までそれを持ってくるよう頼んだ。「それがないと、試合に連れていけないの」私はきっぱり言った。「サインをもらって、持ってきてね」モーリスはそうすると約束して、水曜にいつもの場所で会うことにした。

「夕食とか、いろいろぜんぶ本当にありがとう」

私はモーリスと一緒にロビーまで降り、またスティーブの前を通った。

「おやすみ、モーリス」スティーブが声をかけた。

モーリスがぎょっとした。ドアマンが名前を憶えていたからだ。

その週の水曜日、私はいつもの場所でモーリスを待っていた。一〇分、一五分、二〇分。七時四五分まで待った。

結局、モーリスは現われなかった。

7 母の歌

モーリスとの食事が習慣になりはじめたころ、お母さんのことを教えてと聞いたことがある。母親のことをほとんど話したがらなかったので、ちょっとしつこく聞いてみた。できるだけ母親のことを知っておいたほうがいいと思ったからだ。モーリスと一緒にいると、母親のなわばりに踏み込んでいるようでうしろめたかった。モーリスがだれとなにをしていても、お母さんは本当に気にしないのだろうか？

「モーリス、お母さんはお仕事あるの？」

「ない」

「じゃ、毎日なにしてらっしゃるの？」

「家で片づけとか。掃除機かけたり、ゴミを拾ったり」

なるほどと思った。世の中に専業主婦はたくさんいる。私は頭の中でモーリスの母親を想像してみた。いつも忙しくてくたくたで、子だくさんだけど男手がない。そのときもまだ、こんな幼い子が夜の街をぶらぶらしていることが私には理解できなかったのだ。どこの母親がそんなことを許すだろう？　もし許していたとしたら、モーリスはどうして水曜にこなかったのだろう？　母親がいやがったのかしら？　ひょっとすると、母親がいないのかも。

モーリスが姿を見せなかったので、自分で答えを探すしかなかった。私は福祉住宅に行って、モーリスの母親に会おうと決めた。

手がかりはモーリスが教えてくれたことだけだ。母親と姉たちとおばあさんと一緒に、ブライアントという福祉住宅に住んでいるらしいこと。それが低所得者用の集合住宅であることは知っていた。ニューヨーク市のあちこちにそうした福祉住宅があることはニュースなどで聞いていたが、行ったことはもちろん、近寄ったことさえなかった。ひとりで行くのはやめたほうがいいと思い、三部屋隣に住んでいるリサに一緒にきてもらうことにした。木曜の仕事帰りに、私たちはブロードウェイと五四丁目の角にあるブライアントに歩いていった。

ブライアントは、マンハッタンの中心部タイムズスクエアから数ブロック北の、人通りは多いが荒れた場所に建っていた。一二階建てのビルで、石灰石のファサードは半分腐ったレンガの外壁に浸食されていた。その少し南側にはエド・サリバン劇場があり、今はそこで「デビッド・レターマン・ショー」が収録されているが、当時はCBSのコメディー番組「ケイト&アリー」の収録が行われていた。

あとになって、モーリスはそのコメディー番組のおかげで生きのびられたと教えてくれた。収録中に劇場に入って観客に混じって客席に座り、舞台裏に行ってテーブルの上に置かれたスタッフ用の食べ物を食べていたのだという。しばらくすると、みんなはモーリスを、背の高い黒人音声スタッフの息子だと思い込んだらしい。モーリスはスタッフと顔見知りになり、そこらへんにいさせてもらえるようになったが、番組が打ち切りになってしまった。おいしい思いもそこまでだった。

リサと私はブライアントの入り口まで歩いた。外の歩道には男女がうろつき、話したり怒鳴ったり笑ったりしていた。子どもたちが何人か、そこに停めてある車のまわりを追いかけっこで遊んでいた。その子たちはちょうどモーリスと同じくらいの歳だったので、その中に彼がいないか探したが、いなかった。コンクリートの階段を三歩上がって玄関を入ると、だだっぴろいロビーがあり、そこには住人の人生があふれ出していた。

老女と幼い子どもとうるさい男たち。騒音と混沌が目の前にあった。すえて腐った臭い。壁はテカテカの黄土色で、調度品はとうの昔に持ち去られていた。床はべとべとで、新聞やら紙コップやらが散らばっていた。天井につけられた二本の蛍光灯が、不気味にちらちらと点滅していた。

片側に小さな防弾ブースがあり、制服姿の警備員が座っていた。彼は私たちが入ってくるのを見て、声が聞こえるように仕切り窓を開けた。

「あの、私たちモーリス・メイジックくんの友人なんですけど」私は言った。「彼に会いにきました」

「モーリス？　ちっちゃな子どもの？　あんた知り合いかい？」

「そう、彼の友だちなんです」

警備員は怪《あや》しんでいたが、ブースから出てきてエレベータまで案内してくれた。中央エレベータの黒っぽい扉には落書きアートが描かれていて、エレベータは故障中だった。警備員は私たちを少し後ろの荷物用エレベータまで連れていった。彼がブザーを鳴らすと、もうひとりの制服姿の警備員がやってきて、私たちと一緒にエレベータに乗ってくれた。荷物用エレベータで五階までがたがたと上がった。

廊下は暗くてわびしかった。絨毯はなく、漆喰《しっくい》の壁は今にも崩れ落ちそうだった。ごみがそこらじゅうに散らばり、揚げものの臭いが鼻をついた。幅木はすすだらけで真っ黒だった。ロビーと比べると、不思議なほど静まりかえっていた。遠くで金きり声が聞こえていたことを除けば、どう見ても廃屋《はいおく》だった。

五〇二号室の前まできたが、ドアの部屋番号は五がはがれ落ちて〇と二だけになっていた。警備員が私たちの後ろで見ていた。リサの顔を見ると、私と同じことを考えているのがわかった——存在さえ知らなかった世界に足を踏み入れてしまった。私は深呼吸して五〇二号室のドアをノックした。

しばらくの間、なんの反応もなかった。部屋の中では人が動く気配もない。もう一度ノックした。またもや反応なし。

「もう一度ノックしてみて」警備員が言った。

やっと部屋の中から物音が聞こえた。ノロノロとした足音がドアのほうに近づいてくる。ゆっくりゆっくりと鍵がまわり、ドアがギシギシと開いた。

ドアの枠に女性が寄りかかっていた。茶色のスウェットパンツをはいている。腰ひもが取れたままのスウェットパンツは、ずり下がって下着が見えていた。しみのついたTシャツに裸足《はだし》。黒髪はもつれてぐしゃぐしゃで、顔にかかった髪もあれば、上にピンと跳ねた髪もあった。年齢は見当もつかない。一八歳にも四〇歳にも見えた。ガリガリの身体で、動きはスローモーシヨンだった。今にもガクンとひざが折れそうだ。

こっちのほうに目をやってはいたが、私たちがいることがわかってないようだった。起きていても意識がない、ある種のトランス状態に見えた。なにか言おうとするように口を開いたが、ろれつのまわらないもごもごとした声が聞こえただけだった。彼女は頭をドア枠にもたせかけた。白目をむいていた。

それがモーリスの母親、ダーセラだった。

ダーセラと子どもたちは、寝場所を求めてくる日もくる日もブルックリンをさまよったことがある。娘たち、セレステとラトーヤはまだ一〇歳にもならず、モーリスはやっと六歳になるかならないかのほんの小さな子どもだった。父親のモリスは姿を消し、母親と子どもたちだけでなんとか生きていかなければならなかった。シェルターに何日か泊まり、いとこの家に数日身を寄せた。子どもたちを連れたダーセラが友だちの家に行ってドラッグをやり、そのまま意識を失ったこともある。モーリスとふたりの姉は部屋の隅に身を寄せ合って朝まで眠った。

ときには、身を寄せている場所から夜中にいきなり路上に放り出されることもあった。いとこの部屋に長居しすぎたり、シェルターでけんかが始まったりしたときだ。そんなときダーセラは、荒れた街を行くあてもなく歩きながら、子どもたちが少しでもこわがらないようにと歌を歌ってくれた。きれいな声だった。若いころは教会の聖歌隊で歌っていたという。気分の上がるゴスペル讃美歌もよかったけれど、モーリスがなにより好きだったのは、母が即興でこしらえる歌だった。道ばたのなにかを指さして、それを歌にするのだ。廃車、野良猫、路地裏のジャンキー。甘く陽気なメロディーはいつも同じだった。

どうしてなの
私と三人の子どもたち
絶望の中で生きている

運のいい日には、ひと晩だけ泊めてくれるシェルターが見つかった。

笑いえくぼが人一倍かわいいダーセラがドラッグを始めたのは、モーリスが生まれてからまもなくのことだ。そのころには、彼女の人生の中の全員が常習者だった。夫、兄弟、母親さえも。住んでいた場所は麻薬ディーラーと常習者の巣窟《そうくつ》だった。ダーセラは押し寄せる波に飲み込まれた。モーリスが幼いころに、彼女はヘロイン中毒になった。

ドラッグはダーセラのすべてを食いつくした。彼女は子どもたちの前でもヘロインを打った。幼いモーリスは、意味もわからず母の手さばきを見ていた。それが終わると母が幸せになることだけは知っていたから、恐ろしいとは思わなかった。

母はまず道具を準備する。ケチャップのフタ、注射器、分厚いゴムバンド、細長いアルミホイル、脱脂綿、ライター、薄い紙包みに入ったヘロイン。ケチャップのフタに水を入れ、ピンセットではさむ。その中にヘロインを入れ、上から脱脂綿をかぶせて吸いとる。キャップの下にライターを当てて熱する。脱脂綿をつまみ出して注射針を刺し、ヘロインを吸いとる。腕にゴムバンドを巻き、静脈が浮き上がるまで強くしばると、針を静脈に差し込んで注射する。しまいにはヘロインの打ちすぎで静脈が出なくなり、人さし指と中指の間の動脈に注射していた。

注射を打ちながら「ああ、いいわ」とつぶやくと、母の頭がぐらりと後ろに揺れる。ハミングしながら、メロディーに合わせて手をふり、はるか遠く、苦痛のない場所までうつらうつらと漂流していく。

モーリスにとって、それは幸せな瞬間だった。ママが平穏を見つけるときだから。それよりも、彼女がせかせかと怒りっぽくどうしようもないほど落ち着きがなくなるとモーリスは動転して、なんとか母を助けたいと思った。一度は地下鉄でそうなった。興奮して落ち着きのなくなった母は、みんなが見ている前で道具を取り出した。

「まわりに立ってて」と言われたので、モーリスと姉たちは壁になって母を隠した。母はすぐに打ち終わり、子どもたちは座った。うつらうつらする母をみんながじろじろ見ていたけれど、モーリスは気にならなかった。ママが幸せなら、それでよかったのだ。

モーリスは、母親が身体に害のあることをしているとはわからず、その金をどう工面しているのかも知らなかった。知っていたのは、見知らぬ男たちが家にやってきて、しばらくすると出ていくことだけだ。男たちは入り口までたどりつかないこともあった。自分から罠に飛び込んでくる男もいた。

危険なことで知られたベッドスタイ地区のマーシー集合住宅に住んでいたころ、ダーセラは部屋に男を連れ込んで、麻薬や金目当てに身体を売っていた。といっても、たいていは色じかけで男をおびき寄せていただけだ。ふつうは深夜、モーリスとふたりの姉が居間にある虎柄のソファで眠っているときだったけれど、目が覚めてすべてを見てしまったこともある。当時まだ一六歳だったジュースおじさんが、四・五キロのダンベルを持ってドアの後ろに隠れていた。ダーセラが男を中に連れ込むのを待って、男の頭をダンベルで殴る。それからポケットを探り、身ぐるみはがすのだ。終わるとジュースおじさんが男をロビーまでひきずり降ろして放置した。

あるときなどロビーまで降ろすのさえ面倒だったのか、男を気絶させたまま廊下に押し出してそのままにした。しばらくすると警官がやってきて、部屋の外にいる男を知っているかとダーセラに聞いた。ダーセラは知らないと言ってドアを閉め、盗んだヘロインを打っていた。

叫び声で目が覚めたこともある。ジュースおじさんの殴り方が急所からはずれたらしく、男は気絶しなかった。血まみれで朦朧《もうろう》としていたが、意識はあった。男はジュースおじさんに背を向けて、助けてくれと叫びながら、モーリスの目の前を通って部屋の中に駆け込んできた。男がバスルームに走り込むと、おじさんが追いかけてきた。ドンドンという大きな音と叫び声。モーリスがこわいもの見たさでバスルームをのぞいてみると、男はトイレとバスタブの間にちぢこまって、おじさんのパンチから身を守ろうとしていた。

男が身をすくめて頼むから助けてくれと懇願していると、ダーセラが入ってきて言った。「金はあきらめな」男はやっとぐちゃぐちゃの紙幣を数枚放り投げた。ダーセラは金を拾い上げると、それを目で勘定してこう言った。「こんなはした金で女が買えると思ったのかい?」おじさんが男をぶちのめそうとすると、男はまた必死に命乞いした。モーリスはそのとき生まれてはじめて、大人の男の中につめたく冷えきった恐怖の顔を見て、背筋が寒くなった。

とうとうローズおばあさんがやってきた。モーリスはほっとした。おばあちゃんなら殴るのをやめさせて、かわいそうな男を帰してやるはずだ。男もそれを感じたらしく、ローズおばあさんに向かって言った。「頼みます、お願い。助けてください」

ローズはおじさんに言った。「一発殴って外に出しとくれ。こっちは眠いんだよ」

ジュースおじさんがもう一度殴りつけると、男はついに気絶した。そして身ぐるみはがすと、男を外に引きずり出してドアを閉めた。

警官がアパートにやってきたこともある。ドアをドンドンと叩き、三、四人の制服警官が部屋に入ってくると、ダーセラの腕をつかみ手錠をかけてひっぱっていった。その間、モーリスと姉たちは、やめて、やめてと警官に叫んでいた。ダーセラはその日中に家に帰り、新品のヘロインと部屋にこもった。何年もあとになって、モーリスは母親がニューヨーク市警のたれこみ屋だったことを知った。マーシー住宅にいた麻薬ディーラーを密告し、見返りに市警が押収したヘロインを少し頂戴《ちょうだい》していたのだ。警察は、母に用事があるときには、アパートメントにやってきて、たれこみがばれないよう母を逮捕していた。

そうこうしていると、母が一週間姿を消した。戻ったときには両足に長いギブスをつけて、車いすに乗っていた。自動車事故にあったと言っていた。が、噂が耳に入ってきた。麻薬ディーラーが母のたれこみに気づいて足を折ったという。モーリスはおじさんたちに聞いてみたけれど、黙れと言われただけだった。

もの心ついたときから、というよりそれ以前から、ドラッグはモーリスの生活の一部だった。

一歳のときには、ドラッグのせいで死ぬところだった。モーリスが生まれたあと、家族はダーセラの姉ベリンダが住んでいた二階建てのボロ屋に居候《いそうろう》することになった。小さなモーリスは、二階のおばさんのベッドが好きで、いつもおばさんと一緒に寝ていた。でも、おばさんはときどきコカインでハイになることがあり、吸いすぎたときにはモーリスを一階の母のベッドに寝かせていた。

そんなある晩、モーリスを追い払ってからまもなく、ベリンダおばさんが誤ってベッドを燃やしてしまった。彼氏が火を消そうとして、水のかわりにアルコールをかけてしまったので、火はさらに広がった。消防車がやってきて消火にあたったが、ベリンダおばさんは焼け死んでいた。モーリスがいつも眠っていたベッドは黒焦げの灰になっていた。

その火事があってから私に会うまでの間に、モーリスは少なくとも二〇カ所の集合住宅やシェルターや福祉施設を転々としていた。ほとんどの人の一生分よりもはるかに多い回数あちこちに移り住み、ひとところに一日か二日しかいられないことも多かった。ブラウンズビルの中でも犯罪とドラッグの温床《おんしょう》として知られる、バンダイクハウスという公団住宅に住んでいたこともある。そこから、コンクリートの中庭のまわりに朽《く》ちた建物が広がる、荒れ果てたマーシー集合住宅に引っ越した。

その次に行ったのは緊急援助ユニットと呼ばれる、定住居に移るまでの一時的な避難場所だった。そこで短期間過ごすと、今度は倉庫の真ん中に六〇〇台の簡易ベッドが並べられトイレがふたつしかない、ブロンクスのロベルト・クレメンテシェルターに移された。モーリスにも専用のベッドが与えられたが、そこも長続きしなかった。服が盗まれ、ダーセラがだれかにいちゃもんをつけてけんかになった。三日後にまたもとの緊急援助ユニットに戻った。

そこから、クイーンズとブルックリンの境目のフォーベル通りにあるシェルターに引っ越した。こっちはましだった。八室から九室にそれぞれ二〇台ほどの簡易ベッドがあった。簡素なカフェテリアがあり、子どもたちの遊ぶ部屋もあった。だがフォーベルも定住場所ではなかったので、五カ月たつと別の場所に移された。そのあとには怪しげで危険な福祉住宅を転々とすることになった。ブルックリンのブルシッパーズ・ロッジ、クイーンズにある空港近くのモーテル。ワシントン街の名前もない建物は天井が鏡張りで、ネズミが壁を走りまわる、不潔で劣悪な部屋だった。家族が入居していないときは、売春婦がいくつかの部屋を使っていた。シーツの上に精液やコンドームが残っていることもあった。数日すると、一家はまたフォーベル通りのシェルターに逆戻りした。

いよいよ最後は、ふたたび緊急援助ユニットに戻った。でもモーリスたちはあまりにも長いあいだ行政の世話になっていたので、最後通告を突きつけられた。ブルックリン・アームズに入るか、路上で寝るか、どちらかを選ばなければならなくなったのだ。ブルックリン・アームズは、ニューヨーク市内の劣悪な六〇軒の福祉住宅の中でも最低だと聞かされていた。強盗にあったり、殺されたりするらしい。あそこよりは路上のほうがまだ安全だろうと、無一文なのに路上を選ぶ人もいた。モーリスはそんなところに向かおうとしていた。考えられるかぎり最悪の場所へ。

ブルックリン・アームズの三〇五号室に引っ越したとき、モーリスは一〇歳だった。大きなゴシック様式の一六階建ての建物は、かつてはグラナダと呼ばれ、裕福な家族がその宴会場で結婚式を挙げ、白い手袋をはめた老婦人が午後のハイボールを楽しむ、洗練された居住用ホテルだった。それが、一九七〇年代までに裕福な居住者は出ていき、福祉住宅になった。

廊下にはギトギトの茶色いペンキがべっとりと塗られ、水や電気はしょっちゅう止まり、猫ほど大きなネズミがいた。部屋にキッチンがなかったので、入居者はとりあえず調理場所をこしらえて、フライパンとガスコンロと湯沸しポットで料理していたが、それはとても危険だった。欠陥だらけの配線や、崩れ落ちそうな非常階段や、麻薬取引が放置されたままの場所は、いつ死んでもおかしくない環境だった。

「神がお助けにならなければ」ニューヨーク州のパトリック・モナイハン上院議員は、この福祉住宅をこう糾弾《きゅうだん》した。「子どもたちがいつかここで命を落とすでしょう」

それは正しかった。八〇年代の半ばに、モーリスの友だちだったふたりの男の子が、壊れたエレベータの扉の近くで遊んでいるうちにシャフトに落ちて亡くなった。

モーリスは、母親とおばあさん、ふたりの姉、そして入れ替わり立ち替わりやってくる六人のおじさんと一緒に三〇五号室で暮らした。おばさんの彼氏のチーズおじさんもそこに住んでいた。ときにはひと部屋に一〇人も一緒に寝泊まりした。

モーリスがそこにいたのは、ちょうどニューヨークにクラックが蔓延した時期だった。一九八四年から一九九〇年にかけて、クラックは全米に広がった。コカインのなかでもとくに中毒性の高いクラックは需要も多く、それがさらに犯罪と暴力につながっていた。全米の黒人青年の殺人率が二倍に跳ね上がったのも、クラックが流行したこの時期だった。無数の命がむだに失われ、多くの子どもたちが幼少期を奪われて里親に送られた。ブルックリン・アームズのような福祉住宅は、当時のクラック禍の震源地だった。クラックが売買され、製造され、吸引され、家族全体を巻き込んだのは、まさにこの場所だった。

皮肉なことに、クラックがブルックリン・アームズに広がったのは、モーリスの母親が必死に麻薬から足を洗おうとしていたときだった。この福祉住宅に入居してまもなく、母親はキングス郡病院のリハビリセンターに入院した。そこに三カ月入院して、身体から毒を抜いたのだ。母親の入院中、モーリスは毎晩泣いていた。とうとう泣き声にがまんできなくなったダークおじさんが、モーリスと姉たちを母親に会わせるため病院に連れていった。面会時間をとっくに過ぎていたので、警備員は入れてくれなかった。ダークおじさんは「せっかくきたのに、ただじゃ帰れねえ」と言って、ダーセラの名を叫びながら病院のまわりを歩いた。「ディーディー！」おじさんは大声でわめいた。「ディーディー、どこだ～」

モーリスも呼びはじめた。「ママ、ママ、ぼくだよ！」

みんなで叫びながら歩いていると、やっとか細い声が聞こえた。「ここよ」母が二階の窓からこちらを見ていた。母は泣きながら呼んでいた。「ベイビー、ベイビー！」母は二階から子どもたちを抱きしめるように手を突き出し、モーリスも母にすくい上げられたくて手を差し伸べた。ついに母が言った。「トラブルになる前に、帰って」

モーリスはいやだと言った。泣いて地面を転げまわりながら叫んだ。「帰らない」ダークおじさんがモーリスを肩にかついで帰っていく間、モーリスの泣き声が夜の闇を引き裂いた。患者たちが窓際に集まってくる中で、ダーセラは部屋の奥へと消えた。

数週間後にダーセラは家に帰ってきた。何年ぶりかではじめてドラッグが抜けていた。リハビリ施設というのがなんなのかモーリスにはわからなかったけれど、母はこれまでと違って健康で幸せそうに見えた。モーリスや姉たちと過ごす時間も増えた。おじさんたちがドラッグを持って出たり入ったりしても、全部無視していた。モーリスは生まれてはじめて、ドラッグでふらふらの状態でない母親を知った。生まれてはじめて、ふつうの生活に近いものを経験した。ブルックリン・アームズもそれほど悪い場所じゃなかった、と思った。

だけど、それも長続きしなかった。ある日ダークおじさんが帰ってきて言った。「おい、ディー、ちょっとこっちにきな。試してみるといい。これは今までのと違うぞ」

「いやだね。もうごめんだよ」

「よぉ、ディー、古いヤツとは全然違うんだよ。すごいんだぜ」

「知ったこっちゃないね。もうやめたんだよ」

ダークおじさんはテーブルの上にクラックの粒を広げた。

「よぉ、ディー、すげえ上物なんだよ。試してみろって。それにな、こいつはクセにならないんだぞ」

ダーセラはその粒をしばらく見つめていた。そしてとうとうそれをバスルームに持って入った。すぐに出てきた母の目は潤《うる》って、五〇セント玉のように見開かれていた。まだ幼いモーリスには、なにが起きたのかはっきりとわからなかったけれど、「これはよくない」と思うほどには大人になっていた。

そんなふうにいとも簡単に、母はこちらとあちらの世界を切り裂く崖《がけ》からすべり落ち、永遠に暗い世界をさまようことになった。


ブルックリン・アームズの三〇五号室は、クラック製造工場になった。クラックの味を覚えたダーセラは、その福祉住宅でいちばんの大物ディーラーになった。おじさんたちもかなわないほどだった。コカインからクラックをつくる方法を最初にマスターしたのもダーセラで、彼女がおじさんたちにやり方を教えた。おじさんたちはブロードウェイの北側でドミニカ人からコカインを仕入れて家へ持ち帰り、ダーセラが製造した。ダーセラ自身が出かけていって仕入れることもあった。見たこともない大金が、ものすごい数の札束が、どんどん流れ込んできた。

それから一年のうちに母親とおじさんたちが取引したドラッグを全部合わせれば、少なくとも百万ドルの現金がブルックリン・アームズのあの部屋を通過したはずだ。モーリスがそう考えたのは、ずっとあとになってからだ。

その金はそれなりの安定をもたらした。ダーセラは人生ではじめて子どもたちに靴やコートや下着を買ってあげられるようになった。みんなが母やおじさんに一目置《いちもく》くようになり、それがモーリスにも伝わって自分も一目置かれているような気になった。生活にリズムができ、乱れてはいても先が見えるようになった。やっとおうちと呼べる場所ができた、モーリスはそう思った。

一九八六年、ブルックリン・アームズでふたりの子どもが火遊びを始めた。母親は家にいなかった。ドラッグを買いに出かけていたのだ。子どもたちはこわくなって逃げ出すこともできず、幼すぎてどうしていいかわからずにクローゼットに隠れた。煙があちこちに充満した。住人は叫びながら逃げまどった。モーリスは歩道に立って、知り合いの子どもたちがやけどを負って泣きながら転げ出てくるのを見た。この火事で、結局四人の子どもが亡くなった。

その事件のあと、コッチ市長はこのアパートの環境を糾弾し、すべてを一掃すると誓った。まもなく警察がブルックリン・アームズを一斉捜索した。ドアを叩き、住人に手錠をかけていく。モーリスの母親が階段を下りているところに、ちょうど警察が踏み込んできた。母親は、自分はたまたまここにドラッグを買いにきただけのジャンキーで、ここに住むディーラーではないと警官を丸め込んだ。それで難を逃れたが、ふたりのおじは逮捕された。またしてもモーリスは歩道に立ち、やっと「おうち」と呼べるようになった場所を、警察と報道関係者が取り囲むのを見ていた。その夜、報道スタッフがいなくなったとたん、ディーラーたちがまた取引を始めるのをモーリスは見た。

一斉捜査の数日後、足引きおじさんが酔っぱらって洗濯室の窓にレンガを投げつけた。モーリスの家族は全員、ブルックリン・アームズから永遠に追い出されることになった。


ブライアントにきた私は、ドアの枠によりかかったダーセラ越しに、モーリスが住む部屋の中を見た。五メートル四方ほどの広さの部屋に窓がふたつあり、天井は高い。後ろのほうにシーツも枕もないシングルベッドが二台並んでいた。ぼろぼろになったベージュのリクライニングチェアがあり、小型冷蔵庫の上に小さなテレビが載っていた。冷蔵庫に食べ物が入っていたことは一度もないと、あとでモーリスが教えてくれた。その中にあったのは、プラスチックの水差しに入った水とドラッグを調合するための重曹の包みだけだった。

あるのはそれだけ。それ以外にはなにもなかった。部屋は暗く、むき出しだった。天井の電灯は薄暗く、壁に絵もなければ、カーテンもキッチンもなかった。年寄りの女性が椅子に座っているのが見えた。ローズだった。ほかにはだれも見えなかったが、多いときには一二人——

母親、おばあさん、ふたりの姉、おばさんとふたりの幼い子どもたち、いつものおじさんひとりと、ときどきやってくるおじさん二、三人——が一緒に暮らしていたことを、そのあと知った。子どもたち五人がシングルベッドで眠り、大人たちは寝ずにドラッグをやっていた。朝がくると子どもたちは起き上がり、大人たちはふらふらになって昼間は寝て過ごした。おじさんたちは床で眠ることもあれば、クローゼットの中で寝ていることもあった。

モーリスも、ときにはひとりになりたくてクローゼットにこもることがあった。

「こんにちは、あの、私ローラといいます」私は思い切って声を出した。「モーリスの友人です。お母様ですか？」

女性は私たちをぽかんと見つめていたが、言葉は通じていなかった。

「モーリスから野球のことお聞きになってますか？　モーリスをメッツの試合に連れていきたいんです。もしよければ、お許しいただけませんか？」

女性がさらにずるっとドアの枠に寄りかかった。さらに白目をむいている。酔っぱらって立ち上がれない人やハイになりすぎてまともに話せない人は見たことがあったけれど、こんなにイッてしまった人を見たことは一度もなかった。彼女はやっとまっすぐ立ち、ふりむいてゆっくりと遠ざかっていった。警備員はエレベーターのほうに歩きはじめた。

ローズおばあさんがドアのほうにやってきた。おばあさんはしっかりしていて、私たちをしげしげと見ると、眉《まゆ》をしかめて言った。「なにごとだい？」

「こんにちは、私ローラと言います。こっちは友人のリサです。私、モーリスの友だちなんです。モーリスから聞いてらっしゃいますか？」

「聞いてるよ」ローズは言った。

「そうですか。よかった。あの、今度の週末にモーリスをメッツの試合に連れていきたいんですけど、お母様の許可が必要なんです」

ローズに手紙とペンを渡した。おばあさんは手紙にサインした。「ああいいよ」と言って手紙を戻してくれた。

「ありがとうございます」私はたずねた。「それから、モーリスの都合がいいときに私の家に寄るよう言ってもらえますか？」

ローズは「わかった」と言ってドアを閉めた。


翌日アパートメントのインターコムが鳴り、モーリスが下にきているとドアマンのスティーブが教えてくれた。

「入れてあげて」と伝えた。

モーリスは真剣な顔でやってきた。そして、「ミス・ローラ」と切り出した。「もう絶対うちにこないって約束して」

どうしてもお母さんの許可が必要だったのだと彼に説明した。

「絶対にこないって約束してくれないとだめ」

「モーリス、大丈夫だから」

「ぜんぜん大丈夫じゃない。きちんとした白人の女の人がくる場所じゃない。絶対にきちゃだめだ。もう絶対こないって約束して」

私は彼に約束し、その後二度と行かなかった。

当時の私は、モーリスがあんなところに住んでいることを恥じているのだろうと思っていた。でも、家族のことを知るようになってからやっと、モーリスが私を守ろうとしていたのだとわかった。おじさんたちのやり方を知っていたからだ。どれだけあっという間に被害者にされてしまうかが、モーリスにはわかっていた。私の住所もそのほかのことも、モーリスは身内のだれにも言っていなかった。

モーリスは、自分の世界にほんの少しでも私を巻き込みたくなかったのだ。

その土曜日、私たちはシンフォニーのロビーで待ち合わせ、車庫から車を出して、高速道路に乗り、シェイ・スタジアムまで二〇分ドライブした。

モーリスは興奮を通り越して、前の座席で飛び跳ねていた。私が上司のバレリーにチケットを頼むと、彼女は親切に譲ってくれた。一塁横の前から数列目のものすごくいい席だった。

私たちはコンコースを抜けて、トンネルに入った。トンネルを抜けると、青々と茂った美しい内野の芝生が目の前に広がっていた。モーリスを見ると、ぽかんと口を開けていた。小さな白黒テレビで観るのとは大違いだ。真っ白のユニフォームに身を包んだ選手たちが手の届きそうなところでキャッチボールをしたり、カキーンと音を鳴らしてバッティングしている。私にはあまりピンとこなくても、男の子にとって野球は特別のものだ。モーリスにとってそれはちょっとした天国で、ありえないほどドキドキするものだった。

それからの三時間、モーリスは一度もまばたきしなかったようにさえ見えた。試合を観ながらホットドッグを食べ、コーラを飲み、選手に声援を送り、球場にいたほか子どもたちと同じように、我を忘れて目の前でくり広げられるドラマにのめり込んだ。

これがモーリスの子ども時代のもっとも幸せな思い出のひとつかどうかはわからないけれど、私にとってそれは確かに人生でいちばん幸せな瞬間のひとつとなった。

8
悪い夢

母親失格の烙印《らくいん》を押されたら、どんな気持ちになるだろう？　どうしようもない状況に陥《おちい》ることだってあるのでは？　厳しい逆境の中で最善をつくしても、社会に認めてもらえないとしたら？

母親が母親の資格を失くすのは、どんなときだろう？

これは、ある若い母親の物語だ。一九一四年、マリア・ジョゼッペ・ベネデットは、夫のパスクアーレがイタリア軍に徴兵されてしまい、ひとりで六人の子を育てることになった。

マリアとパスクアーレは、イタリアの中でもっとも貧しい地域のひとつ、ジョイア・デル・コッレという南部の街に暮らしていた。男たちの大半はパスクアーレと同じ農夫で、度重なる干ばつや厳しい地形と闘っていた。それでも、彼らは先祖が残した乾いた土地を耕し、家族を養うために身を粉《こ》にして働いた。

だが、第一次世界大戦の勃発《ぼっぱつ》でパスクアーレが徴兵されると、どうしようもなくなった。マリアと子どもたち——いちばん上がまだ一三歳だった——には、食べ物も収入もなく、荒れた土地だけが残された。その土地に残った食べられるものをすべてかき集め、そこに咲いていたタンポポの茎《くき》さえ食糧にした。パスクアーレが帰宅の許可をもらった週末には、長男のピエトロと畑を耕していたが、長い冬はゆっくりと過ぎていった。こごえる夜には、子どもたちが飢え死にしないかと心配で、マリアは眠れなかった。

そうしているうち、パスクアーレが帰宅した折にマリアは七番目の子どもを身ごもった。いつにも増して夫が必要になった。一九一七年のはじめ、妊娠八カ月のマリアは、長男のピエトロに子どもたちを頼み、馬に荷車をつないでバリの街にある軍本部へと長い旅に出た。司令官を探し出したマリアは、彼の部屋に押しかけて夫を除隊してほしいと直訴した。六人の子が飢え死にしそうなんです、家族のもとに返してくださいと訴えた。司令官はかわいそうだとは思ったが、どうにもできなかった。できることといえば、戦争が終わるまでパスクアーレを前線に出さないと約束することだけだった。

絶望のあまり気が狂いそうになり、どうしようもなく疲れはてたマリアは、またジョイア・

デル・コッレまでのでこぼこのあぜ道を馬で引き返した。その途中でお腹に鋭い痛みを感じた。家に帰りついたところでちょうど七番目の子ども、アヌンジアタが生まれた。いよいよ生活が苦しくなった。

さらに、もっと大変なことになった。バリの司令官が約束を破ってパスクアーレをゴリツィア地方の前線に送ったのだ。そこは、イタリア軍が占領しようとしていた、イゾンツォ川沿いのオーストラリア領だった。イタリア軍はそれまで九回この地域を奪おうとして、九回とも失敗していた。一〇回目の攻撃もまた失敗に終わった。

出産から二カ月後、パスクアーレが撃たれて戦死したという知らせが届いた。

マリアは七人を子を持つ未亡人となった。村の役所もやっとそのことに気づき、なんとか手を打つことにした。子ども全員の養育はマリアには不可能と認定し、七人のうちふたりを取り上げたのだ。幼いルカは州の男子校に送られ、グイスティィナは修道女が運営する寄宿学校に入れられた。マリアは月に一度の訪問を許されたが、家族から離されたふたりは、数年間戻ってこられなかった。

一九一七年の夏、マリアの母親が病《やまい》に倒れた。マリアは長男のピエトロに下の子どもたちを頼むと、よちよち歩きの子を連れて、近くの丘にある母の家までとぼとぼ歩いていった。家事をすませた子どもたちは、外に出て走りまわったり、小枝を投げ合ったりして遊んでいた。五歳だったアナが井戸を見つけた。それは、庭に掘った穴の縁を白い石で囲んだ井戸で、ふだんはフタのかわりに大きめの岩で穴をふさいでいたが、急いでいたマリアは、そのフタを開けたままにして出かけていた。幼いアナは、井戸の縁をつま先立ちで歩いて遊んでいた。

そして、つまずいて穴の中に転げ落ちた。

娘のローザは助けを求めに祖母の家まで一・六キロほど走ったが、まにあわなかった。アナは井戸の底で溺《おぼ》れていた。

役所が調査に入り、マリアを養育不適格とした。まだ八歳だったローザは別の寄宿学校に送られた。

マリアの問題に、社会は答えを出した。それは、子どもたちを母親から取りあげることだった。

マリアにできることはなく、娘たちが学校生活を楽しんでいることがせめてものなぐさめだった。それでも、家族を失った痛みは消えなかった。いつか全員を呼び戻すと心に誓い、アメリカに移住していた兄に手紙を書いた。自分たちも移住できるように助けてほしいと頼んだのだ。

アメリカへの旅費を送ってもらったマリアは、子どもたちを学校から連れ戻し、ナポリに停泊していたデュカ・ダオスタという船に乗った。一九二一年一月のことだった。

船は大西洋上で大嵐にあい、ローザは甲板から投げ出されそうになったものの船員に助けられ、一九二一年二月一九日、デュカ・ダオスタは自由の女神が立つエリス島に到着し、マリアと子どもたちはアメリカの地を踏んだ。アヌンジアタがはしかにかかっていたために全員がエリス島に隔離されたが、数週間後に解放された。ガタガタとうるさい地下鉄に乗ってアップタウンまで行き、全員がぎりぎり住める東一一二丁目の狭い安アパートにたどり着いた。狭いとはいえ、その部屋には流し台もストーブも簡易冷蔵庫も個室トイレもあった。どれも以前は持てなかったものだ。栄光と苦難に満ちたアメリカでの人生が始まった。子どもたちの子どもたちも、そのまた子どもたちも、ここで素晴らしい人生をおくるのだ。

その夢がかなったことを、私は知っている。マリア・ジョゼッペ・ベネデットは私の曽祖母だから。マリアが寄宿学校から連れ戻した娘のひとり、幼いローザが私の祖母だ。

祖母は自分がどれほどいたずら好きで賢い娘だったか、よく私に話してくれた。幼いころに皿洗いの担当になったときのことだ。ローザは飼い犬がエサの皿をペロペロなめるのを見てひらめいた。ディナー皿を一枚一枚犬になめさせて全部きれいにしたのだ。ローザの仕事が早くてきれいだったので、母親は感心した。でも、アヌンジアタの告げ口でそれがバレてしまった。

小学生になると、ローザは自分の声がいいことに気づいた。そこで教会の聖歌隊に入り、家族はお金を貯めてレッスンのための中古ピアノを買った。だが歌う喜びは長く続かなかった。一〇代にして、セバスティアーノ・ビト・プロチーノという一〇歳も年上の色黒でハンサムな男性に出会ったからだ。セバスティアーノは、幼いころから厳しい肉体労働ばかりの人生をおくってきた。ローザと同郷の貧しい農家で育ち、八歳のときに学校をやめさせられて、草原で羊の群れを世話することになった。夜明け前に起き、食べ物を持って一日一二時間も草を食《は》む羊の番をした。羊以外に相手はなく、ひとりで何日も過ごした。

この体験が、彼の人格をつくった。イタリア軍のエリート部隊と言われるベルサリエーリ部隊に五年間いたあと、セバスティアーノは一九二三年にアメリカにやってきた。そしてエリー・ラッカワナ鉄道の工事夫となり、その後現場監督を務めたあと、熟練左官工になった。どれも、骨の折れるきつい仕事だった。

セバスティアーノの人生の目的は、ローザと七人の子どもたちを養い、家族に勤労と犠牲の価値を植えつけることだった。男ならいつも用心を怠らず、軟弱にならず、浮わついたことを許してはならないと思っていた。

なかでもセバスティアーノががまんできなかったのが歌だ。

聖歌隊でもそれ以外の場所でも、妻が歌うことを彼は許さなかった。美しい声がローザの魅力をより引き立てると思ったセバスティアーノは、嫉妬心《しっとしん》から妻に人前で歌うことを禁じた。

祖父がいないひとりの時間には、祖母がのびのびと歌っていたと思いたいけれど、確かなことはわからない。

愛情表現もまた、祖父にとっては浮わついたことだった。といっても祖父が横暴な父親だったわけではない。日曜の朝には子どもたちを連れてパン屋に行き、新鮮なロールパンやクルミ入りケーキを食べさせ、夏にはアイスクリーム屋までドライブした。それでも暴力的で愛情のかけらも見せない父親に育てられた祖父は、親というものは子どもにどんな感情も見せてはいけないのだと信じていた。感情を出すのは弱い証拠で、自分は弱い人間でありたくないと思っていたのだ。子どもには愛よりしつけが必要だと信じ、理由があれば体罰もいとわなかった。夕食の席では、子どたちに見えるように自分の腿《もも》の上にムチを置いていた。子どもは食事中に話すことを許されず、口を開けば手元にピシャリとムチが飛んできた。

祖父は、両親が愛情や親しみを示す場面をほとんど見たことがなかったので、自分の妻や子どもにもそうしたものを見せなかった。どんなふうに愛情を示したりわけ合ったりしたらいいのかを知らず、そんなことが許されるとも思っていなかった。生いたちがそうさせたのだ。

「子どもにキスするのは、眠っているときだけ」とイタリア語で言っていた。

子どもたちと父親の関係は複雑で、私の母のマリアは若いころから、厳しい父親の束縛から逃れたいと思っていた。母は一九歳で恋に落ち結婚した。彼が古い家族から自分を救い出し、新しい幸せな家庭をつくってくれると信じて。

人は自分の知らない世界や、恐れのない世界に引き寄せられることがある。

でも、前とまったく同じ世界に引き戻されてしまうこともあるのだ。


私の父、ヌンジアト・カリーノが父親のフランチェスコを脳腫瘍《のうしゅよう》で亡くしたのは一九歳のときだった。フランチェスコは、地図で見るとイタリアのちょうどブーツのつま先あたりの南部地域カラブリアの出身で、多くの移民と同じく猛烈な働き者だった。家族で住みついたロングアイランドで除雪夫として働いていた。ある吹雪《ふぶき》の日、祖父はトラックから落ちて頭蓋骨《ずがいこつ》を骨折した。数年後に頭痛を訴えるようになり、病院に行くと手術で取り除けないほどの脳腫瘍が見つかった。

私は祖父のことをほとんど知らない。父が絶対に祖父のことを話そうとしなかったからだ。だけど、祖父が長男だった父に働き者であれと教えたことだけは知っている。父の初仕事は一二歳のときだった。靴磨きだ。その日からずっと、父は働きづめだった。

祖父が亡くなると父は軍隊に入り、空中射撃手として五五回の任務に参加した。軍にいる間も、父は欠かさず祖母へ毎月五〇ドル仕送りをした。

パーティで母に出会ったのは、二七歳のときだ。母は静かでひかえめだったけれど人目を引くほどかわいかったので、父は母のところにつかつかと歩み寄りいきなりそう言った。母ははじめは断ったけれど、父はあきらめず、やがて母も折れた。

今はローズと呼ばれている祖母のローザは、寄宿学校で身につけた裁縫の腕前で母マリーのウェディングドレスを仕立てた。地模様のあるサテン生地《きじ》で縫った長袖のウェディングドレスは、裾《すそ》が五メートル近くあり、立襟からウェストまで小さなボタンがずらりと前についていた。

父と母はロングアイランドのハンティントン・ステーションにあるローマカトリック教会で結婚式をあげた。それは、フットボール結婚式と呼ばれるパーティで、フットボールのような分厚いイタリア風サンドイッチがラップに包まれて出される簡素なものだった。若くて美しいふたりは、こうして移民の二世としてのアメリカンドリームに向けてスタートを切った。

長女のアネットは賢くてよく気がきき、歳の割に大人っぽい娘だった。理性的で、ひかえめで、学校ではいつも一番だった。次女は違っていた。反抗的で、ふざけていて、気ままで、「なぜ?」と聞いてばかりいたし、がんこで口答えが多かったので、両親から「おしゃべり箱」と呼ばれていた。いつも自分が最後に話をしなければ気がすまなかったので、母や姉からは「頼むから黙って」と言われたりした。返事がないとしつこく聞き返し、ひとりではいられない娘だった。

それが私だ。

ハンティントン・ステーションでの子ども時代は、物質的には苦労しなかった。食べ物は充分にあり、快適な寝床と清潔な洋服、お気に入りのおもちゃもあった。父が建てたレンガの平屋で、私と姉のアネットは角部屋をもらった。ダブルベッドと花柄の壁紙、かぎ針あみのベッドカバーとレースつきカーテンのある部屋だった。弟のフランクにも個室があり、赤ちゃんだったナンシーは両親の寝室でベビーベッドに寝ていた。いい学校に行き、いい友だちをつくり、毎日同じだけど安定した日々をおくっていた。

ほかのたいがいの家族と同じように、うちにもペットがいたが、なぜかいつも長続きしなかった。父は小動物が大好きで、戦争から持ち帰ったチワワをどこへ行くにも連れていた。だけど、ペットはやってきてはすぐにいなくなった。はじめのころに飼っていた猫のケイシーは白血病ですぐに死んだ。ヨークシャーテリアのマイケルは逃げ出して車にひかれた。片目の黒いペルシャ猫は家族になついていたが、インテリアを新調したときに抜け毛が気になってよそにあげてしまった。小さなかわいい金色のポメラニアンは、吹雪の日にいなくなった。それから数日後に雪がやっと解けると、裏口のところで凍死していたのが見つかった。

そんなわけで、私は大好きなペットがすぐにいなくなるのに慣れっこになっていた。それは私にはどうにもできないことのひとつだった。でも、いま思い返すと、うちのペットが平穏でいられなかったのは無理もない気がする。じつのところ、私たちのだれも平穏でいられなかったのだから。

父はお酒が好きで、飲むと人が変わった。アルコールが胃を通り、血流に入り、やがて脳に届くとなにが起きるのか、私にはよくわからない。お酒が入ると感覚が鈍くなってぼーっとなることはわかる。知覚や運動に影響が出ることも理解できる。お酒のせいで怒ったり興奮したりする人がいるのも知っている。だけど、父の場合は違っていた。飲むと父はまったくの別人になった。

しらふの父は、世界でいちばん素敵な人だった。おもしろくて寛大で、家族や知人にあたたかく接し、赤の他人でも快く歓迎した。いまだに、近所の人が私に駆け寄って、父がどれほどいい人だったか話してくれるほどだ。幼《おさな》なじみは「うちのパパもあなたのパパみたいだったらいいのに」と言う。

だが、酒場でのバーテンの仕事が終わると、まるで父の服を着た別人が家に戻ってくるようだった。父はスコッチが好きで、仕事中にデュワーズをオンザロックで飲み、仕事が終わってもしばらくそこで飲んでから家に帰ってきた。車に乗り込んで家に帰る間に、暗い影が父をとらえるのだ。目がけわしくなり、表情がかたくなり、いつもの自然な笑顔が消えて眉間《みけん》に皺《しわ》が寄る。父の中の悪魔がぐつぐつと煮えて表面に浮き上がり、爆発のちょっとしたきっかけを待っているようだった。

きっかけは本当になんでもよかった。きっかけがないこともあった。家に帰るまでの運転中になにが父をそこまで怒らせるのか、家に入ってくるときなにが爆発のきっかけになるのか、私たちにはまったくわからなかった。わかっていたのは、いったん父の怒りが爆発するとだれにも止められないことだ。

父が帰宅するのは、たいてい私たちがベッドに入っている深夜かそれよりも遅い時間だった。私たちはほんの少しの音にも耳をすませた。玄関のドアをバタンと閉める音、キッチンで氷をカラカラいわせてまだ飲みたりないことを示す音。なんの音も聞こえないときもあった。

前ぶれもなくそれが始まることも。

弟のフランクがぐっすり眠っていると、父が寝室にやってきて、ドアの前にぬっと立つ。そして、フランクに死ぬほど恨《うら》みでもあるように、叫んだり罵ったりするのだ。

「フランク、おまえはみじめなクソ野郎だ！」

まだ六歳にもならない弟は驚いて目を覚まし、シーツの中でそのままかたくなっていた。五分、一〇分と怒鳴り声は続く。永遠に終わらないかと思えた。アネットと私はその声を聞きながら、お互いをなぐさめるように抱き合った。下の部屋で、赤ちゃんだったナンシーの泣き声が聞こえた。

母は、いつもすぐには止めに入らなかった。母がフランクを守ろうとすると父はさらに荒れ狂い、自分にもフランクにももっとひどい仕打ちをするとわかっていたからだ。だけど、父が怒りでなにをするかわからないほど荒れているときには、耐えかねて息子を守りに走った。父はだいたい疲れはてるまではやめず、疲れるとドアを閉めてさらに酒を飲み、そのうちばったりと正体をなくした。

父が弟をいじめるのに、理由などなかった。弟を思わせるものを見ただけで怒り狂うこともあった。

父の怒りは私たち全員に向けられていたけれど、たいていはフランクと母がねらわれた。ある晩、夕食中にフランクが父にスパゲティーのボウルをまわしてと言うと、酔っていた父はボウルをつかんで弟に投げつけた。弟はソースまみれになって椅子に座っていた。

あるとき、父が仕事の帰りにアイスクリーム屋から一〇個入りのアイスサンドの箱を買って帰った。父はその箱をキッチンテーブルの上に置いた。興奮した私はつい、絶対に守るべきルールを忘れてしまった。パパのスイッチが入ることを言わない、というルールだ。

「わあ、ぜんぶ私が食べたい!!」

私は七歳だった。子どもなら言いそうなことだ。

だが父は言った。「そうか、じゃあ全部食え」

姉や弟はまずいことになったと気づいてさっと隠れた。父は椅子に座って、私に食べはじめろと言った。母は仕事に出かけていて、父を止めることはできない。私はひとつ食べた。そしてふたつ。みっつ。四つ目の途中で泣きだした。六個か七個目でもどした。満足した父は、立ち上がって歩き去った。残りのアイスサンドは流しの中で溶けていた。私へのおしおきのあとにそれを食べようという子どもはいなかった。

私たちは、とにかく地雷を踏まないように毎日ビクビクしながら暮らしていた。父が仕事に出ている間に狂ったように掃除をし、すべてを完璧に片づけていた。それでも、なにかを忘れることがあり、それが引き金になった。父が家にいるときは、私たちは絶対に大きな声で話さなかった。というより、ほとんど口を開かなかった。アネットと私が自分たちの部屋でけんかをするときでさえ、ささやき声で言い合った。私が怒って声を荒げると、アネットはお願いだから静かにしてと頼んだ。私が声をあげるとアネットはこわがって布団《ふとん》をかぶってしまう。その手で姉とのけんかにはよく勝った。

父の怒りがだれかに向けられるのを見るのは、自分がねらわれるよりもつらかった。ある年のクリスマス、母は父に素敵なベージュのスエードのジャケットをプレゼントした。しらふのときの父は、それをすごく気に入り、袖を通してポーズをつくり、母を喜ばせていた。だけど翌日、酒に酔った父は母の鼻先にジャケットを突きつけた。

「こりゃなんだ、おれは客引きか？」

そして、庭バサミを手にとると、ジャケットをバラバラに切り裂いた。

最悪なのは、父が母を殴るときだ。私は見ていられなかった。気持ちが悪くなり、パニックになり、どうしようもなくみじめな気分になった。いつか父がやりすぎてしまうのではないかと思うとゾッとした。

忘れようとしても忘れられないことがある。

アネットと私がベッドでうとうとしていると、怒鳴り声が始まった。いつものようになんのことで怒鳴っているのかはわからなかったけれど、声はなかなかやまず、少し収まるとまた大きくなった。母の声は聞こえない。口論というよりも、酔っ払いの因縁だった。

すると、ガシャンと大きな音がした。ガラスが割れる音だ。父が大きな正面の窓越しに母になにかを投げつけたのだ。アネットは私にけんかを止めてきてと懇願した。私もいつもなら姉と同じくらいびくびくしていたが、この日ばかりは母のことが心配でいてもたってもいられなくなり、「ママ、ママ！」と叫びながら居間に走っていった。居間に入ると、窓は無事だった。

父は大きなガラスの笠のついた真鍮《しんちゅう》のランプを壁に投げつけたのだ。それが粉々に割れていた。トマトソースの入ったボウルも投げたらしく、緑のベルベットのソファが赤くなっていた。いすはひっくり返って、母は床に倒れ、あざができて血を流していた。私は母に駆け寄った。そのときの母の恐怖に満ちた表情は、今も忘れられない。それは、殴られた恐怖ではなく、私にそんな姿を見られた恐怖だった。

その夜遅く、父が倒れ込んだあと、アネットと私は母を手当てした。フランクは、かわいそうにこわがって部屋から出てこなかった。翌朝、母はいつものように言った。「ふだんどおりにするのよ。なにもなかったみたいに」私たちは学校に行き、母は部屋を片づけ、まるで悪い夢だったかのごとく、そのことは絶対口にしなかった。

9 茶色の紙袋

モーリスに会いはじめてから五回目の月曜日が過ぎたころ、上司のバレリーに、モーリスを家に呼んで手料理を食べさせてあげた話をした。バレリーは驚いて、用心したほうがいいと言いはじめた。

「ローラ、ちょっとしっかりして。知らない子でしょ。家族のことも知らないんでしょ。その子の家族だって迷惑だと思うかもしれないじゃない」

私はモーリスの母親に会ったことを話し、家族のだれもモーリスがどこでなにをしようが気にしていないのだと説明したが、バレリーは納得しなかった。

「ローラ、部屋にあげちゃだめよ」そう言った。「とんでもないわ」私をどうにか説得しようとして、バレリーの声がだんだん大きくなっていく。「あなたが変な疑いをかけられて、社会福祉局の人が調べにきてもおかしくないのよ。よく考えて。あなたは白人で彼は黒人。あなたは大人で彼は子どものよ。疑われて当然じゃない。大変なことに巻き込まれる可能性だってあるわ」

バレリーが私を心から心配してそう言ってくれているのはわかっていた。彼女は親友で、私のことを気にかけてくれていた。私には、なにが正しいのかわからなかった。知らない子を家に入れるなんて確かにどうかしてる。誤解されても全然おかしくない。バレリーは口にしなかったけれど、私の身の危険も心配してくれていたのはわかっていた。彼女の厳しい意見は、親友なら当たり前のことだった。それに、何人かの親しい友人からも、また姉と妹からも、同じことを言われた。でも、最後には自分の勘を信用するしかなかった。心の奥底で、理性では説明できない深い心の奥で、私は自分のしていることは正しいとわかっていた。

「バレリー、聞いて。モーリスはいい子なの」私は言った。「すごくいい子なのにひどい人生をおくってるの。助けてくれるだれかが必要なだけなのよ」

バレリーは納得しなかった。少なくともその日は。それ以降、モーリスと会うたびにそのことをバレリーに話していたら、そのうち彼女も心配しなくなった。モーリスと私とが特別な絆で結ばれていること、私の助けがモーリスのこれからの人生に大きな影響を与えることに気づいたからだ、とバレリーはあとになって教えてくれた。彼女はこう言った。「それに、正しいことだと思ったの」少し危なっかしくても、価値のあることじゃない、と。

USAトゥデイの他の友人や仕事仲間——ルー、ポール、気のいいみんな——も次第に理解を示してくれるようになった。みんな私を心配してくれていたが、モーリスとのあれこれを話せば話すほど心配は消えていき、もっとモーリスのことを知りたがるようになっていった。私たちの外出や遠出の話を聞くのを楽しみにして、いつも私に彼のことを聞いてくるようになった。心やさしいルーは、モーリスの話を一から十まで聞いてくれて、私がしていることは素晴らしいと何度もほめてくれた。彼には小さな男の子がふたりいて、モーリスの大変さは想像もつかないと言っていた。

そんなルーが、ある日大きな紙袋を持って私のオフィスに入ってきた。その紙袋は服でいっぱいだった。

ルーはクローゼットを全部ひっくり返して、自分がもう着ないシャツやセーターやズボンを集めてくれた。モーリスには少し大きいかもしれないけど、まだ充分着れるものだから、と。

「モーリスがあまり服を持っていないって言ってたから」ルーは言った。「使ってもらえたらと思って」

私は紙袋の中を見た。シャツ、ズボン、セーター、半ズボン。どれもきれいに折り目がついていて、まるで新品みたいだった。まだ値札がついたままのものもあった。涙があふれた。私はルーをハグして、お礼を言った。そしてオフィスのドアを閉めてまた少し泣いた。

モーリスと私の食事も、いい感じで習慣になってきた。月曜に会うことをいちいち確認しなくても、それが当たり前になった。モーリスがアパートメントのロビーにやってきて、コンシェルジュが私にそれを知らせ、モーリスを部屋に上げる。

はじめのころ、コンシェルジュはしばらくモーリスを待たせて、ほかの住人の相手をしたり、電話をかけたりしていたそうだ。モーリスを隅のほうに追いやって、ロビーにだれもいなくなってからモーリスの用件を聞いていたという。モーリスひとりのときと、私といるときでは扱いが違うのだとモーリスは言っていた。モーリスは慣れっこだった。ほとんどの大人は、モーリスを透明人間のように扱った。一度、私との待ち合わせに遅れそうになって、通行人に時間を聞いたそうだ。その人は何も言わずにただそのまま歩きつづけた。モーリスを見ることさえしなかった。別の人に聞いてみた。同じことだった。時間を教えてくれないだけじゃない。まるでモーリスが存在しないようにふるまっていたという。

コンシェルジュがモーリスを追い払おうとするのも、わからないではない。シンフォニーは高級アパートメントなので、汚いトレーナーを着たホームレスの子どもがいたら、金持ちの住人はいぶかしく思うはずだ。コンシェルジュがモーリスをうとましく思っても無理はない。それでも、彼らがモーリスをわざと待たせたり、私といるときと違う扱いをするのは気に入らなかった。

ある晩、モーリスをロビーまで送ってきた私は、フロントデスクに立ち寄った。私はモーリスを外で待たせて、コンシェルジュと話をした。

「もう一度言っておきたいんだけど、モーリスは私の友だちだから、ほかの友だちと同じように扱ってほしいの。私の家にいつもあたたかく迎えてあげたいの。いいかしら」

コンシェルジュは少し傷ついたようだったけれど、言いたいことは伝わった。

「もちろんです。ミス・シュロフ」

それからまもなく、モーリスはアパートメントのスタッフ全員と仲よしになった。

努力はしていたが、モーリスはなかなか清潔でいることができなかった。着るものは汚れていたし、悪臭もした。そんなわけで、洗濯も毎週の習慣になった。ある月曜日、彼は紙袋いっぱいに服を詰め込んで持ってきた。

「ミス・ローラ。ぼくの洗濯物と一緒に、家族のもお願いしていいですか？」

姉と母親とおそらくいとこのものだろうと察しがついた。洗濯と乾燥が終わった服をモーリスに返すと、清潔でいい匂いがすることに大喜びしていた。モーリスが一家の大黒柱なのだとわかった。家族が清潔な服を着られるように、モーリスがお世話してあげてるんだわ。

しばらくすると、私はモーリスになにが食べたいか聞くのをやめて、一緒に買い物にいくことにした。ふたりでスーパーに行き、彼の好きな食材を買うのだ。ステーキ、ハンバーガー、チキン、そしてもちろんチョコチップクッキーのタネ。それから部屋に戻って、私が料理をする間にモーリスがテーブルをセットする。最初に一度教えただけで、モーリスは私に聞かずにできるようになった。テーブルセットが気に入ったようだった。

夕食が終わると、モーリスは片づけを手伝い、お皿を流しに入れる。私がお皿をさっと水洗いしてモーリスに渡し、モーリスが皿洗い機に入れる。ある晩、私がゴミをゴミ置き場に持っていこうとすると、モーリスは私を見てこう言った。「ミス・ローラ、ぼくにやらせて。あなたみたいな立派な女性にはゴミ捨てなんて似合わないよ」

そうやって、ふたりの間に決まった手順ができた。テーブルをセットし、お皿を洗い、ゴミを出す。言葉をかわさなくても、流れるように手が動いた。モーリスは家事が大好きで、ものすごく几帳面《きちょうめん》だった。

モーリスにとっては、そうした手順も食事と同じくらい大切だったのだ。決まった習慣は、生活の基礎となって安心感や連続性を与えてくれるものだ。狂気がひそんでいたとはいえ、私の育った家にも決まった習慣があった。毎日同じ時間に夕食を食べ、同じ時間にベッドに入り、日曜には教会に行っていた。モーリスにとっても、ゴミ捨てのようなちょっとしたことが、あらゆる意味で安心感につながった。それは、彼にとって神聖といってもいいほどだった。

なかでもモーリスがいちばん好きな習慣は、クッキーを焼いて食べることだった。姉たちに持ち帰るのがわかっていたので、いつもかならず余分に焼いていた。ある晩、モーリスが牛乳を飲み残しているのに気がついた。

「この牛乳も持って帰れるかな？」

姉たちに丸ごとすべてを味わってもらいたかったのだ。温かいクッキーだけでなく、ミルクと一緒にクッキーを食べてほしかったのだ。それからは、一リットル入りではなくて四リットル入りの牛乳を買って、残りをおみやげにすることにした。

お互いに慣れてくると、私はこれが特殊な状況であることも忘れて、モーリスをただの友だちのように感じることも多くなった。モノポリーで遊んだり、笑いながらからかい合ったりした。ふつうの友だちに話すように、彼に仕事のぐちをこぼすこともあった。それでも、ときどきなにかの拍子に、モーリスが特殊な環境で育ってきたことを思い出した。

あるとき、モーリスがひどい風邪をひいてうちにやってきた。鼻をずるずるいわせて苦しそうだった。

私は見かねて言った。「モーリス、バスルームで鼻をかんできたら？」

モーリスは私を見た。「？」

「鼻をかんだほうがいいわ。あっちで鼻をかんできたら？」

外国語を聞いたときのような顔で、モーリスが私を見ていた。それでわかった。鼻のかみ方がわからないんだわ。だれも教えてくれなかったんだ。鼻にティッシュをあてて、「かんで」と言う人はいなかったんだ。彼は「鼻をかむ」という言葉さえそれまで聞いたことがなかったのだ。私はティッシュを数枚取ると、彼にやり方を見せてあげた。そうやって、モーリスは生まれてはじめてきちんと鼻をかんだのだった。

それからまもないある土曜の午後、部屋のインターコムが鳴った。「モーリスがロビーにきています」コンシェルジュが言った。私たちは毎週月曜に定期的に会っていたし、それ以外の日や週末でも、たまに一緒にごはんを食べることはあった。だけど、その日は会う予定ではなかった。コンシェルジュに頼んで、モーリスにインターコムに出てもらった。

「ごめんなさい」モーリスは言った。「ものすごくお腹がすいて死にそうになってしまって。なにか食べさせてもらえませんか?」

私はもちろんよ、と言って急いでロビーに降りた。モーリスをマクドナルドに連れていって、いつものビッグマックとフレンチフライとチョコレートシェイクを頼んだ。

「モーリス、最後に食べたのいつ?」

「木曜日」。二日前だ。

心が痛んだ。毎週月曜に会ったあと、モーリスがきちんと食べているかはあえて考えないようにしていた。モーリスは給食のない公立学校に通っていたけれど、日中の食事はどうしているのか私は知らなかった。でも、その厳しい現実からもう目をそむけられない。モーリスには食べ物を手に入れる方法はなく、ほとんどずっとお腹をすかせているのだ。

ハンバーガーを食べながら、私はあるアイデアを思いついた。

「モーリス、私と会わない日にずっとお腹をすかせているのはよくないから、こうしない? 毎週お金をいくらか渡すから、それをちょっとずつ使ってもいいし、月曜に一緒にスーパーに行くときに食べたいものを全部買っておいて、私が毎日ランチをつくってあげることもできる。ドアマンに預けておくから、学校に行く途中にそれをピックアップすればいいわ」

モーリスは私を見て、こう聞いた。

「ランチをつくってくれるんだったら、茶色の紙袋に入れてくれる？」

正直、なんのことだかよくわからなかった。「茶色の紙袋に入れてほしいの？」私は聞いた。

「お金でもいいのよ」

「ミス・ローラ」モーリスは言った。「お金はいらない。ランチを茶色の紙袋に入れてほしいんだ」

「オーケイ、わかった。でもどうして紙袋がいいの？」

「だって、ランチを紙袋に入れて学校に持ってくるってことは、だれか気にかけてくれる人がいるってことでしょ。ミス・ローラ、ランチを紙袋に入れてもらえる？　お願い」

私は涙ぐんでいるのを見られないように、モーリスから目をそらした。茶色の紙袋ね、わかったわと心の中でつぶやいた。

私にはなんの意味ももたない茶色の紙袋。でもモーリスにとってはそれがすべてだった。

モーリスと知り合って二カ月くらいたったころだろうか、いつもの月曜の夕食のあとに彼がこう言った。「ミス・ローラ、聞いてもいい？」

「もちろんよ」

「学校で三者面談があるんだ。来てもらえないかと思って」

ときどきモーリスと学校の話はしていた。以前、学校でうまくやっているかと彼に聞くと、「ミス・ローラに会ってから、あまりけんかしなくなったよ」と言っていた。そのときはじめて、自分が彼の人生に少しは役に立っているかもと思えたし、先生に会ってもっとモーリスのことを聞きたいとも思った。モーリスの先生に自分を知ってほしいとも思っていた。上司のバレリーや私の家族が心配していたこともあって、モーリスの知り合いのだれかに味方になってほしかった。学校の先生と知り合いになって信用してもらえれば、少しは安心だ。

それよりなにより、モーリスが学校にいるところを見たかった。モーリスがただの子どもでいられる場所、わざと大人みたいにふるまわなくていい場所にいるのを見たかったのだ。モーリスが子どもらしい無邪気さを失ってしまったのではないかと、私は心配だった。路上での生活が、モーリスから気楽で好奇心旺盛なふつうの子ども時代を奪ってしまったような気がしていた。

悲しいことに、私は物乞いをするモーリスしか知らなかった。


モーリスが物乞いを始めたのは九歳のころだった。一日一時間か二時間だけ路上に立ち、四ドルか五ドルたまるとピザのスライスかハンバーガーを買ったり、ゲームセンターに行ったりしていた。もらえる小銭はたいがい五セントか一〇セントか二五セント硬貨だが、たまにしわくちゃの一ドル札をもらうこともあった。母親ははじめそのことに気づかなかったが、モーリスが路上でうまくしのいでいることを知ってからは自分もモーリスについていき、息子に物乞いをさせて稼いだ金でドラッグを買った。モーリスはいやがって母親を避けた。すると今度は、そこらへんの自分と同じような麻薬常習者の四、五歳の子をつかまえては、一緒に街に出て物乞いをさせた。

モーリスはまたひとりの物乞い生活に戻った。まだ幼かったが、本当に危ないことは上手に避けていた。ただ一度だけ、タイムズスクエアのピザハットの入り口の脇で物乞いをしているとき、店の中にいた男性客が怒りはじめた。男は店の外に歩き出て、モーリスの顔を一発殴った。モーリスは驚いたが、倒れはしなかった。その男を見て彼は言った。「子どもを殴るんなら、せめてノックアウトしろよ」

男がもう一度殴りかかる前に、助けの手が伸びた。ちょうどむかい側で、中古品のルイ・ヴィトンのバッグや偽物のロレックスをおのぼりさんに売りつけていたアフリカ人移民たちが走ってきて、男を店の中に追い払ってくれたのだ。そのアフリカ人たちも、ブライアントのひとと部屋に六人で住んでいたので、モーリスと顔見知りだった。彼らは幼い友だちが殴られているのを、ただ見過ごしにはできなかった。

ところが、そのうちのひとりがピザハットのガラス窓を強く叩いたので、粉々に割れてしまった。パトカーがやってきて、移民たちはクモの子を散らすように逃げていった。警官がモーリスをつかまえて、だれが窓を割ったのかと聞いた。

「そいつらと知り合いか？」警官は詰め寄った。「名前を教えろ」

見たこともないやつらだったとモーリスは答えた。

ドラッグストアでカッターを盗んだのは翌日だ。

物乞いをしている間も、モーリスは学校に通っていた。母親は生活保護を受けていて、子どもを学校に通わせなければお金を受け取れなかった。モーリスは毎日学校に行くわけではなく、しかもたいていは遅刻していた。それでも、モーリスにとって学校はすごく大切だった。

私と出会ったころ、モーリスはチャイナタウンにある公立学校に通い、発達や家庭に問題のある子どもが入るクラスで学んでいた。

最初の担任だったキム・ハウス先生は、モーリスを頭がいいけれど難しい子どもだと思っていた。モーリスは毎日汚れたトレーナーを着て、だらしなく学校にやってきた。ものすごく不潔でだれよりもひどい悪臭をまき散らし、ほかの子どもにそのことでからかわれると怒っていた。モーリスはそんな子たちに立ち向かった。周囲をよせつけず、がんこに自分を守っていた。自分から手を出すことはなかったが、しょっちゅうけんかをしたり、こづいたりつかみかかったり怒鳴ったりしていた。

集中しているときは、勤勉で頭もよかった。ハウス先生は、モーリスに特別な才能があると見抜いていたけれど、さまざまな出来事があるたびに、いつか道を踏みはずすのではないかと恐れていた。モーリス自身の内部に充満した怒りがいつか彼を支配して、突然学校に来なくなるのではないかと恐れていたのだ。

なにがその怒りの根っこにあるのか、ハウス先生は知らなかった。というより、モーリスの母親が、生活保護の条件だった校長たちとの面談に来るまで、彼の人生についてほとんど知らなかった。ハウス先生は授業中に校長室に呼び出された。校長室に着くと、モーリスの母親が校長先生に向かって大声を張り上げていた。怒りと興奮で抑えのきかなくなったダーセラが、まわりの言うこともまったく聞かずに、叫びながら腕を振りまわし指を突き立てていた。

ハウス先生はダーセラの腕をつかんで言った。「こっちに来てください」化粧室に入って洗面台のところまでダーセラを連れていき、その顔に冷たい水をかけた。「落ち着いて。大丈夫ですから」すると、ダーセラは静かになった。どうして騒いでいたのかハウス先生にはわからなかったが、それはどうでもよかった。目が血走っていて、なにかでおかしくなっていることはわかった。一緒に化粧室で少し休み、それから階下に連れていった。やっと興奮がおさまった。ダーセラは、ただ疲れたように見えた。

「上で息子さんに会っていかれますか？」ハウス先生が聞いた。

少し考えて、ダーセラは「いや、やめとく」と言った。

ハウス先生はダーセラに家に帰るようすすめた。面談はまた別のときに、と。学校から出ようとしたとき、ダーセラはハウス先生のほうにふりむいて謝った。

「ごめんなさい。本当に、本当にごめんなさい」

「大丈夫ですよ」ハウス先生はそう答えた。

ハウス先生にも、モーリスがなぜあんなふうなのかやっと察しがついた。特別支援学級の子どもたちは、みなそれぞれに癇癪《かんしゃく》を起こしたり機嫌が悪かったりすることはあったが、モーリスほど怒りを爆発させる子はいなかった。最悪に落ち込むと、だれとも話さず教室の隅に行き、自分の殻に閉じこもった。今やっとその行動が少しは理解できた。

ダーセラの一件のあと、モーリスは学校に来なくなった。四日続けて欠席したのだ。ハウス先生は校長に家庭訪問の許可をとり、様子を見にいった。そして、ブライアントにやって来て、私が見た光景を見た。想像よりも、はるかに劣悪な状況だった。そして先生を見たモーリスの顔には、ショックの色が浮かんでいた。先生もショックを受けた顔をしていたはずだ。ハウス先生には目の前の悲惨さが信じられなかった。モーリスはモーリスで、先生が自分に会いに来たことが信じられなかった。

先生がおばあさんと話している間、モーリスは部屋につるされたシーツの陰で身をかたくしていた。モーリスが恥じているのが先生にはわかった。先生はローズおばあさんの隣に立ち、モーリスが四日連続で欠席していると教えた。

「モーリスが悪さしたのかね？　停学になったのかい？」

「いえ、そうじゃないんです。ただお休みしてたので」

「モーリスはいい子だよ」ローズは言った。「本当にいい子だよ。あんたもいい先生だね。この子の面倒をみてくれてありがとうよ。ありがたいね」

帰る前に、ハウス先生はモーリスの目を見てこう言った。「学校に戻っていらっしゃいね」

そしてモーリスは戻ってきた。

ハウス先生はそれから、モーリスを特別に気にかけるようになった。モーリスがかっとなるわけがわかった。混乱と無秩序と破壊がそうさせていたのだ。家庭生活は驚くほど不安定で、モーリスにはなによりも平和と静寂が必要だった。教室の後ろのほうに読書用の仕切りデスクがあり、クラスが騒がしくなると、先生はモーリスをそこに座らせてくれた。モーリスはそこにひとりでいるのが大好きだった。そこでなら勉強もできた。モーリスは先生が自分の味方になってくれたとわかり、その助けが命綱にも思えた。

ある日の放課後、モーリスは先生のあとをつけ、地下鉄に乗り、ミッドタウンの銀行までついていった。そして、先生が列にならんでいるときに後ろのほうでうろうろしているところを見つかってしまった。

「モーリス、こんなところでなにやってるの？」

「なにもすることがなかったから、ちょっとついてきた」

先生はモーリスにホットドックを買ってあげ、家に帰りなさいと諭《さと》した。

先生の親切は助けになったけれど、問題は消えてなくならなかった。モーリスは毎朝遅刻していたし、たいていは疲れきって授業に集中できなかった。成績は悪く、よくしようなどとはこれっぽっちも思っていないようだった。着るものも汚れていて、まだ悪臭もした。自分をからかう男子とけんかもしていた。ハウス先生が望みをつなげたのは、ほんのちょっぴりだが進歩があったからだ。モーリスは同級生の前で話すことが少し上手になり、けんかも少しだけ減った。

それと、モーリスがたまに口にするあることにも、希望をいだいていた。モーリスはふだん、先生や友だちには絶対に個人的なことを話さなかった。でも、あることについてはたまに話してくれて、しかもそのときだけは誇らしげだった。

「きのうの夜、ミス・ローラのおうちに行ったんだ」

モーリスが学校に来てほしいと言ったとき、私はこう聞いた。「お母さんは？　行かなくていいの？」

「うん。どうせこないから」

「モーリス、私はすごく行きたいけど、まずお母さんに聞いてみないと。お母さんがだめなら私が行くわ」

ダーセラにちらっと会ったときのことを考えると、おそらくモーリスの言うことは正しいだろう。学校に行きたがるとは思えない。だとしても、はなから母親の頭越しに行動してはいけないと思った。モーリスの母親はダーセラだし、子どもならみんなそうだが、モーリスもまた母親を無条件に愛していることを私は知っていた。ふたりの邪魔になるようなことをしたり、言ったりしたくなかった。私が小さかったころは、どんなに父の行いがひどくても、悪く言うことは許されなかった。私がなにか言おうとすると、母はそれをさえぎり、口をつつしむよう厳しくしかった。「お母さんだって、悪口言うことあるじゃない」私は口答えした。

「私は妻だからいいの。でもあなたは子どもなのよ。わかった？」

モーリスがお母さんに聞いてみて、もし来られなければ私が行くことになった。ふたりで夕食を食べ、片づけ、いつものクッキーを焼いた。それからモーリスは私に聞いた。「ミス・ローラ、学校にくるとき、あの仕事のときのかっこうをしてくるよね」

いつもは仕事のあとすぐモーリスに会っていたので、私はだいたいきちんとしたジャケットとスカート姿だった。

「一度家に帰って、着替えてから行くと思うけど」

「だめ。仕事のときの服がいい。すごく上品だから」


三者面談の水曜日、私とモーリスは駐車場で待ち合わせて、一緒に車で学校まで行った。ヘスター通りにある学校は、くすんだ色の巨大な建物で、二棟のうち片方の壁はグッゲンハイム美術館をまねしたような曲線を描いていた。

私は自分が緊張していることに内心驚いていた。モーリスの先生にいい印象を与えたいと思っていたのだ。教室までふたりで歩いていくと、そこにハウス先生が待っていた。

「こんにちは。ローラ・シュロフです。お会いできてうれしいです」

ハウス先生は私と握手をかわし、こう言った。「私も、お会いできてうれしいわ。モーリスからいろいろとお話はうかがっていますよ」あたたかく迎えてはくれたが、先生が私を品定めしているのがわかった。私がどんな人間で、どうしてモーリスの人生に関わっているのか知りたいと思うのも無理はない。

「モーリス、ちょっとそのへんを歩いてきたら?」先生は言った。「ミス・シュロフとふたりで話したいの」

モーリスはうろたえ、その場で固まってしまった。そこから離れたくなかったのだ。二カ月前の私ならその理由がわからなかったはずだけど、今はモーリスの頭の中が手に取るようにわかった。

自分がけんかばかりしている悪い生徒で、一緒にいると私に危険がおよぶと言われるんじゃないかと心配しているのだ。

手に入れたものをなくしてしまうと思って気が気じゃないんだわ。

私はモーリスを見て、肩に手を置いた。何も言わず、ただ彼の目を見た。言葉では伝えられない気持ちがあった。絶対に彼を捨てたりしないとわかってほしかった。

私はどこにも行かない、そうモーリスに信じてほしかった。

モーリスに向かって微笑みながらさっとウィンクし、それからうなずくと、彼の表情がゆるんで、私に微笑み返した。

信じてくれたのね。

モーリスが廊下に出ると、私とハウス先生は大人には小さすぎるいすに腰かけた。

「モーリスはあなたのことを自慢していますよ。しょっちゅうあなたの話をしています」

「私こそ、ものすごく彼を誇らしく思います」私は言った。「モーリスは、本当に特別な子です」

「どんなきっかけで知り合ったんですか？」

ふたりの出会いから、月曜の夕食や私がブライアントに行ったこと、そしてモーリスがやっと私を信頼してくれるようになったことを先生に話した。

「モーリスの人生にいい影響を与えているといいんですけど」私は言った。

「もちろんです」ハウス先生は教えてくれた。「モーリスは難しい子です。いつも遅刻してきますし、無断欠席も多いんです。しょっちゅうけんかもしています。賢くてやさしい子ですが、とんでもなく怒りをむき出しにすることもあります。でも最近は、けんかが減ってきましたよ」

ハウス先生がモーリスを気にかけているのがわかった。モーリスは先生に好かれている。クラスの生徒みんなが複雑な人生をかかえ、それぞれに恐れや不安を抱いているなか、ハウス先生は全員のことを心から気にかけていた。それでも先生は、モーリスの状況がほとんどの生徒より劣悪だと見抜き、そこから顔をそむけるのはなく、真正面からモーリスに向き合っていた。本気で役に立ちたいと思っていた。安月給でもかまわなかった。モーリスを社会のすきまに落とさないよう、全力をつくしていた。

「ミス・シュロフ、言っておきたいことがあります」先生はそう言って、前かがみになった。

「モーリスのような子はいつも裏切られることばかりです。毎日、だれかにがっかりさせられています。彼の人生にちょっと関わってまたいなくなるなんて許されないことはおわかりですよね。彼を助けたいなら、本気でないと困ります」

ハウス先生は私の目をじっと見つめた。

「ある日突然モーリスを捨てたりしませんよね」

そのときモーリスと知り合ってまだ数カ月だったが、彼が私の人生に長く長くいつづけるだろうと思っていた。心の底からそう思えたのだ。だからハウス先生にもそう伝えた。

「モーリスは私の友だちです。絶対に友だちを捨てたりしません」


面談のあと、廊下でモーリスと合流した。彼はびくびくしていて、ハウス先生がなんと言ったか知りたがった。夕ごはんを食べながら話しましょうと私は言った。私たちはブルックリンのジュニアズというレストランまでドライブした。モーリスはそこのチーズケーキがニューヨーク一おいしいと聞いたらしく、とにかく行きたがっていた。食事のあと、ハウス先生が言ったことをモーリスに伝えた。

「先生はあなたのことをすごく気にかけていて、学校でうまくやってほしいと思ってるわ。あなたはとってもとっても頭がいいって言ってた。あなたの味方だって」

モーリスの顔がぱっと明るくなった。よっぽどうれしかったのだろう。

「でも、努力しなくちゃいけないこともあるのよ。けんかをやめること、宿題をすること、なにより遅刻しないこと。おうちでいろいろあって集中できないのはわかるけど、どうにかして宿題をきちんとやらなくちゃ。それから、学校に遅刻しちゃだめよ。授業が七時四〇分に始まるとしたら、その時間か、できれば七時半には教室にいなくちゃいけない。八時とか八時半はだめなの。モーリス、遅刻は厳禁よ。わかった？」

ここで甘やかしてはいけないと思った。仕事につけば時間厳守がどれだけ大切か、どれだけ遅刻がいけないことか、自分で自分の生活をきちんと管理するのがどれだけ必要なことかを説教しつづけた。私が追いつめると、モーリスはだんだん戸惑いの表情を見せ、目をそむけてついに泣き出した。

モーリスが泣いたのをはじめて見て、私は胸がはりさけそうになった。

「モーリス、どうしたの？　大丈夫？」

「ミス・ローラ、あなたにはわからないんだ」そのときモーリスは、私が彼に失望したと思ったにちがいない。

「部屋に時計がないんだよ。時間がわからないんだ」

「モーリス、厳しく言ってごめんなさい。一緒になんとかしましょう。目覚まし時計を買ってあげたらいいかな？」

「うん、だと助かる」

「オッケー、じゃあ目覚まし時計を買って、ついでに腕時計もあげるわ。おうちで盗まれないように隠しておいてね。寝るときもずっと横に置いておくのよ。だから、学校に遅刻しないって約束してね。大丈夫？」

「わかった、約束する」

「モーリス、わかってる。あなたが大変だってこと、私にはわかってるわ」

モーリスはほっとしたようだった。気持ちが上向いた。最悪の状況でも改善できるとわかったのだ。少しの助けがあれば、今の生活を変えることができるかもしれない、そして、もしかしたらまったく別の人生を生きられるかもしれない。

モーリスは長い間、自分は読み書きができないと思い込んでいた。学校で評価テストを受けたとき、母親もその場にいた。テストが終わると、母親はモーリスに、彼は読み書きができないと言った。モーリスはそんなはずはないと思った。時間はかかったけれど、文章を書けたから。でも、母親やいとこにずっとそう言われつづけているうちに、自分でもそう思うようになっていた。学校の成績が下がると、やっぱり自分はだめなんだとますます信じ込んだ。

私自身も出来の悪い学生で、いくつかの試験に落第して結局大学には行かなかったのだとモーリスに言った。

モーリスは驚いていた。私が学校で問題児だったとは信じられなかったのだ。私に成功できたなら、自分にもできるかもしれない。まわりが言うような自分にならなくてすむかもしれない。

10 大きな食卓

有名ガーデニングライターのエリザベス・ローレンスのこの言葉が、私は以前から好きだった。「だれの子ども時代にも、お庭がある。鮮やかな色彩とやわらかい空気、そして新鮮な朝の香りのする、うっとりするような場所が」

この言葉が好きなのは、自然と子どもというふたつの奇跡がここに凝縮されているからだ。そして、故郷ハンティントン・ステーションでの幸せな日々を思い出させてくれるからだ。

そこは、田舎とまでは言えなかった。実際、ロングアイランド初の総合ショッピングモールのひとつにほど近い場所だったが、緑が多く近くに森もあり、私たちは裏庭の芝生の上で転げまわっていた。家の鍵を閉めなくてもよかったし、子どもたちが外に遊びに出ても、親たちが心配することもなかった。一九五〇年代のハンティントン・ステーションは安全このうえない地域だった。子ども時代にアウトドアで過ごした時間は、私にとってなんともいえない特別な思い出だ。母がタオルとベビーオイルを荷物に入れて、近所のビーチにみんなを日帰りで連れていってくれた、あの日々。庭できれいな蝶々《ちょうちょ》を追いかけ、四つ葉のクローバーを見つけ、芝生にあお向けになって象の形の雲を眺めていた時代。世界は本当に奇跡に満ちていると感じた、あの瞬間。

でも、モーリスにはそんな場所はなかった。うっとりできるお庭はなかったのだ。モーリスがまだ一度も、たった一日でさえ街の外に出たことがないと言ったとき、私はローレンスの言葉を思い浮かべた。マンハッタンとブルックリンとクイーンズのコンクリートの塊《かたまり》の中に、モーリスはずっと閉じ込められてきた。騒音と渋滞と人混みしか知らなかった。自然を体験するといっても、せいぜいセントラルパークを散歩するくらいのものだった。

モーリスと一緒に食事をしはじめて八週目くらいだったろうか、姉のアネットに電話をかけた。姉は結婚して三人の子どもが生まれ、マンハッタンから車で一時間ほどのロングアイランドのグリーンローンという美しい町に住んでいた。私はモーリスをそこに連れていってもいいかと聞いてみた。姉の子どもたちはちょうどモーリスと同じくらいの年齢で――コレットは一一歳、デレクは九歳、ブルックは七歳――、甥《おい》や姪《めい》たちと一緒にアウトドアで一日遊んだら楽しいだろうと思ったのだ。いつものように裏庭でブランコをこぎ、自転車に乗り、バスケットボールを投げ合ったりするといい。アネットは待ちきれないようだった。

「早くモーリスに会いたいわ」そう言ってくれた。

土曜日、私はモーリスを車に乗せ、ロングアイランド高速道路を姉の家に向けて走った。モーリスは私が買ってあげた新品のズボンと清潔な青いトレーナーを着て、興奮と緊張でドキドキしていた。これからなにが起きるのか、予想もつかないようだ。ニューヨーク市から出るのははじめてだった。

それに、だれかの家にお呼ばれするのも生まれてはじめてだったのだ。

ドライブの間、モーリスは映画『ラ・バンバ』の主題歌を口ずさんでいた。ある月曜にふたりで映画館に行き、一九五〇年代のスター、リッチー・ヴァレンスの短い生涯を描いたこの映画を観た。モーリスはこの映画と音楽がものすごく気に入ったので、私はサウンドトラックを買ってあげた。それを私の部屋でも車の中でもいつも流していた。大声でその歌を歌い、何度もそのCDをかけてくれとせがんだ。私は聞き飽きていたけれど、まあいいかと言うとおりにしてあげた。モーリスが我を忘れて歌っているのを見ると、私も幸せな気分になった。

グリーンローンの町につき、アネットの家の車寄せに車を停めた。アネットの自宅は一二〇〇坪ほどの敷地に建つ二階建てのコロニアル建築で、前庭にはきれいに刈りそろえられた芝生が広がっている。フェンスで囲まれた裏庭はもっと広かった。グリーンローンは、私たちの育ったハンティントン・ステーションよりも一段格上の中流階級の町だ。ひと家族がこれだけ広い場所を持てるなんて、モーリスには信じられないようだった。きらきらとした緑の芝生が輝く前庭だけでも、ありえないぜいたくに思えた。

家に入って、私はモーリスに姉とその家族を紹介した。医療器具を販売する素敵な義兄のブルースと三人の子どもたち。子どもたちは、子どもならみんなそうするように、興味深々にモーリスを見つめた。姉は前もってモーリスのことを三人に教えていた。貧しい家庭で育ったことやみんなが持っているものを持っていないこと、そしてモーリスがくつろげるようにしてあげなくちゃいけないことも。

デレクがすぐさま口を開いた。「ぼくの部屋見る？」そう聞きながら、モーリスを階段のほうに連れていった。姪っ子たちは私にまとわりついた。子どもたちにそれぞれ自分の部屋があることにモーリスが驚いているのがわかった。これもまた、彼の想像もおよばないぜいたくだった。デレクは壁に野球のペナントやポスターを貼っていた。姪っ子たちの部屋はフリルものが多く、ぬいぐるみでいっぱいだった。モーリスは言葉もなく歩きまわりながら、それをすべて受けとめていた。

「ブランコに乗ろうよ」デレクがそう言って、子どもちみんなを裏庭に連れていった。モーリスが遊ぶ姿を、私はしばらく眺めていた。モーリスは甥や姪と自然になじんでいた。モーリスの存在に気づかないふりをする大人たちと違い、甥や姪にとってモーリスは透明人間ではない。ただの子どもだった。私はモーリスが足を空に向けて伸ばしながら、ブランコを高く高くこぐのを見ていた。

モーリスは、姉の家のなにもかもが信じられないといった様子だった。テレビを観るための部屋？ 専用の洗濯機と乾燥機？ バスルームは一階にひとつと二階にふたつ？ いちばんわけがわからなかったのは、ダイニングルームだ。座って話しながら食べるためだけの部屋なんて！ モーリスはワンルームに八人から一二人で住んでいた。その部屋で食事をするときには、だれかが食べ物を手渡してくれたその場で食べていた

身体を動かすのが好きなデレクは、モーリスと自転車に乗って出かけたいと言い出した。義兄のブルースがガレージからデレクの古い自転車をモーリスのためにひっぱり出した。ふたりは静かな通りを自転車で登ったり下ったりして、一時間も戻ってこなかった。

まもなく夕食の時間になった。大きな食卓にモーリスと私は向き合って座り、アネットが次々と料理を運んできた。チキン、ブロッコリー、マッシュポテトなど、おいしそうな料理がずらりと並んだ。

モーリスは、私が教えたとおりにナプキンを開いて膝の上に置き、「こうでしょ？」という

ように私のほうを見た。私は、そうよというようにうなずいた。モーリスは私をちらちらと見ながら、フォークを握り、チキンを切り、マッシュポテトを大盛りによそった。私は笑顔でうなずき、モーリスにうまくやっているわと伝えた。

姉とみんなはモーリスを主賓《しゅひん》のようにもてなし、あまり詮索《せんさく》しないよう気づかいながらも、彼に話しかけていた。夕食は一時間を超えていた。あとになって、モーリスは、みんなが座って食事をしながらお互いにただ話していることが信じられなかったと教えてくれた。彼にとっては、これまでにないまったく新しい体験だった。

モーリスがいちばん最後に食べ終わったことに私は気づいた。デレクと姪たちはモーリスがようやく半分食べたころ、早々に食べ終わっていた。といっても、モーリスはお腹がいっぱいだったわけでも、食事が口に合わなかったのでもない。

その瞬間をずっと味わっていたかったのだ。

夕食後、子どもたちが書斎でテレビを観ている間、私と姉はお互いに近況を報告し合った。何度か書斎をのぞきにいくと、モーリスは安らかにソファの上で丸くなっていた。

「ローラ、心配しなくていいのよ。モーリスなら大丈夫」アネットが言った。モーリスは本当に大丈夫だったのに、私はなにか悪いことが起きるんじゃないかと不安だった。静かな午後が一転してぐちゃぐちゃになってしまうという不安が、私の中に刷り込まれていたせいだろう。

でも、アネットはもうずっと前から子どもたちに私たちとは違う環境をつくってあげていた。今では姉は騒動や恐怖に縮こまることもなく、家族と秋の土曜を楽しめるようになっていた。何年、何十年という長い年月の末に、姉はようやく警戒をほどいて、新しい家族とともに心からくつろげるようになったのだ。

モーリスと私が姉の家族と過ごしたその土曜日、私は姉が長年の夢を手に入れたことを悟った。私たちの手を長い間すり抜けてきたもの、つまり平和を、姉は手に入れていた。

ついにおいとまする時間がきて、子どもたちがモーリスにさよならと言った。モーリスとデレクが握手するのを私は見ていた。ふたりは男の子同士がよくやるように、ちょっと照れくさそうな感じで、細い腕を上下に大きく揺らしていた。帰りの車の中で、モーリスは黙ったままだった。ラ・バンバをかけてくれとも言わなかった。

すごく楽しい一日だったにちがいない。でも自分の世界に戻るときがきた。彼にとってはなによりつらいことだった。

私はモーリスにさようならを言うとき、いつもひどく罪の意識を感じた。彼が帰っていく場所を知っていたからだ。別の世界をモーリスに見せるのは、子どもたちが無邪気に遊び、大皿に盛った食べ物が出てくる世界を見せるのは、もしかして残酷なことなのかと悩んだ。いい暮らしを一瞬だけ味わわせてすぐに奪い去ってしまうことに意味があるのだろうか？　彼の助けになるのか、それとも傷つけるだけなのか？　考えに考えたあげく、モーリスと私がそのことを話し合い、かけ離れた世界を行ったり来たりする難しさをわかっているかぎりは、これを続けてもいいだろうと思うことにした。少なくとも、モーリスは自分の家庭とは違う生き方があるとわかる。一日だけでも、警戒をほどいてハッピーになれる日がある。

のちにモーリスは、私たちの間にあったものを手放すなんて絶対にありえなかった、そんなことは考えもしなかったと言った。

「お姉さんの家でなにがいちばん気に入った？」私は運転しながら、モーリスに聞いてみた。

「大きな食卓」とモーリスがすぐに答えた。

「食卓？　ダイニングルームの食卓？」

「そう」彼は言った。「みんなで食卓のまわりに座っておしゃべりしてるのが好き」

それから、こう言ったのだ。「ミス・ローラ、ぼく大人になったら家族のために大きな食卓を買うんだ。あの人たちみたいに、そのまわりに座っておしゃべりする」

モーリスが将来について話すのを、そのときはじめて聞いた。

ブランコや自転車で疲れたのだろう、まもなくモーリスは窓に頭を持たせかけて眠った。

私の家族にも会ったことだし、感謝祭《サンクスギビング》を一緒に過ごさないかとモーリスに聞いてみることにした。いつもなら毎年全員でアネットの家に集まるのだが、今年は違うことを考えていた。私は新しいアパートメントに引っ越したばかりで、そのアパートメントの一〇階には屋外にランニングトラックがあった。そのトラックはブロードウェイをちょうど見下ろせる位置にあり、感謝祭のパレードの巨大なバルーン人形が私たちの真横を通ってメイシーズまで下ることになる。モーリスも甥っ子や姪っ子も、パレードの巨大な人形を間近に見たら大喜びするだろうと思ったのだ。もちろん私も。そこで、家族全員を私のアパートメントに招待した。

その日は素晴らしい一日になった。姉夫婦は子どもたちを連れてやってきた。妹のナンシー、弟のフランク、スティーブンもやってきた。私とナンシーが準備した七面鳥がオーブンで焼きあがるのを待つ間に、みんなでランニングトラックに出た。そこから首を突き出してブロードウェイを見下ろすと、巨大なバルーン人形が嘘のようにぽっかりと浮かんでいた。

ひもにしっかりとつながれた人形たちが、ゆっくりと風に揺れながら通りをこちらに向かってくる。地上からそれを見上げるのも壮観だが、一〇階からは人形がちょうど目線の高さに来た。パレードが私のアパートメントの横を通ったときには、手を延ばせば人形に届きそうだった。

次々に巨大なバルーン人形が横を通り過ぎた。おなじみの大きなスヌーピー、ラガディー・

アン、ポパイ、のんきに飛び跳ねるカエルのカーミット。モーリスと子どもたちは我を忘れて興奮した。正直言って私も同じだった。人形がこれほど近くにくるとは思っていなかったのだ。色鮮やかな懐かしいマンガのキャラクターがすぐそばを通り、風に乗って私たちに手を振っているように見えた。きれいな夢から飛び出してきたみたいだった。

最後にスーパーマンが横を通ると、私は子どもに負けないくらい大声を出して声援をおくった。でもモーリスだけは声をあげていなかった。今でも、パレードが通り過ぎるときの彼の表情が目に浮かぶ。モーリスは、圧倒されて声も出なかった。

この日、私は姉と妹そして弟たちのほかに、父ヌンジーも呼んでいた。一九八六年当時、父は六〇代の後半で多少丸くはなっていたが、まだ私たちになにがしかの力を持っていた。アネットが結婚したときも、結婚式で父が飲みすぎて暴走するのではないかとこわくて、思いきり喜べなかった。ブルースとの交際中はなるべく父を引き離していたが、結婚式ではただなにごともないようにと祈るだけだった。幸運にも、その日の父はご機嫌だったが、いまだに父親がそばにいるとみんなが息をひそめた。私たちはもう自分の生活があるいい大人で、父親の支配下にはないはずなのに、どうしても不安や恐れをぬぐえなかった。

その日、父はこれ以上ないほどおとなしかった。風が冷たかったので、父はウィンドブレーカーのファスナーを上げた。頭にちょっぴり残った髪の毛は白くなっていて、頑丈だった身体は少し猫背になっていた。以前は血気盛んだった父が弱々しく見えた。

父はモーリスに話しかけていた。言葉は聞こえなかったが、なにかを指さしたり肩に手を置いたりして、モーリスにやさしくしているのがわかった。ふたりを見るのは、私の人生の二本の糸がひとつになった場面を見るようで、奇妙でもあり感動的でもあった。子ども時代に私たちが経験した恐怖や不安は、父がかつてモーリスと同じ混沌とした状況で育ったからかもしれないと思わずにいられなかった。そして、私の過去は変えられないけれど、モーリスを救う手助けはできるかもしれないと思った。


子どものころ、父の狂気から逃れるため、私たちはそれぞれの役割を演じていた。姉のアネットは、なにがあっても両親の期待を裏切らない理想の娘だった。妹のナンシーは物静かで、ふたりの姉の影に隠れて後ろにひかえているのが好きだった。私はといえば、反骨精神旺盛な皮肉屋だった。私はこの性格に守られていたと思う。みんなは父親ゆずりだと言っていた。おそらく私がいちばん父親似だったので、父もそれほど私に当たらなかったのだろう。

そんな中で、残された弟のフランクと母がいつも父の標的になった。とくにフランクは目に見えて父の怒りに影響されていたから、私たちはみんな幼かった彼を心配した。弟が次第に静かになっていき、無邪気さを失っていくのを私たちは目のあたりにした。弟は叩かれれば叩かれるほど、気持ちも行動もひかえめになっていった。弟が成長して父親にたて突いて怒鳴り返すようになると、ふたりはひどい叫び合いをくり広げるようになった。なんでもないことで延々とけんかをくりかえした。でも、やむことのない父の怒りの圧力は弟を摩耗《まもう》させ、悲惨にも弟の一部をゆっくりと破壊していった。弟はそれをどうすることもできず、私たちにも止めようがなかった。

父の怒りが爆発したあとの一日か二日は、私たちにとっての短い休息だった。父は埋め合わせでもするかのようにものすごくやさしくなった。そんな細々とした希望が見える瞬間は、本当に素敵だった。しらふの父がどれほど素晴らしい人間かをうかがえたからだ。そんな日には、私たちは父にまとわりつき、ありったけの愛と情を一滴ももらさず父から吸い取ろうとした。

でも、また一日二日すると次の爆発に備えた。父がしばらくやさしいと、余計に警戒するようになった。嵐が過ぎても、次の嵐がそう遠くないことがわかっていた。私たちはつねに恐怖と緊張の中で生きていた。天と地がひっくり返るようなものすごいことが起きて、父が根っから別の人間になる——魔法の稲妻に打たれて新しい人生が始まるという夢を見るのは、本当に希望を持てるめったにない瞬間だけだった。

そんな瞬間のひとつが、父がバーテンダーから建設業に仕事を変えたときだった。自宅も建てたほどの父が、建設業で生計を立てられると思っても不思議はなかった。父はハンティントン・ステーションの自宅を二万二〇〇〇ドルで売り、近くのコマックという町に一万六〇〇〇ドルで小さな小屋を買うと、みんなで引っ越した。それで浮いたお金で、友人のリッチーと建設会社を始めたのだ。バーテンを辞めたわけではない。夜は地元のボーリング場のバーで働いていた。だが、それ以外の時間は住宅の建設に忙しかった。私たちは全員で、父が成功してついでにお酒もきっぱりやめますようにと祈った。そうなれば、奇跡のようにふつうの家族になれるかもしれない。

残念ながら、建設業は長く続かなかった。父とリッチーは四、五軒ほど家を建て、充分な現金も入ってきたが、父はビジネスマンとしては失格で、お金は指の間からするすると流れ出していった。才能があり働き者だった父は、のどから手が出るほど欲しがっていた成功を手に入れてもおかしくなかったのに、ひとつのことを長く続けることができなかったのだ。

父はいつも自分で自分の足をひっぱっていた。私は父がリッチーと大げんかしたときのことを憶えている。その日、父は酔っぱらって家に帰ると、これまで建てた家とこれから建てる家の設計図を全部ひっぱり出した。そしてそれを裏庭に積み上げて火をつけ、全部灰にしてしまった。それを知ったリッチーは激怒し、パートナー関係を解消した。父はひとりで続けようとしたが、しばらくすると行きづまった。そのとき、私たちが思い描いた、もっと平和な新しい人生へのかすかな希望も消えたと思った。

でもその後、奇跡のように、もうひとつの光が差し込んできた。フランクが生まれてから五年後に、突然母がまた妊娠したのだ。私は驚いたしうれしかった。もうひとりの弟か妹を待ちきれなかった。その喜びのむこうには、子どもの誕生への期待と身重の妻がいる現実から、父が深酒をひかえて怒りを爆発させることもなくなるのではないかという思いがあった。父の中の悪魔がこれで封じ込まれるかもしれない、と。

しばらくの間、父はおとなしくなったように見えた。あの二月の寒い雪の日までは。

母は妊娠六カ月だった。私たち家族は車で三〇分ほどのヒックヴィルを訪ね、おばさんのローズとその夫レイ、そして四人のいとこたちと一日を過ごした。夕食のあと、父はレイおじさんと近所のバーで二、三杯ひっかけてくると言った。すぐに戻るからとふたりは誓った。それを聞いたとき、私の胸に恐怖がこみあげた。

一時間後、窓の外を見ると、さっきはまだちらほらだった雪が本格的に降り積もっていた。街路はもう真っ白だった。母が神経質になっているのが私にもわかったけれど、だれもなにも言わなかった。

二時間たった。外は暗く、雪はまだ降っていた。私は窓の外に車のヘッドライトが見えないかと必死に目をこらしたけれど、外は真っ白なままだった。私たちの不安を察したおばさんが泊まっていったらと言ってくれたが、父が絶対にそれを許さないことを私たちみんながわかっていた。しかも、飲みつづけていた父が、母に運転を許すはずがない。父は深酒するほどに、母をいじめて馬鹿にした。なにがあっても父は母に運転させないはずだ。

とうとう父とレイおじさんが玄関を乱暴に開けて入ってきた。ふたりとも明らかに飲みすぎていて、父のムードは漆黒《しっこく》の闇に変わっていた。私はパニックになり、母もそうなったのがわかった。ほんのささいなきっかけで父は爆発しそうだったし、そのうえまったく前が見えない大雪も心配だった。おばさんがブラックコーヒーを大きなポットに入れて準備してくれ、父は一杯だけ飲んだ。だけど、泊まっていったらとおばさんが言っても、父はまったくとりあわず、私たちにコートを持ってこいと命令した。母は自分が運転するとも言わなかった。どうなるかわかっていたからだ。

私たちはぬれぎぬを着せられた囚人のように、ゆっくりと静かに車へと歩いた。母は助手席に座り、アネットとナンシーとフランクと私は後部座席におさまった。私たちは身を寄せて自然と手を握り合っていた。私は悪いことが起きませんようにと息を殺して祈った。父は雪の積もった道へとゆっくり車を発進し、二車線道路に出た。呼吸の音さえ父の怒りを爆発させそうでこわかった。

車の中を完全な静寂が支配した。耐えられないほどの緊張感だった。雪が激しく降っていて、フロントガラスからは数メートル先も見えなかった。不幸中の幸いだったのは、吹雪でみんなが運転をひかえていたおかげで、車がほとんどなかったことだ。

突然、なんの前ぶれもなく父が突然アクセルを踏み込んだ。タイヤの下で雪が舞い、私たちは前につんのめった。時速五〇キロがいきなり八〇キロになった。積もった雪の上を車がすべり、左右に揺れた。母は恐怖におののいて父を見つめ、停めてと懇願した。父は車の制御が効かなくなる寸前でブレーキを踏み、私たちが大きく揺れて車があやうく道をはずれそうになるとハンドルを戻し、ゆっくりとはうように進んだ。そうやって二、三キロふつうのスピードで進むと、またアクセルを踏み込んだ。

父は私たちをこわがらせて楽しんでいた。

車が道からはずれそうになるたびに、父はブレーキを踏み、スピンする寸前でまた元に戻す。母は父に車を停めてと懇願しつづけていた。私たちはみんな後部座席で泣いていた。声を出さずに。でも父は母の言葉を無視して、またアクセルを踏み込み、危なっかしく雪と格闘していた。

いつ衝突してもおかしくなかった。母は恐怖のあまり父に向かってやめてと叫びだした。私たちも、お願いだからスピードを下げてと口ぐちに叫んだ。父はこちらを向くことさえしなかった。ついに母があらんかぎりに声を張りあげ、父に車を停めなさいと命令した。

「とにかく、車を停めて！　停めなさい！」

父はさらにスピードを上げた。ちょうどそのとき、曲がり角から大きなふたつのヘッドライトが現れ、私たちめがけて近づいてきた。バスがカーブを曲がってこっちに向かってきたのだ。もちろん父にも見えていたはずなのに、父はスピードを落とさず、道をゆずろうともしなかった。ひたすら前に突き進む。バスの運転手がクラクションを鳴らし、最後の瞬間にハンドルを切って避けてくれた。耳をつんざくようなクラクションの叫びと私たちの悲鳴が混じり合う中、バスが通り過ぎた。

ほんの鼻先ほどの間隔しかなかったと思う。衝突しそうになってはじめて父は怖気《おじけ》づき、ついに急ブレーキを踏んで車を停めた。数十年たったのちでも、バスともう少しで衝突するところだったこと、そしてもし衝突していたら私たちがどうなっていたかを考えるとぞっとする。

車が停まると、爆発したのは母のほうだった。母はこれまで見たこともないほど怒っていた。ふだんは、めったに父にたて突くことはなかった。そんなことをすれば、火に油をそそぐようなものだとわかっていたからだ。でもあのときは、吹雪の路上で母は敢然《かんぜん》と父に刃むかった。頭がどうかしてしまった酔いどれに、子どもたちを殺させるわけにはいかないと思ったのだろう。

母は車を降り、反対側にまわって運転席のドアを乱暴に開けた。「車から降りなさい！」母は父を怒鳴りつけた。「降りなさい！」

父は動かなかった。

「ヌンジー、この車を運転することは許さないわよ。さあ、そこをどいて。私が運転するわ」

私たちは後部座席から、お願いだから車から降りてと父に頼んだ。ついに父が外に出た。だが、助手席のほうにまわらず、反対方向へ歩きはじめてしまった。母は車の後ろにまわって、父に車に乗ってと叫んだ。父は聞かなかった。ただ歩きつづけた。酔っぱらった父は、母の運転する車に乗ることをかたくなに拒んだ。吹雪の中を歩いたほうがましだと思ったのだろう。家までは、車でまだ少なくとも二〇分はかかる距離だ。酔っぱらってふらついている父が、歩いて自宅まで帰れるはずがなかった。

母に選択の余地はなかった。子どもたちが父親に戻ってきてと叫ぶ中で車を発進させ、父から離れた。まず私たちを安全に家に送り届けなければと思ったのだろう。父からかなり離れたところで、母は車を停め、私たちを落ち着かせた。お父さんは大丈夫と私たちに約束し、いったんみんなを家に降ろしたら、またお父さんを拾いにいくからと言った。サミーおじさんにも電話して、父を探してもらうとも言った。

その言葉に私たちが少し安心して泣きやんだところで、母は吹雪の中、ゆっくりと確実に家まで車を走らせた。それでも、私は父が歩いている姿を想像してハラハラした。家に着くと、母はサミーおじさんに電話をかけて、また父を探しに出かけた。母からは寝ていなさいと言われたけれど、身体が震えて眠れなかった。

一時間ほどたってやっとうとうとしはじめたころ、私は父が家に入ってきてドアをバタンと閉める音で目が覚めた。母も帰って私たちを見にくるのではないかと耳をすませた。でも、父が少し歩きまわる音がしたあとは静かになった。母は吹雪の中で一時間以上も父を探しまわっていたが、見つけられずじまいだった。父はタクシーを拾い、運転手に五〇ドルも支払って家に連れて帰ってもらったのだ。母が帰ってきたとき、父はもうベッドで眠っていた。もし父が起きていたら、悪夢が続いていたはずだ。

母は私たちの寝室にやってきて、いつものようにアネットと私をなぐさめてくれた。私たちは母をしっかりと抱きしめ、母が何度もくりかえしてくれたように、なにもかも大丈夫よと伝えた。でも私も、そして五番目の子どもになる六カ月の赤ちゃんをお腹にかかえた母も、それが気休めだということはわかりすぎるほどわかっていた。

パレードが通り過ぎると、私たちは部屋に戻って七面鳥を食べた。私の小さな食卓を囲んで、全員でしゃべったり笑ったりしながら食べるのを、モーリスはすごく楽しんでいた。今度も、食事が終わるのが惜しいように、ゆっくり食べていた。父でさえも楽しんでいるように見えた。少し飲んでいたけれど酔うことはなく、以前のように暗い影にとらわれることもなかった。

別れ際に、父はモーリスと握手して、やさしく肩を叩いた。ほんのたまにしか見る機会のなかった最高の父親の姿を思い出し、もし父がやり方をわかっていたら、どんなに素晴らしい父親になれたことかと思わずにはいられなかった。

11 大人になった日

母のお腹が大きくふくらんでまん丸になると、いよいよ出産のためにハンティントン病院に入院した。私たちは家で知らせを待っていた。その夜遅く、やっと父から電話があった。弟のスティーブン・ジュード・カリーノが生まれたのだ。ぽっちゃり坊やだ、と父は言った。体重は三九〇〇グラムで身長は五三センチ。父の声は私と同じくらい興奮している。私はそれを明るい兆候だと受けとめた。このぽっちゃり坊やが、今度こそ父を永遠に変えてくれるかもしれない、と。

そのころの母は丈夫だったので、すぐに地元のケータリングレストランのウェイトレスに復帰した。お金が必要だったのだ。建築会社はだめになり、父は次の商売を始めようとしていた。母は赤ちゃんを私たちに任せて、土曜は一二時間も勤務した。共働きでも家計は苦しかった。

父はお金にうとかった。突然気まぐれに二台目の車を買ったこともあった。中古のキャデラックを買ってきて、自分で修理すると言う。そんな父のむだづかいが母にとってどれほど痛手か私にはわかったけれど、母がそのことで絶対に父にたて突かないことも知っていた。母はいつも黙って父に給料を渡し、ただうまくいくようにと願うだけだった。

ある朝、母は子どもたちの何人かを歯医者に連れていく予定だったのに、仕事で疲れきって寝過ごしてしまった。子どもが歯医者に行こうが行くまいが、父はまったく気にしないはずだった。細かいことはすべて母に任せていたからだ。でも、前の晩に飲みすぎてひどい二日酔いだった父は、予約をすっぽかしたことを口実に、母を責めはじめた。そして、本当に狂ったようになった。

父は私たち全員の前で母を罵り、叫びはじめた。「なんてバカな女なんだ！」母が私とアネットの寝室にやってきて、私たちと一緒にベッドの中に逃げると、父が追いかけてきた。父は口からつばを飛ばしながら、大声で罵りつづけた。「どうしてそんなにバカなんだ！」母は私たちを近くに引き寄せて、嵐が通り過ぎるのを待った。

だが、嵐はやまなかった。父は部屋を出ると、酒ビンを二本持って戻ってきた。そしてそのビンを私たちの頭のすぐ上の壁に投げつけた。アルコールとガラスが私たちの頭に降ってきた。私たちはベッドカバーを頭にかぶって盾にした。父は次のビンを投げつけると去ったが、また二本持って戻ってきた。ビンはまたも私たちの頭の真上で割れ、私はその音で気分が悪くなった。父は、これまで聞いたことがないほど大声でわめきつづけていた。投げつけるビンがなくなると、今度はキッチンに行ってテーブルをひっくり返し、いすを叩きつけた。

そのときちょうど電話が鳴った。母はあわてて受話器を取り、電話の相手に大声で助けを求めた。父は母から電話をもぎ取り、壁からそれを引き抜いた。母が私たちのところに戻ってくる間、父は狂ったように家具を蹴ったり投げたりして、止まらなくなっていた。

父がとうとう疲れはてたころ、玄関をノックする音がした。父がドアを開けると、警官がふたり立っていた。さっき電話をかけてきたおばさんが警察に通報したのだ。

「通報があったので」警官のひとりがそう言った。家の中に一歩でも入っていれば父の起こした惨状《さんじょう》の一部でも目に入ったはずだった。でも、警官たちは玄関にとどまったままで、すでに落ち着きを取り戻していた父は、まったく問題ないと言った。驚いたことに、警官たちはそれを額面どおり受け取って帰っていった。

今度こそ、父はやりすぎた。キッチンは竜巻が通過したあとのように、完全に破壊されていた。私のベッドはガラスの破片でおおわれ、スコッチでびしょびしょだった。母は、静かに子どもたち全員を集め、まだ赤ちゃんのスティーブンを抱くと、着替えも持たずに私たちを車に乗せ、祖母が住むハンティントンの実家へと車を走らせた。祖母は私たちを迎え入れ、それから三日間そこで過ごした。それまでで最高の三日間だった。はじめて父を恐れなくてよかった。ここにいれば父も手が出せなかった。

でも、三日目に母が泣きながら祖母に話しているのを聞いた。

「あなたの居場所は、夫のところよ」祖母が母に言っていた。「帰りなさい」

私も泣きながら、ここにいさせてと祖母に頼んだけれど、話し合ってどうにかなるものではなかった。当時はそれが当たり前だったのだ。妻は夫のもとを離れない。少なくともイタリア人家庭の多くはそうだった。女はただ耐えた。母もこれまでそうしてきたし、これからもそうしなければならない。母はまた私たちを車に乗せて、家に帰った。

私たちはおずおずと家の中に入っていった。そこにいることがたまらなくこわかった。キッチンに行ってみた。どうなっているか予想もつかなかった。ぐちゃぐちゃの状態は少し片づいていて、父は壊したテーブルのかわりに、裏庭からピクニックテーブルを持ち込んでいた。電話を引き抜いた壁の穴はそのままだった。父が片づけていなかったものは、結局母と姉と私が片づけた。そしてまた、いつものように、その騒動についてはなにも話さなかった。私たちは、なにもなかったようなふりをして、それまでと同じ生活をただ続けた。

その事件があってから、父はしばらく落ち着いた。赤ちゃんのスティーブンが助けになったのは間違いない。父はスティーブンを溺愛《できあい》した。

スティーブンは本当におもしろくて明るくて賢かった。まだ幼いころから、並はずれた頭のよさを発揮していた。私たちとかなり年が離れていたので、母と過ごす時間が長かったことも、発達が早かった理由だろう。母はスティーブンに本を読み聞かせ、一緒にゲームで遊び、持ち前の好奇心を育てた。四歳になるころには、歴代大統領の名前と生年月日だけでなく、死亡年月日も暗記していた。スティーブンがそれを諳《そら》んじると、父は大喜びしていた。

父は、フランクには一度もしてあげなかったことを、スティーブンにはしてあげた。仕事場に連れていったり、スティーブンの好きだった流行曲のレコードを買って帰ったりした。「ウィンチェスター聖堂」や「バーバラ・アン」のシングル版だ。本当に久しぶりに、父は家で幸せそうにし、酒場にもあまり行かなくなった。家で飲んではいたが、ゆっくりと酔っぱらうだけだった。家族と一緒だったので、外で飲むときのように逆上するような飲み方はしなかった。父が煮つまっていくのは、酒場から家までの運転中だった。家にいるときは、ただ酔いつぶれるまで飲みつづけるだけ。翌朝、ソファの横の大きなガラスの灰皿からタバコの吸がらがあふれ出して灰が散らばり、コーヒーテーブルとソファの間に焼けこげがあるのを見つけるくらいだった。それくらいなら、がまんできた。

しかしその後、父は建設会社をたたみ、フルタイムでバーテンの仕事に戻った。今度は自分のバーを買った。ジェリコ・ターンパイクにあるウィンドミルという名のバーだ。母はそこでウェイトレスとして働き、姉と私も一〇代のはじめにはそこで働き、アサリの殻をはずしたり、ハンバーガーを運んだりした。私たちはコマックを出て、ハンティントン・ステーションに父が建てた、二階建てのコロニアル風の家に引っ越した。

新しい家は、脇道からさらに奥まった、別の家の五〇メートルほど後ろの場所にあり、長い砂利道が玄関まで続いていた。間取りはなんとも風変わりだった。玄関を入るとすぐに、家の中でいちばん雑然とした書斎があった。右側の居間にはほとんど家具がなく、だれも使っていなかった。一階の洗濯室を通らないとバスルームに行けなかった。外壁は板葺《ぶ》きだったが、材料が余っていたらしくファミリールームの壁も板葺きにしていた。それでも、小さくて居心地のいい裏庭と大きな楡の木があり、私はハンティントンに戻れてうれしかった。新しい友だちもできた。それに、新しい家と新しいバーのことで忙しかったせいか、疲れきっていたからか、父と母がけんかをすることもなかった。

両親がロングアイランドのノースフォークの海岸沿いに夏場のバンガローを借りたのはその

ころだ。家族で休暇らしい休暇を過ごすのは本当に久しぶりだった。海沿いの崖の上にあるその小屋で一週間を過ごした。そこから、百段の階段を下りるともう海だ。海辺の小屋で過ごすその一週間を、私たちは心から楽しんだ。夜ふかししてゲームで遊んだことや、パジャマのままピクニックテーブルで朝食を食べたことは、忘れられない思い出だ。その場所には、違う人生があった。幸せで平穏な人生が。そこではあまりけんかもしなかった。海辺では、私たちはみんな深呼吸して、少なくともその数日間だけはリラックスできた。

そんなわけで、スティーブンは生まれてからの数年間、以前の父がどんなだったかまったく知らずにいた。やさしくて、おだやかで、愛情豊かな父親しか知らなかったのだ。

スティーブンがはじめて父の暗い側面をかいま見たのは、五歳になったころだった。その日、父は小型トラックの後ろの荷台に大量の砂を積んでいて、スティーブンとその友だちにおもちゃのシャベルで砂遊びをさせていた。するとスティーブンが悪気なく砂をそのトラックのガソリンタンクに入れてしまった。父がトラックに乗ってエンジンをかけると、警告ランプが点灯した。エンジンがいかれてしまったのだ。父はスティーブンを車から引きずり出すと、思いきりお尻を蹴りつけた。スティーブンが大きな叫び声をあげたので母が飛んできて抱きかかえた。スティーブンでさえ、父があれほど愛していた幼い息子でさえ、父の激しい怒りからは逃れられなかった。

それでも、私たちはいつもと変わらない生活を続けた。私は中学に入り、新しい友だちをつくり、男の子とつきあいはじめた。外から見れば、私の生活はこれ以上ないほどふつうだった。いつも友だちと一緒に過ごし、モールをぶらつき、土曜の夜には教会のダンスパーティに行った。

けれども、大人になるにつれて、家でのストレスが表に出るようになった。学校ではどんどん落ちこぼれていった。成績は目も当てられないほど悪く、先生からは注意散漫だと言われつづけた。実際、疲れきっていて勉強どころではなかったのだ。当然ながら、夜はなかなか眠れなかった。眠りに落ちても、悪夢にうなされてすぐに目が覚めた。私にとって、睡眠は恐怖からの逃避ではなく、恐怖の続きだった。

本当に恐怖から解放されるのは、友だちの家にお泊まりにいったときだけだった。ひょうきんで活発な親友のスーは、私の心の傷に気づいていた。私はスーの家に泊まりにいくのが大好きだった。スーのお母さんは秘書で、お父さんはＩＢＭで働いていた。私から見れば、完璧な家族だった。

スーのお父さんは六時までに家に帰り、七時にごはんを食べ、みんな九時までにベッドに入っていた。翌朝になると、いつもスカートかワンピースの上にエプロンをつけたスーのお母さんが、スクランブルエッグとベーコンとソーセージをつくって私たちを待っていた。オレンジジュースがなみなみと入ったガラスのコップがカウンターの上に並び、その横にはビタミン剤が添えられていた。私にもかならずオレンジジュースとビタミン剤を用意してくれていた。みんなで食卓を囲み、話したり笑ったりして、なにもかもおだやかで気楽だった。自分の身体から緊張が抜けていくような気がした。夜はなんの心配も恐怖も不安もなく眠り、翌朝はすっきり目が覚めた。

軽薄に聞こえるかもしれないが、スーの家でいちばん好きだったのは、スーのお父さんが身づくろいをする姿だった。スーのお父さんは、仕立てのいいダークスーツと真っ白なシャツと細い地味なネクタイを身につけて仕事に出かけた。テレビコマーシャルから抜け出してきたようだった。私は自分のお父さんもあんなだったらいいのにと思った。じつのところ、父親がバーテンダーなのは恥ずかしかった。夜勤もいやだったし、父が酔っぱらって帰ってくるとみんながびくびくしなくちゃならないこともいやだった。もちろん、スーの家族にもそれなりの問題があったにちがいない。でも私にとって、スーの家族は私たちと違って幸せで愛情にあふれ、なによりふつうに見えた。

いつもではないけれど、ときどきスーも我が家に泊まりきた。それは、いつも賭けだった。スーがいるときに父が爆発するかもしれなかったからだ。ある晩、スーと私が部屋で早々に眠っていたとき、階下の父の声で目が覚めた。父がなにを言っているかはわからなかったが、これからどうなるかはもうわかっていた。私はぐっすり眠っていたスーを起こして、着替えてと言った。

「どうしたの?」眠たそうにスーが聞いた。

「とにかく、着替えて。家に帰ったほうがいい」

スーをせかせて、夜中の二時にアネットと私はスーを家まで車で送っていった。理由は話さなかった。少なくとも何年もあとになるまでは。父が激怒しているところを友だちに見られたくなかった。私がこんなふうに毎日をおくっていることを知られるのは耐えられなかったのだ。

ちょうどそのころ、父のバーの事業が傾きはじめた。父はいろんな人にただ酒をおごってあげていて、積み上げればものすごい金額になっていたのは間違いない。ゆっくりと、確実に、バーの事業は父をむしばんでいた。家計は火の車で、両親は長時間働いていたが、稼ぎは少なくなっていた。ねじがだんだんきつく締まっていくようだった。しばらくの間、父の大暴れは起きていなかったけれど、それが近づいているのをみんなが感じていた。時間の問題だった。

電話が鳴ったのは、私がスーの家にいたある午後だった。アネットからだ。私が電話に出ると、大変なことになっているのがアネットの声でわかった。

「すぐ家に戻って」姉は言った。「今すぐ」

私は自転車に飛び乗り、家に向かって狂ったようにペダルをこいだ。家に入って最初に気づいたのは、ふだんなら玄関のところに置いてあるプラスチックのミモザの造花が、書斎の真ん中に倒れていたことだ。叫び声がするほうに、息を殺して進んでいく。父が暴走するのはたいてい夜だったので、私は寝室に閉じこもり、電気をすべて消して暗闇の中に隠れていた。でも午後の明るい日差しの中では隠れる場所などなかった。母が父に懇願しているのが聞こえた。私は、姉や弟たちが集まっている二階に駆け上がりたいと心の中で思いながらも、そうはできなかった。もう一六歳だもの。なにもないふりなんてできない。

私はキッチンに入った。父が以前に壊したテーブルといすは新しいものに入れ替えられていたのに、それもまたばらばらになっていた。母は床に倒れて、丸くなっていた。父は母におおいかぶさるように立ち、容赦なく母を蹴りつけていた。

私の中で、なにかがパチンとはじけた。以前にも叫び合いのけんかを止めようとしたり、フランクへのいじめをやめさせようとして父に向かって怒鳴ったりしたことはあったが、今日はそれとは違っていた。私は父に駆け寄ってやめてと命令すると、げんこつで父を殴りはじめた。だが父は片手で私を払いのけた。私は部屋の反対側まで飛ばされて壁に激突した。父はすぐにまた母を蹴りはじめた。

自分でも驚いたことに、私は反射的に立ち上がった。怪我をしていようとかまわなかった。

アドレナリンが吹き出していた私は父に向かっていき、こぶしを握りしめた。父の顔面にそのこぶしを突きつけ、鼻先から数センチのところで止めたまま、これまで出したことのない大きな声で吠《ほ》えた。母が私に、あっちへ行って、お父さんを放っておいてと頼むのが聞こえた。父が私を傷つけるのがこわかったのだろう。それでも私はそこにとどまり、鼻先にこぶしを突きつけて、私自身の怒りを流れ出すままに任せた。

「やめないと、警察を呼ぶわよ」私は叫んだ。「今すぐやめないと、逮捕してもらうから」

父を止めたのが私の怒りなのか、父が私の怒りの中に自分自身を見たのかはわからない。私の表情になんの恐れもないことを見てとったのかもしれないし、警官を呼ぶと脅したからかもしれない。だれもそんなふうに父を脅かしたことはなかったのは確かだ。いずれにしろ、それはうまくいった。父は母を蹴るのをやめ、自分の中に閉じこもった。スイッチが切れたようだった。肩がガクンと下がり、その場にぼんやりと立ちつくして、どうしようもなく戸惑っているようだった。ついに、父は退散した。

私は母に駆け寄った。アネットがすぐに降りてきた。そしてナンシーとフランクも。幼いスティーブンさえ。私たちはみんなで、バラバラになったキッチンに座り込み、母が泣くのを見ていた。それから、母は自分で車を運転して病院に行った。

母はあざだらけで、肋骨《ろっこつ》が三本折れていた。

病院で母は包帯でぐるぐる巻きにされ、家に帰された。なにも聞かれなかった。

時間がたつにつれ、母のあざは治っていった。その後も母は父から離れなかったし、もう離れるつもりもなかった。だけどその日、私の中でなにかが変わった。なにかが変わって、私は父に立ち向かっていった。父と闘う武器を手に入れた——そんな感じだった。生まれてはじめて、ここから抜け出す方法を見つけたような気がした。

それは、いろいろな意味で私が大人になった日だった。

12
はじめてのクリスマス

感謝祭を一緒に過ごしてからほどなく、クリスマスはいつもどうしているのとモーリスに聞いてみた。

「べつに」モーリスは肩をすくめた。

「どういう意味？　クリスマスにお祝いしないの？」

「しない」

何度か聞いてみたが、なにもしないと言う。クリスマスの時期に母親がなにか料理をしてくれたことが何回かあったらしいが、去年のクリスマスはひとりぼっちで救世軍に行ったという。そこに行くとただで食事を出してくれ、貧しい子どものためのおもちゃがたくさん入った大きな箱のところにスタッフが連れていってくれた。モーリスは白いテディベアのぬいぐるみを選んだ。

今までにもらったクリスマスプレゼントらしきものは、それだけだ。

クリスマスを私と私の家族と一緒に過ごさない？　と聞いてみた。モーリスはすぐさまイエスと言って、大きな笑顔を見せた。

クリスマス前の土曜日、モーリスとふたりでクリスマスツリーを買いに出かけた。露店で枝ぶりのいい木を見つけ、家にかかえて帰った。小さな赤いリンゴのオーナメントやティンセルや電飾をひっぱり出した。クリスマスキャロルのアルバムをかけて、ツリーの枝を刈り整えながらホットチョコレートを飲んだ。

飾りつけを終えて夕食を食べ、いつものようにクッキーを焼いた。それから、私はモーリスに紙を渡して、サンタクロースに持ってきてほしいものを書いてと言った。

「サンタクロースなんていないよ」モーリスが笑いながら言った。

「たぶんね。でも、とにかくリストをつくってね」

モーリスはなにやらぐちゃぐちゃと書いていた。一番上にはリモコンカーとあった。

しばらくここでツリーを見てていいかな、とモーリスが聞いた。私は部屋の灯《あか》りを落として、クリスマスキャロルが流れる中、ふたりでソファに座って静かに木を見つめた。電飾の光が私たちの顔を照らし、長い間なにも言わずにそうやって座っていた。モーリスがやっと口を開いた。

「素敵なクリスマスにしてくれてありがとう。ぼくらみたいな子どもでも、みんながどんなふうにしているか知ってるよ。テレビでも観る。でも、ぼくたちはみんな外から眺めるだけ。クリスマスのことだって知ってる。でも、ぼくらみたいな子どもには手が届かないってわかってる。だから考えないようにしてるんだ」

こんな環境でも、モーリスがこれほど聡明であることに、あらためて目からうろこが落ちた思いだった。モーリスはまだ幼かったけれど、経験から得た自分なりの見方で人生をはっきりと見通していた。自分が社会のどこにいるのかを正確に理解していたのだ。鼻のかみ方は知らなくても、彼の二倍も生きている人たちより世界のあり方をはるかによくわかっていた。


それから数日後のクリスマスイブに、モーリスは私のアパートメントにやってきた。私のアパートメントから三〇ブロックほど南に住んでいる妹のナンシーも来てくれた。そのころにはナンシーもモーリスと仲よくなっていて、一緒に過ごすのを楽しみにしていた。モーリスが私の部屋に来たときには、ツリーの下にラッピングされた一〇個ほどのプレゼントが置いてあった。それを見たモーリスの目がまん丸になった。その中の少なくともいくつかは自分への贈り物だと気づいたようだ。楽しく夕食を食べたあとは、またクリスマスキャロルを聞きながらツリーのそばに座った。プレゼントのひとつをモーリスに開けてもらった。

モーリスにはたくさんの生活必需品が必要だった。ソックス、Tシャツ、下着、手袋、帽子、防寒着……。彼に会ってからこの数カ月間、私は本当に必要なもの以外は買わないよう気をつけていた。なにかを買ってあげるだけの〝金持ちのおばさん〟になりたくなかったのだ。でも、モーリスはこれまでクリスマスを祝ったことがないのだし、この際ちょっとばかり甘やかしてもいいだろうと思った。その年のクリスマスにはたくさん衣類を買ってあげたけれど、クリスマスイブにあげようと思っていた特別なプレゼントがあった。

モーリスはおそるおそるその包みを開けたが、リモコンカーを見ると思わず声をあげた。私が夕食を準備する間に、モーリスとナンシーは自動車を組み立てた。アネットの家に持っていってデレクと一緒に遊んでいい？　とモーリスは聞いた。

モーリスがラッピングされた贈り物をもらったのは、それがはじめてだった。

モーリスとナンシーは翌朝もやってきて、みんなでアネットの家に車で向かった。アネットの家に到着すると、ツリーの大きさにモーリスは信じられないといった表情を浮かべた。私のツリーのおそらく二倍はあっただろう。ツリーの下にはきらきらの包みに入った数えきれないほどのプレゼントがあった。アネットはこの時期に家を飾りつけるのが大好きだった。クリスマスリースや飼い葉おけやきらきらのティンセルで家中を飾りつけていた。モーリスは目を輝かせて歩きまわった。

まもなく全員で居間に集まり、プレゼントを開けた。姪っ子も甥っ子も、みんながモーリスへのプレゼントを用意していた。モーリスも私と一緒にみんなへのプレゼントを買っていた。子どもたちはプレゼントの山に大喜びし、モーリスはTシャツや下着、帽子、手袋、冬物の上着を受け取っていた。トミー・ヒルフィガーのシャツには狂喜乱舞していた。そのうえ、バスケットボール、スニーカー、その他のたくさんの小さなプレゼントも。すべて自分のものだなんて信じられない様子だった。

それからモーリスはデレクに新品のリモコンカーを見せた。ふたりは夢中で廊下を走らせ、書斎を出入りさせていた。私はあとにも先にも、子どもがあれほど喜んでおもちゃで遊んでいるのを見たことがない。

モーリスのお気に入りの大きな食卓を全員で囲んで、手をつないでお祈りをした。夕食のあとはアネットが楽譜を配り、弟のスティーブンが演奏するオルガンに合わせてみんなでクリスマスキャロルを歌った。そのオルガンは、スティーブンが母のために演奏していたオルガンだった。モーリスがその場にいたせいかどうかはわからないが、その年のクリスマスは久しぶりに家族で過ごした、素敵な、あたたかいクリスマスだった。

夜もふけてきたので、ナンシーと私はモーリスを手助けしてクリスマスプレゼントを車に積み込み、みんなにさようならを言ってマンハッタンに戻った。モーリスはリモコンカーとほかのおもちゃを私の部屋に預けておいていいかと聞いた。私の部屋に来たときにそれで遊びたいからと言っていたが、本当は自宅に持ち帰るとだれかに盗まれやしないかと心配していたのがわかった。

その夜、モーリスは新しい上着と服を何枚かだけ家に持って帰った。それから、モーリスの姉のために私が紙袋に詰めたお古の服と、アネットが持たせてくれた食べ物も持って帰った。これまでにないクリスマスを経験したモーリスは、そのほんの一部だけでも姉たちにおすそわけしたかったのだ。

モーリスが帰ると、私はソファに目をやった。モーリスがその日の朝にくれた素敵なクリスマスプレゼントがそこにあった。モーリスは私の部屋に入ると、「メリークリスマス、ミス・ローラ」と小さな声で言い、恥ずかしそうにそれを手渡してくれた。私はソファのところへ行き、モーリスと一緒に枝葉を整えたツリーを見ながら、そのプレゼントを手にとった。

モーリスは自分が持っているたったひとつのものを私にくれた。

それは救世軍でもらった白いテディベアだった。

私はソファに座って、モーリスが今年のクリスマスをどう感じただろうと考えていた。そして、私にとってどんな意味があっただろう、と。

クリスマスを自分の家族と一緒に過ごせないのは悲しいけれど、それでも自分を気づかってくれる人たち、そして愛してくれる人たちがまわりにいるとうれしい。ひとりぼっちで救世軍に行かなくてもいい。モーリスが姉の家族に対してそんなふうに感じただろうことを、私も感じずにはいられなかった。

姉は、幼いころからいだいていた私と同じ夢を実現させている。夜になると、私たちふたりは将来どんな家族を持ちたいか、どんな家に住みたいか、夫はなにをしているか、子どもがどんな勉強をするか、語り合ったものだった。アネットと私にとって、自分の家族を空想し、その安全と愛情を願うことには、よくある女の子の願いごと以上の意味があった。それは自分たちの失われた子ども時代を取り戻すただひとつの方法、壊されたものを修復する唯一の手段だった。ただの夢想じゃない。それは私たちにとってどうしても必要なことだったのだ。

だから、その年のクリスマスに、私は姉がその夢をかなえたことに思いをめぐらせた。そして、私自身の夢、愛情豊かな夫と美しい子どもたちと郊外の大きな家を持つことを考えた。三六歳の私は今もひとりぼっちだった。どうして私は夢をかなえられないのだろう？　妻であり母であってもいいはずなのに。

努力したことがなかったわけじゃない。モーリスと知り合ってまもなく、彼が私に子どもはいるかと聞いたことがある。私はいいえと答えた。それは嘘じゃない。でも、まだモーリスに話していないことがあった。知り合いの多くも知らないことだ。

離婚歴があることを、私はモーリスに打ち明けていなかった。

ケビンと出会ったのは、ロングアイランド鉄道のプラットフォームだった。私は二十歳で、まだ自宅に住んでいた（ケビンは本名ではない。彼の名誉のために仮名を使う）。アイスランディック航空への通勤電車を待っているときに彼と出会った。明るい栗毛と深い茶色の瞳のものすごくハンサムな男性で、自信に満ちたやわらかいものごしがたまらなく魅力的だった。お互いちらちらと盗み見ているうちにうなずき合ったり、あいさつをかわしたりするようになった。電車が遅れたある晩、私たちはベンチに隣り合わせに座り、電車を待ちながらおしゃべりをはじめた。

すぐに気が合うとわかった。彼は、私が育った町から三〇分ほどの、ロングアイランドの上流の街に住んでいた。父親はマンハッタンで会社を経営していて、ケビンはそこで働いていた。はじめて会話をかわしてからまもなく、ケビンは私をデートに誘い、ふたりでマンハッタンのレストランに行った。私の心にあったのはただひとつ。彼がどれだけ酒飲みかを見きわめることだった。アネットとナンシーと私は、大酒飲みとは絶対につきあわないと決めていた。もしすぐに酔いつぶれてしまったり、お酒の問題がありそうな兆候を見つけたら、その場で立ち去っていただろう。

最初のデートは素晴らしくうまくいき、私たちはすぐに恋に落ちた。ケビンは両親の自宅に私を招待してくれ、私は彼の家族のあたたかさと親しみやすさに驚いた。とても落ち着いていて、しっかりしていて、これ以上ないほどふつうの家庭に思えた。それなりに裕福で上流だったのに、私をあたたかく迎え入れてくれた彼らに惹《ひ》かれずにはいられなかった。

私はケビンの父親が犬を散歩させる様子を眺めていたのを憶えている。うちでも犬を飼っていたけれど、いつも裏庭で勝手に走りまわらせていただけだ。でも、ケビンのお父さんはワイマラナー犬をリードにつないでお散歩させていた。そのリードが私に多くを語っていた。それは、ケビンのお父さんと犬をつなぐもの、そして家族をつなぐものだった。私にはない絆の強さと安心感を表していた。私はその日その場で、ケビンの家族に恋した。そしておそらくケビンにも。

私たちは結婚式をあげたけれど、正直いって私は当日のことをあまり憶えていない。ただ、やっと家族を持つ夢がかないそうだと感じたことだけは憶えている。はじめのうち、ケビンは父親の会社を辞めて独立したいと言っていた。私は全面的に賛成で、コンサルタントの仕事の面接をとりつける手伝いをした。コンサルタントはいろいろな会社に行って、組織構造を分析し、改革の助言をする。ケビンは頭の回転が早く、仕事の覚えも早かった。給料もよかったので、私との共働きでクイーンズのフォレストヒルに素敵なアパートメントを借りられた。

つらかったのは、月曜から金曜までケビンが家にいないことだった。それは、どんなカップルにとっても理想的とはいえないだろう。新婚の私たちにとってはもっとつらかったけれど、ケビンがこの仕事に賭けていることを知っていたので、私もできるだけ努力した。今どきの夫婦にはつきものの犠牲だと思うことにしたのだ。金曜日に彼を迎えにいったあとは、一分一秒もむだにせずふたりで週末を楽しめるように、買い物や料理や掃除といった家事は私が全部引き受けた。

一年たったころ、ケビンはサウスカロライナの会社の担当になった。私はもっと近い場所、ふだんも家から通えるような場所を望んでいた。そろそろ子どもをつくりたかったけれど、ケビンがいつも近くにいられるようになるまで待たなければいけないことはわかっていた。きっとそのうちうまくいくと自分に言い聞かせた。将来に希望を持てない理由などなかった。

ある金曜日にケビンを空港で迎えたとき、彼が私を見ようとしないことに気がついた。目を合わせず、手もふらず、無表情だった。絶対になにかおかしいと感じた。やっと、「どうしたの？　どうして私を見ないの？」と聞いてみた。

「言いがかりだ」と彼は答えた。

それを境に、ケビンは変わりはじめた。電話も短くなり、よそよそしくなった。だんだんセックスもごぶさたになり、そのうちまったくなくなった。ある週末にふたりでビーチに行ったとき、彼が結婚指輪をはずしていることに気づいた。水中で指輪をまわしているうちに海でなくしてしまったのだと言う。彼がたいしたことでもないように言うので、私はショックだった。

アルーバで休暇を過ごそうと決めたのは、結婚から二年ちょっとたったころだった。アルーバでの最初の夜、ケビンはレストランでの夕食に本を持ってきた。私は言葉も出なかった。私と話すより、本を読んでたほうがましってこと？

「ウソでしょ？」私は言った。「一週間も会ってなかったのに、今ここで本を読むの？」

ケビンは言い訳もせず、なんの説明もしなかった。ただ、だんだんと離れていくようだった。なにかが変だとは思った。ただ、その原因はわからなかった。

やっとある晩、ケビンがサウスカロライナから電話をかけてきて、どうなっているのか話してくれた。

「混乱してるんだ」彼は言った。

「どうして？」

「混乱してる。時間をくれないか」ケビンはくりかえした。

「ケビン、家に帰ってきて。なにか心配ごとがあるのはわかるわ。なんでもいいから、とにかく家に帰って一緒になんとかしましょう」

「時間が必要なんだ」またそう言った。「この週末は戻らない」

その週末、彼ははじめてサウスカロライナから戻らなかった。

彼が帰ってこないことが私には信じられず、もっとどうしようもないことに、私はその理由をまったく思いつかなかった。土曜に彼のホテルに電話をすると、もうチェックアウトしたとフロント係が教えてくれた。携帯電話が普及するずっと前の話なので、彼とは連絡がとれなかった。ただじっとして、どうしたのかと心配するほかなかった。

日曜の夜に、やっと彼から電話があった。

「きみは若くてきれいだし、人柄だって素晴らしい。でも、もう愛してないんだ。離婚したい」

結婚を解消したいと、電話で伝えてきたのだ。

私はどうかしてしまいそうだった。あまりにも深刻すぎて、理解できなかった。夢がやっとかなったのに、こんなふうに終わるなんて。どうしても修復できないとは思えなかった。ケビンは私に連絡先を教えず、まったく連絡を断ってしまった。彼の両親から電話があり、彼が服と本とゴルフクラブを送ってもらいたがっていると伝えてきた。それ以外のもの、私たちの夫婦生活には関心をなくしてしまったのだ。

私は一カ月ほど混乱状態で、だれのなぐさめも聞かずに泣きつづけた。母に助けを求め、彼の両親になにが悪かったのかと何度も何度も訊ねた。ご両親はなにも答えられなかった。私と同じように困惑していると言うばかりだった。

一度たりとも、一瞬たりとも、ケビンが不倫をしているとは思いもしなかった。

彼が連絡を断ってから長い長い三日間が過ぎたあと、私はふたりの持ち物を梱包《こんぽう》して保管庫に預けた。それから私は家族のいる自宅に戻った。

友だちが口をそろえて離婚弁護士に連絡したほうがいいと言うので、私はいやいやながらそれに従った。弁護士のリチャード・クレディターは話を聞いて、私の目をのぞき込みながらこう言った。「ミス・シュロフ、つらい思いをなさっているところに、こんなことを言うのもなんですが、ご主人には愛人がおられますよ」

「ありえません」私は言った。「そんなこと、しません。主人はそんな人じゃないんです」

「夢を壊すようで心苦しいのですが、ご主人には女性がいます。私はそういう案件をこれまでたくさん扱ってきました」

私はそれでも信じられなかった。クレディター弁護士は探偵を雇うよう私を説得した。私は自分が知るほんの少しの情報を彼にあげた。ケビンが郵便を受け取る私書箱の住所だ。探偵はそこで張り込み、証拠写真を撮ってきた。ケビンには恋人がいた。私はお払い箱になったのだ。「離婚したい」と電話で言われたこともショックだったけれど、今度の知らせは立ち直れない打撃だった。それは私という人間の核を直撃し、もとに戻せないほどバラバラに私を打ち砕いた。

私はこれまで経験したことのない深みに沈み込み、心が乱れて苦しみにあえぐ状態が何週間も続いた。家族を持つことは私にとってただの夢ではなく、自分を救う手段だった。それは、残酷な父という解けないパズルへのただひとつの答えであり、子ども時代に経験できなかった幸福を味わう唯一の道だったのだ。それなのに、それは私の手からあっという間に滑り落ちた。まだ二三歳なのに、人生が終わったような気がした。

母は家族とつきあいのある神父さんをよこした。そのやさしいおじいさんは、婚姻を取り消すことができると教えてくれた。婚姻無効にすれば、結婚はなかったものとして扱われる。将来またカトリック教会で結婚式をあげることもできると説明してくれた。でも、私は違うように受け取った。

「結婚をなかったことにしろって言うんですか?」私は言った。「彼がしたことに、なかったふりをしつづけろと言うんですか？」

私はこれまでずっと父の激高《げっこう》などなかったふりをして、人生をおくってきた。父がキッチンをめちゃくちゃにしてしまったことも。母を殴ったことも。かわいそうな弟のフランクを死ぬほどおびえさせたことも。なにもかもなかったふりをしてきた。もう偽ることはできなかった。なにもかも押し殺して葬《ほうむ》るなんてできない。

「神父さま、いやです。なかったふりはできません。現実なんですから。私に起きたことですから」

私は離婚を申請した。クレディター弁護士は私を気に入り、ケビンを毛嫌いするようになっていたので、毛一本までむしり取ってあげると約束してくれた。私はお金はどうでもよかった。いずれにしろ蓄《たくわ》えはそれほどなかったから。結局、私はケビンに愛人のことを電話で問いつめた。それは私の人生でいちばんつらい会話のひとつになった。電話を切って、失ったものを嘆いた。それから何日も、何週間も、何年間も、私は嘆きつづけた。

ふりかえってみると、私はあまりにも世間知らずで、男性よりも夢を追いかけ、ただうきうきと結婚に突っ走っていったように思う。ケビンを愛していたし、愛が深かったことはちがいないが、愛だけではたりなかったのかもしれない。父や家族から逃げることばかりを考えて、見えるはずのものが見えなくなっていたのでは？　自分が悪くなかったとは言えない。たしかに私も悪かった。ケビンは次から次へと間違ったことに飛びつく人で、残念だけど私たちの結婚もそうした間違いのひとつだったのだと今はわかる。正直に言うと、私がふたりの関係に持ち込んだ重荷が、少なくともなんらかの原因になったと認めないわけにいかない。

それでも、私はまだ二三歳で、先は長く、夢をつかまえる時間は充分にあったし、結婚の失敗からすぐに立ち直ることもできたはずだった。同じ時期に別の悲劇がなければ。

離婚によって、私は恋愛も人間も信じられなくなった。

もうひとつの出来事は、私の存在をばらばらに引き裂いた。

13
ほろ苦い奇跡

ケビンに「離婚したい」と電話で告げられたその週末に、二年ほど収まっていた母の子宮ガンが再発した。医者は追加検査のためすぐに再入院するよう勧めたのに、私からケビンのことを聞いた母は、そうしなかった。私が少しでも安心できるよう、家に帰りなさいと言ってゆずらなかった。結局、私は母に従うことにした。

家に帰ってから数週間、母は病気のことを打ち明けてくれなかった。具合が悪そうにも弱っているようにも見えなかったが、医者が言うのでそうだろうと思った。最初に母にガンが発見されたとき、私たちはみんな母を失うことを心から恐れ、なんとか命をつなげるよう懸命に祈った。母は強い女性で、これまでも痛みや困難を乗り越えてきたし、そのときもそうだった。

生きのびたのだ。母は子どもたちのためにがむしゃらに闘ったのだと思う。当時、アネットと私はすでに家を出ていたけれど、フランクとナンシーとスティーブンはまだ家にいた。母は子どもたちを父の手にゆだねることはできなかった。そうならないよう、必死に闘ったのだ。

今またガンが再発し、私たちはふたたび長く厳しい闘いに耐えることになった。私は母のためにしばらく家にいることにした。だがそれは、難しい決断だった。母のためにできることならなんでもしたかった反面、父のそばにいるのはいやだった。

私は心の中で父を過去の存在として、自分の人生から閉め出していた。兄弟姉妹のだれより、私は父に厳しくつっけんどんな態度で接した。姉や弟や妹は、父に消えてほしいと願う気持ちと、愛情から許したくなる気持ちの間を行ったり来たりしていた。でも私はそんなふうに揺れなかった。父を愛していたけれど、絶対に許す気にはなれなかった。フランクに対する父の態度や母へのいつもの残酷さに頭にきていた。そんなふるまいはもう許せなかった。

そんなわけで、家に戻ってから数カ月でまた家を出た。マンハッタンの東八三丁目に部屋を借りた。母の具合は悪く、私が家を出るなんて理解できないという人もいた。でも、私はそうするしかなかった。

それからまもなく、母の状態が深刻になり、父はマンハッタンのスローン-ケタリング記念病院に母を入院させた。そこは私のアパートメントから一五ブロックほどのところだった。そのとき、国内屈指の病院を調べて選んだのは父だったとあとになって知った。

父は母を病院に入院させると、毎晩欠かさず病室に通った。父が病室にいられるのは一時間かそこらだった。父は落ち着きがなく、一時間以上はじっとしていられないのだ。それでも一日も欠かさず、毎日母に会いにきた。母の額にキスをして、手を握り、一緒にテレビを観た。週末にはナンシーかスティーブンを連れてきて、母と時間を過ごさせた。でも、しばらくすると父はそわそわしはじめ、さよならをして帰っていった。

今なら、それが父にできる精一杯のことだったとわかる。悲劇だったのは、父が母を本当に愛していたことで、母が病気になったとき父は母を失うことを心から恐れた。アルコールをきっぱりと断つことはできなかったけれど、以前ほどは飲まなくなった。父は自分を変えることはできなかったものの、少なくとも努力していた。

私は仕事が終わると毎晩母を見舞った。長時間ただおしゃべりをして過ごした。母と過ごす夜は特別な時間だった。私はケビンのことを話し、母は父のことを話し、難しい夫がいる家族では女がしっかりしなければならないことをふたりで話した。母は神様がなぜあなたをこれほど傷つけるのかわからないと言った。と同時に、神様は耐えきれない試練はお与えにならないのだとも言ってくれた。

「ローリー、あなたの苦しみはわかるわ。でも、あなたはそれを乗り越える強さがあるの。そのことを忘れちゃだめよ」

私は自分の中に、母のサバイバル精神を見るようになっていった。

痛みがますます激しくなっていた母は、痛み止めのメタドンを打っていた。主治医のオチョア先生はアネットと私に注射のやり方を教えてくれた。先生は注射器を持ってきて、オレンジで練習させてくれた。先生がやるとすごく簡単そうに見えたが、私は針を見るのもこわかった。でもそのうち慣れてきて、痛み止めの注射は私たちの日課になった。

母が快方に向かっていないのがわかった私は、なんとかそれをくいとめようとした。「よくならなくちゃ」と言ってみたり、「お父さんを残していかないで。お父さんと結婚したのはお母さんだから、私たちじゃ扱いきれないわ。それに、お父さんにはお母さんが必要なのよ。私たちみんな、お母さんがいないとだめなの」と言ったりした。

でも、本当はそんなふうに頼み込む必要はなかった。母は力のかぎり闘っていたのだから。

ある晩、母の痛みが耐えられないほどひどくなったので、私は病室を出てオチョア先生と話しにいった。

「母はすごく衰弱して、こわがっています。私たち、どうしたらいいでしょう?」

オチョア先生は、お母様は意志の力だけで生きている、だれかがもう逝《い》っていいと告げてあげることが必要だと言う。私は信じられなかった。母に死んでもいいなんて言えるわけがない。どうしたらそんなことができるというのだろう？　なんと言って伝えるというのか？

オチョア先生は私の肩に手を置いて言った。「なんと言ったらいいかは、そのうちわかるはずです」

「でも先生、いつわかるんですか？　どう話したらいいんですか？」

「そのときがきたらわかります」

数日後、母のガンは身体中に広がって、胸のあたりの皮膚を突き破って表に現れはじめた。最初は小さな青黒い斑点《はんてん》だったのが、何個にもなり、数週間で胃のあたりと下半身全体をおおいつくした。母はある晩私の手をぎゅっと握って、真剣で悲しげなまなざしを私に向けた。

「ローリー、私もうだめね。ガンが進みすぎたわ」

私は母の手を強く握り返した。母は本心では私に確かめたかったのだ。よくなる望みはあるの？　このまま死ぬの？　母は心から死を恐れていた。

オチョア先生が言ったとおり、私には自然と言うべきことがわかった。

「お母さん、私がケビンのことで動転してたとき、なんて言ったか憶えてる？　神さまは耐えられない試練はお与えにならないって言ったでしょ。それを信じて。神さまはもうじき全部取り去ってくれるわ。そうしたら、もう痛くなくなるのよ」

母は悲しそうに微笑んだ。私たちは手を握り合ってそれ以上なにも言わなかった。夜もふけ、翌日も仕事があった私は立ち上がった。中腰になって母にキスをしながらおやすみなさいと言うと、母が私を見上げた。「ありがとう、ローリー。すごく愛しているわ」

私たちは母を家に連れ帰って面倒をみることにした。洗濯場の物置きに痛み止めと注射器の入った大きな袋を置き、ナンシーに打ち方を教えた。父もオレンジで練習したけれど、すぐにいらいらして正しい打ち方を覚えられなかった。母はこの一年の間に何度も注射されていたせいで、腕も足もあざだらけになっていて、針をさす場所を探すことがますます難しくなっていた。私たちは母が快適に過ごせるようにできるだけのことをした。

私はふたたび家に戻り、そこからマンハッタンに通勤することにした。そのころ、弟のフランクは海軍に入っていて、彼には母の深刻な病状を伝えていなかったが、とうとう電話をかけて家に帰るよう告げた。母を見た弟はショックを受けていた。私はオチョア先生が言ったことを考えていた。いつ、母に逝く準備ができたとわかるのだろう？　そのときにはそばにいたい。いや、絶対にいなくちゃいけない。そう思って母と一緒にいた。

木曜の夜の一〇時ごろだったと思う。母が深い眠りから目を覚まし、幼いスティーブンを起こしてと言った。

「昔みたいに、オルガンを弾《ひ》いてほしいの」母は言った。私たちは母の隣に座って、しま模様のパジャマを着たスティーブンが母の大好きなスタンダード曲を弾くのを聞いていた。「リリース・ミー」、「スパニッシュ・アイズ」、そのほかの往年のヒット曲。ゆうに一時間は弾いていた。やっと母がもう寝るわと言った。私が母に注射を打つと、母は目を閉じて、今や母の寝床となったリクライニングチェアでうとうとと眠った。

翌日は私の二五歳の誕生日だった。母の終わりが近いとは感じていたけれど、まだ私は毎日仕事に通っていた。通勤列車の中で、オチョア先生の「そのときがきたらわかります」という言葉が頭の中にくりかえしこだましました。

オフィスについて仕事の準備をしたが、一〇分もしないうちに家に帰らなければと感じた。電車に飛び乗って家に帰ると、母はいつになく深い眠りに落ちていた。これまでも朦朧とすることはあったが、今回はずっと深刻な様子だった。その様子から、ただ眠っているのではないとわかった。

まだ一三歳だったスティーブンもなにかを感じ、母のベッドを置いていた書斎に一緒にいていいかと聞いてきた。まだだれもスティーブンに母の本当の病状を教えてなかったと私は気づき、弟を部屋の外に連れ出してふたりで廊下の隅に座り、話をはじめた。

「スティーブン、ママはすごく悪いの。もうすぐ天国に召されるわ。だから気持ちの準備をしていてね。みんなそうするわ」

　スティーブンはただただ泣きじゃくった。私は弟の身体に腕をまわし、ぎゅっと抱きしめた。スティーブンは、二階の自分の寝室ではなく母の近くにいたいと言うので、書斎のすぐ横の居間に弟の寝床をつくってあげた。その夜、スティーブンはできるだけ眠るまいとしていたけれど、そのうち寝入ってしまった。父はその晩仕事はなかったが、母の姿を見るのがつらくて飲みに出かけた。家の中は不気味なほど静まりかえっていた。一度母が目を覚まし、私を見て手を伸ばした。

「なんだか変な感じなの」母は言った。「ひとりにしないでね。今夜はひとりになりたくないわ」。私は一秒だってひとりにしないと母に誓った。

　ナンシーと私が交代で母をみることにした。朝の三時ごろ、私はナンシーの部屋へ行って起こし、母の横に座ってもらうように頼んだ。

「眠っちゃだめよ」私は言った。「ちゃんと起きてお母さんをみていてね。私は少しだけ休憩するから」

　まだ一七歳のナンシーは、起きていると約束した。父は家に戻っていた。酔ってはいたが騒ぎを起こすことはなく、自分のベッドに倒れ込んでいた。私は書斎に近いナンシーの部屋でうとうとしていた。

朝の五時ごろ、ナンシーの叫び声が聞こえた。書斎に駆け寄ると、ナンシーが母の横に立って、母に呼びかけていた。母はぐったりと横たわり、息はあったが反応していなかった。昏睡《こんすい》状態に入ってしまったのだ。

私たちは救急車を呼んだ。救急隊員が到着する数分前に、母が叫んで目を覚ました。私は母に、酸素が必要だから病院に連れていくと言った。ほかにどう言って母を落ち着かせたらいいのかわからなかった。

「病院はいや」母は言った。「行ったらもう帰ってこれないわ」

救急隊員が、急ごしらえのベッドでぐっすりと眠っているスティーブンの前を大きなストレッチャーを転がしながら入ってきた。サイレンの音がしてガタガタと騒がしい中でも、スティーブンは身動きもしなかった。ただ眠りつづけていた。そのほうがよかった。弟にとっては、見ないほうがよかったのだ。恐ろしい場面を見なくてすむように、神様が弟を守ってくれていたのだと私は今も信じている。

父もまた目を覚まさなかった。父がいるとさらに混乱すると思った私たちは、あえて起こさなかった。

そのかわり、私たちはアネットと落ち合ってスローン－ケタリング記念病院に向かった。オチョア先生が待っていて、神父さんを呼びますかと聞いた。私たちが見守る中、母は救急治療室で最後の儀式を受けた。呼吸がますます苦しそうになり、とうとう息が止まった。オチョア先生は母を見て、それから私たちを見た。

「ご臨終《りんじゅう》です」先生が言った。

アネットと私は抱き合って泣いた。母があまりにも長い間大変な苦しみに耐えてきたことを思った。苦しみからやっと解放されたことにほっとすべきだったのかもしれないが、私が感じたのは、深くどうしようもない悲しみだった。母の人生がどんなものだったかと考えると、悲しくてたまらなかった。あれだけの苦労と悩みを背負っていたことを思い、涙が止まらなかった。母の手に届かなかった幸福を思って泣いた。

すると突然、看護師さんがなにかに気づいた。

「たいへん！　お母様は生きてらっしゃいますよ！　話しかけて、ほら！」

母は目を開けていた。見下ろすと、母は私たちのほうを向き、今までいちばんあたたかい、平和に満ちた笑顔を見せた。私たちはショックでその場に立ちつくした。母はなにか話そうとしたが、はじめは言葉がもつれた。それから、頭のスイッチが入ったかのように、はっきりと話しはじめた。

「みんなにいつも言いたかったのに、これまでは言えなかったことを全部話すわ。そのために力を与えられたの」

オチョア先生も私たちと同様にわけがわからない様子だった。看護師さんが心拍や血圧を計ると、この数カ月でいちばん高かった。突然意識がはっきりと澄みわたり、この数週間は見られなかったほど腕や足を動かした。いきなりもう病気は治りましたとでもいうようだった。なにより、落ち着いて満足げに見えた。奇妙な明るい平和が母に降りてきたかのようだった。私は母のそばへ寄り、キスをして抱きしめ、泣いた。

すると母が言った。「お父さんはどこ?」父とスティーブンは病院に向かっているところだと教えた。フランクとナンシーはまだ家にいた。

「みんなに話があるの」

母は落ち着きはらっていて、すべてを見通しているようだった。私はアネットが母とふたりきりで話せるように病室を出た。アネットは、話が終わると病室から泣きながら出てきた。

「あなたと話したいって」

私は母の横に座り、手を握ってただ耳を傾けた。

「あなたはずっといい娘だった。ときどきなにを考えているのか理解に苦しむこともあったけれど、強くて心根のいい娘だってわかっているわ。あなたを誇りに思ってる。すごく愛しているわ」

私はその言葉の一つひとつをかみしめた。涙が頬をつたった。母がそんなふうに話してくれたことは今までになかった。愛しているとか、誇らしく思うとか言われたことはあったけれど、今この場でこんな形でそれを告げられるのは、私にとってなにものにもかえがたかった。

そのころには、父とスティーブンも到着していた。母は父と話したいと言った。

「下の子たちには、あなたが必要なの。お願いだから、そばにいてあげてね。しっかりと自分を見つめて、みんなのいい父親になる勇気を持って。お酒につぶされないで。お願い、約束して、ヌンジー。お願い」

そして、愛していると言った。

次はスティーブンの番だった。母はスティーブンが素晴らしい息子で素敵な男性に成長するにちがいないと言った。いつまでも心から愛しているから、胸をはって生きなさい、と伝えた。「あなたは私の誇りよ。すごく賢くて、特別な息子なの」

スティーブンは絶対に離さないとでもいうように、母を抱きしめた。

オチョア先生は全員が集まれる個室を準備してくれた。やっとフランクとナンシーが到着し、母のそばに座った。母はフランクに父のしたことを謝り、守ってあげられなかったことを許してほしいと言った。ナンシーには、一〇代を自分の世話に費やさせたことを謝り、どれだけ感謝しているか、どれだけ愛しているかを語った。

それから、母は上半身を起こして、もう痛みを感じないと言った。続けて、目を輝かせながら、オチョア先生が臨終を告げたときになにが起きたかを語った。

「あちら側を見てきたの。信じられないほど美しくて平和な場所よ。あちら側からあなたたちみんなを見守ってあげられるとわかったわ。下界を見下ろせばあなたたちがうまくやっているかどうかが見える。なにもかもうまくいくようにしてあげるから大丈夫よ。私を信じて。大丈夫。みんな大丈夫よ」

私はオチョア先生を探して、母を家に連れて帰っていいか訊ねた。母に連れて帰ると約束していたからだ。「なにがどうなっているのかわかりませんが、家に連れて帰ることはできますよ」先生はそう言ってくれた。私は母に帰宅を許可されたと教えた。母も喜んでくれるはずだと思って。

ところが母は「帰りたくないの」と言った。

「えっ、なに？」

「家には帰らないわ。新しいおうちに行くときがくるまで、ここにいたいの」

私は驚いて言葉を失った。家族全員が黙り込んだ。私たちは、なにか奇跡が起きて突然母が回復したのだと思い込もうとしていたが、母は一時的にもち直しただけだった。いや、もち直したと思ったのも間違っていたのかもしれない。

どうしていいのかわからなかった私たちは、結局、病院で母と過ごすことにした。私たちが母の部屋で二時間ほど過ごしたころ、母が身を起こして座り、私たちのほうを見て言った。「ああ、もう行かなくちゃ」そしてイタリア語で話しはじめた。「神様、これで家に帰れます」私たちはみんなで手を握り合い、母とともに祈った。

「さあ、みんな私にキスをして、愛してると言ってちょうだい。そして安らかに送り出して」

そう言うと母はおあ向けに横たわり、目を閉じて昏睡状態に入った。

私はほぼずっと病院にいた。みんなは翌日また病室に戻ってきたが、母は目覚めなかった。火曜日の朝五時ごろ、病院にいたのは私と父だけだった。待合室で仮眠をとっていた私を看護師が呼びにきた。父と私は母をはさんで両側に座り、母の手を握った。母の呼吸は次第に弱く遅くなり、ついに止まった。

母は逝ってしまった。

母を一度はこの世に戻しながら、すぐに奪い去るなんて、神様は残酷だと思った。私たちは何カ月も何カ月も、そのときに備えて心の準備をしてきた。だから最初に母が息絶えたときには、現実を受け入れようと思えた。ところが母は死の淵から復活した。私たちは母が戻ってきた、またみんなで一緒に過ごせると信じ込んだ。それなのに、こんなふうにいとも簡単に母はふたたび召されてしまった。

もちろん、私たちもそのうちに、神様が奇跡のような贈り物をくださったのだと気づいた。私たちに大丈夫だと伝える強さを母に与えてくれたのだ。母がやっと平穏を得たことを私たちに見せてくれたのだ。

母の死から六カ月後、私が手の指を危うく切り落としそうになった、あの大事な面接の前の晩、母が夢に現れた。私は駆け寄って抱きついたが、本当に生きているような現実味があった。「お母さん知ってる？ 私、指を切っちゃった」と言うと、母は、「ローリー、もちろん知ってるわ」と答えた。明日面接があって、その仕事にどうしてもつきたいけれど、だめかもしれないと話すと、「ローリー、心配いらないわ。面接はすごくうまくいって合格するから。さあ、ぐっすり眠りなさい」母はそう言って、私にキスしてくれた。私は泣きながら目を覚ました。

翌朝、私は不思議に落ち着いていて、自分に自信を持てた。なぜだかわからないが、もう不安は感じなかった。というより、絶対に合格すると確信していた。母がそう教えてくれたからだ。

それ以来、母はいつも私と一緒にいて、肩越しに私を見守っている気がする。あのとき、なぜブロードウェイでふりかえり、モーリスのところに戻ったのかわからないと言ったが、正直に言うと少し違う。自分では意識していなかったかもしれないが、今ではその理由がわかる。天国で見守っていた母が、モーリスと私を引き合わせてくれたのだ。

14
レシピが教えてくれること

モーリスと過ごす月曜日はたいてい平穏で、特別なことは起きなかった。私の子ども時代もそうだったが、モーリスにとっても、静かで平凡というのはいいことだった。そんな中で、私は母親がわりではなくモーリスの友だちであろうと努めた。よりよい人生へと導くためにあれこれと教え込むのではなく、私の人生で大切なものを彼に見せようとした。そこにこそ学びがあると思ったからだ。

ある月曜日、ふたりでいちからケーキをつくることにした。チョコレート味のスポンジにチョコレートをコーティングしたケーキだ。私はボウルを数個、泡立て器、計量カップ、そのほか必要なものをひっぱり出してきた。それから、レシピをキッチンカウンターに広げた。モーリスはレシピを見て、これはなにかと聞いた。

「ケーキのレシピよ。つくり方が書いてあるの」

モーリスには理解できなかった。レシピを見ながらケーキを焼いたり、料理をしたりする人など見たことがなかったのだ。モーリスにはどうしてレシピが大切なのかがわからなかった。

「ここにあるものを全部入れるんじゃだめなの?」

「それだと、なにができるかわからないでしょ。うまくやるには、正しい分量を入れないとだめなの」

レシピを見ながらどう料理をつくるかをモーリスに教えてあげた。計量カップいっぱいに小麦粉を入れるよう頼むと、モーリスはそのとおりにした。バニラエッセンスはティースプーンきっちり一杯。レシピを読み上げて、一つひとつ材料を説明し、どれも正確に計るのよと念を押した。そうしながら、私はケーキの焼き方以外のことも教えていた。規律と勤勉さが自分に返ってくることを、モーリスもわかりはじめていた。もしかしたら、人生で得られるものは、自分がそこにつぎ込むもの次第なのだということも学んでいたかもしれない。

モーリスは生地をかき混ぜ、オーブンに入れた。焼いて冷やしたあとにフロスティングをかけた。しばらくの間、ふたりで自分たちの作品をほめ合った。それからグラスに牛乳を入れて、ケーキを大きく切った。

それは、なかなか「おいしい」勉強だった。

またあるとき、モーリスは私の部屋に灰皿を見つけて、タバコを吸うのかと聞いた。昔は吸っていたけどやめたのよと答えたついでに、タバコなんて吸うものじゃないこと、飲酒もドラッグもだめだと言った。そして、有害物質を摂取すると頭と身体がどうなるかを教えた。ドラッグが人を破滅させるさまは、モーリス自身が自分の目で見てきた。ドラッグはモーリスの母親を破滅させていた。私はそれを承知のうえで、幸せな人生をおくろうと思ったら、有害なものや死を招くかもしれないものは避けなければいけないことを、自分の口から伝えておきたかった。お説教をしたわけではない。私は説教できるほど偉い人間じゃない。でも、これだけは強くきっぱりと言った。そんなことをモーリスに言った大人は私だけだったかもしれない。

いつだったか、あのビンの中の小銭をいつ使うつもりなの？　とモーリスが聞いてきた。特大ジョッキがずっと気になっていたようだ。まったく使わずに貯めつづけるなんて変だと思っていたらしい。私は、まさかのときに備えてとっておくのだと説明した。これもまた、モーリスにとってはなじみのないことだった。貯金という行為が理解できなかったのだ。

モーリスにとってお金はすぐ人の手に渡るもので、手元に残ることはなかった。彼のまわりの人たちは、お金を蓄える余裕などなかった。私は預金口座というものがあることを説明し、貯金をすればいつか高級車を買えるかもしれないし、おうちを買いたいと思ったときや、緊急のときに備えることもできると言った。

これほどたくさんの硬貨をただ置いておくことを、モーリスが不思議がっているのはわかっていた。何千枚も、おそらく数百回は食事ができるお金を置きっぱなしにしておくなんて。硬貨を何枚かくすねたいと思ったこともあるかもしれない。でも、モーリスがそうしなかったことに、私は絶対の確信がある。数を数えたり、重さを量っていたからではない。硬貨を数枚ポケットに入れたとしても気づかなかっただろうが、モーリスがそんな危険をおかすはずはなかった。その小銭の入った古いプラスチックの特大ジョッキは、モーリスに貯金の意味を教えただけでなく、リスクと見返りについての大切な教訓にもなった。私はモーリスに先を見ることを教えたのだ。

たまにふたりで将来について話すこともあった。モーリスの将来と私の将来についてだ。〝まっすぐな矢〟にならなければならないと彼に言ったことがある。それは、正しいことを行うこと、そのために正しい道を進むこと、そしてなにがあってもその道をはずれないことだと説明した。誘惑に負けて道を踏みはずせば、将来が台なしになることを話し合った。逆境の中で道を踏みはずさないために、なにが必要かを話した。集中、勇気、忍耐について語った。といっても、黒板とポインターを使って講義したわけではない。モーリスの質問に答え、意見を述べただけだ。

それでも、これだけはモーリスにくりかえし聞いていた。「大きくなったらなにになりたい?」目標を決めて夢を持つことが大切だと思ったからだ。モーリスには、ただ将来を考えるだけでなく、それを具体的に思い描いてほしかった。ある晩、私がいつもの質問をすると、モーリスはしばらく黙り込んだ。なにになりたいかを真剣に考えているのがわかった。

とうとうモーリスが口を開いた。「おまわりさんになりたい」

何年もたってから、モーリスは私にどうして警官になりたかったのかを教えてくれた。幼いころ、公衆電話ボックスに入って電話をかけようと二五セント硬貨を入れたら、電話は壊れていて、モーリスの有り金すべてだった二五セントは戻ってこなかった。頭に来て電話ボックスを何度も蹴っていると、突然膝に焼けるような痛みを感じた。地面に崩れ落ちて上を見上げると、黒い警棒を手に持った警官が相棒とふたりで笑いながら彼を見下ろしていた。その警官が、モーリスの膝を警棒で思いきり叩いたのだ。

「お金が戻ってこなかったんです」モーリスは説明したが、警官はまだ笑っていた。モーリスは立ち上がって彼らのバッジに目をやると走りだした。

「バッジの番号を憶えたからな」モーリスは叫んだ。「ふたりとも訴えてやる!」

たとえ訴えたとしても、どうにもならないことはわかっていた。貧しい人や身を守るすべのない人を警官の横暴から守る方法はひとつしかない。それは自分が警官になることだ。私はモーリスに、それは素晴らしいことねと言った。そして、〝まっすぐな矢〟でいれば、きっとその夢はかなうはずよと伝えた。

モーリスが私の部屋に来る月曜には、のんびりと過ごして宿題をしたりした。しばらくすると、土曜の午後にもやってきて、私と一緒にいてもいいかと聞くようになった。一緒にいられるときには、部屋でボードゲームをしたりテレビを観たりした。たまに、私に用事があったり、別の場所に行かなければならないようなときは、モーリスに私の部屋にひとりで待ってもらった。モーリスはその時間が大好きだったと教えてくれた。なんでも自分の好きにできる。食べたり、本を読んだり、映画を観たり、昼寝をしたり。だれにも邪魔されない自分だけの時間。人生の中で、はじめて本当のおうちが持てたのだ。食べ物と水と電気のある、自分だけのおうちが。

ふたりで買い物に出かけることもあった。私はなるべく買いすぎないようにしていたし、クリスマス以外には派手なブランドものなど絶対に買わなかった。モーリスが必要なものを必要なときに買ってあげていただけだ。たいていは月曜に食料品の買い出しにいき、七面鳥やローストビーフや加工肉のスライスを買いだめた。それをサンドイッチにしてドアマンに預けておくのだ。

私はできるかぎりぶ厚いサンドイッチをつくった。モーリスがありつける食事はそれだけだったから。いつも果物かアップルソースかピクルスを添え、好物の手づくりクッキーも忘れなかった。そしてそれを、かならずモーリスが頼んだ茶色の紙袋に入れた。金曜日には、サンドイッチと一緒に一〇ドル札の入った封筒を入れたりもした。週末にもきちんと食べてほしかったからだ。

ある土曜の午後、ロビーのコンシェルジュがモーリスが来たと知らせてきた。上にあがってきたモーリスの目には、涙があふれていた。それまでにモーリスの泣き顔をみたのは一度だけだった。幼いながらもモーリスが並はずれてタフな子どもだということを私は知っていた。私は彼を座らせて、ジュースをそそいであげながら、なにがあったのか聞いた。

「ママがドラッグを売って逮捕された。刑務所に入れられた」

モーリスが母親のことを話してくれたのは一度だけだ。そのときは、母親は家で家事をしていると言っていた。今やっと、モーリスが私に母親のことを打ち明けてくれたのだ。

「ライカーズ島にいるんだ。ライカーズはひどい場所で、ものすごく悪い人たちがいるところなんだ」

ふたりでモーリスの母親のことを長いこと話し込んだ。以前にも逮捕されたこと、いつ釈放されて家に帰れるかわからなかったこと……。今回もいつまで刑務所に入っているのかまったくわからなかった。モーリスは、母親のことで私に嘘をついていたと打ち明けた。テレビコマーシャルを見て、お母さんは家にいるものだと思ったらしい。本当は母親は麻薬常習者で、ドラッグを手に入れるために盗みをはたらいていると言った。食料配給券まで換金してドラッグにつぎ込むので、家に食べ物がなかったのだ。クラックをやりはじめてから、中毒はますますひどくなったという。

今まで打ち明けなかったのは、私がこわがって逃げ出すと思ったからだった。

「母親がクラック中毒なんて、いやなんだ」そう言った。

私はほとんど口をはさまず、ずっと話を聞いていた。モーリスの母親を責めることはできなかった。危険で破壊的な習慣から抜けきれない親はたくさんいる、だいいち私にはそれを解決する知恵がないとわかっていた。なにもかも大丈夫だと安請け合いはできない。モーリスの母親は、出所したらまたすぐドラッグの売買に戻るにちがいない。モーリスはただだれかに話を聞いてほしかったのだ。だから、私は彼に語らせた。

のちになって、モーリスはこのとき人生ではじめて、なにか困ったときに頼れる人がいると感じたと言った。

四月になってモーリスの誕生日がきても、母親はまだ刑務所にいた。私はこれまでで最高の誕生日にしてあげようと心に決めた。なんでもいいからいちばんしたいことを教えて、と彼に聞くと、即座に答えが返ってきた。

「アネットの家に行っていい？」

モーリスが人生でいちばんしたいことは、私の姉やその家族と郊外で過ごすことだった。私はもちろんと答えたけれど、なにかほかのことも考えて、とあえて聞いてみた。

モーリスはしばらく考えて、マディソン・スクエア・ガーデンでレスリングのイベントがあるんだけどと言った。レッスルマニアという大会で、有名レスラーがみんな出場すると言う。私が聞いたこともない名前をスラスラとあげた。ハルク・ホーガン、リッキー・スティムボート、ランディ・サベージ、〝ラウディ〟ロディ・パイパー。そういえば以前にもレスリングの話をしていたことがある。レスリングは、モーリスが純粋に楽しめる数少ないことのひとつなのだと思った。

「ローリー」姪や甥が私をそう呼ぶのを聞いて、自分もそう呼んでいいかと聞いていた。「レッスルマニアに行けるかな？」

「じゃあ、調べてみるわ」

私はマディソン・スクエア・ガーデンに電話して、空いていた中でいちばんいい席をとった。チケットを箱に入れて包装し、誕生日の数日前にモーリスに渡した。「ちょっと早いけど誕生日プレゼントよ」チケットを見たモーリスは飛び上がって喜び、あやうく天井に頭をぶつけそうになった。ふたりでレッスルマニアに行くと、モーリスは二時間ずっとお腹の底から叫びつづけていた。マジソン・スクエア・ガーデンはモーリスと同じ年ごろの興奮した子どもたちで超満員だった。ひと晩だけでも、モーリスが無我夢中の子どもたちのひとりになれたことが私はうれしかった。

誕生日の第二幕は、土曜の夜のハードロックカフェでの夕食だった。私は妹のナンシーと弟のスティーブンを招いていた。モーリスはまたステーキを頼んでいいかと聞き、今度はナイフの使い方もばっちりだった。ウェイトレスがロウソクを立てた小さなケーキを運んでくると、レストランにいたお客さんがみんなでハッピーバースデーを歌ってくれた。

翌日の日曜には、ふたりでアネットの家に行き、みんなで夕食を食べた。お誕生日の第三幕だ。モーリスはまたケーキを食べ、プレゼントをもらった。帰りの車の中では疲れはててすぐに寝てしまった。派手なコスチュームに身を包んだレスラーたちが折り重なってリングに飛び込む夢を見ているといいなと思った。

マンハッタンに戻って車を駐車場に入れ、モーリスを家まで歩いて送っていった。モーリスは私の頬に大きなキスをして、お誕生日をありがとうと言った。

「今まででいちばん素敵な誕生日だった」

モーリスはそう言うと私に背を向けて歩き出したが、立ち止まってこちらをふりむいた。

「ローリー、バイバイ。愛してる」

モーリスがその言葉を口にしたのは、そのときがはじめてだった。

15 新しい自転車

モーリスの誕生日からまもなく、母親のダーセラがライカーズ島の刑務所から釈放された。彼女はドラッグが抜けてしらふに戻り、ここ数年でいちばん健康になっていた。

それは、重度の麻薬常習者によくあるパターンだった。長年のドラッグ漬けでゾンビのようになり、死の瀬戸際まで追いつめられて刑務所に入ったところで命を救われるのだ。刑務所暮らしが身体と頭を癒し、少なくともあと数年は寿命が延びる。だが、多くの常習者は、新たに活力と耐性を得たことで、ふたたびドラッグの世界に舞い戻り、また悪循環が始まってしまう。モーリスの母親も、ブライアントに戻って数週間もするとまたクラックに戻っていった。

モーリスと私はその後の二年間、毎週月曜に会いつづけ、土曜の午後にもよく会っていた。

少なくとも数週間に一度はふたりでアネットの家に行き、夕食を食べた。それが、ずっとモーリスのお気に入りのひとつだった。その間、モーリスがはじめての経験をするたびに、私は驚かされた。

ある年のクリスマス・イブ、アネットの家にいると姪のブルックが友だちの家から泣きながら帰ってきた。ブルックが友だちにサンタクロースの話をしたら、みんながサンタクロースなんていないと笑ったという。家に帰ってきたブルックは、兄や姉に本当かと聞いたが、本当だと言われると、さらになぐさめようのないほど泣きだした。その夕方には、全員で教会のクリスマス劇に行くことになっていた。でも天使の役を演じるために羽とリングを身に着けたブルックは、サンタクロースのことで取り乱し、いつまでも泣きやまなかった。

私たちはみんなコートを手に持って玄関を出ようとしていたが、ブルックは行きたくないとだだをこねた。モーリスはそれをずっと見ていた。ブルックの癇癪でみんなが遅刻しそうになっていた。父親のブルースが泣きやまないブルックに近づいた。こんなときに父親がどうするかをモーリスは見たことがある。きっと怒りだすにちがいないとモーリスは思った。

ところが、ブルースはブルックの隣に座ると、その身体に腕をまわして髪をなでた。なにもかも大丈夫だからと娘をなぐさめ、泣きやむまで抱きしめていた。モーリスにはその光景が信じられなかった。彼のいる世界では、泣いている子どもは怒鳴られるか、殴られるかだった。

悲しんでいる子どもをなぐさめる親を見たのは、このときがはじめてだったとモーリスはあとになって教えてくれた。

モーリスの一五歳の誕生日には、自転車を買ってあげることにした。モーリスは甥のデレクと一緒に自転車で遊ぶのが大好きで、ピカピカの甥の自転車をうらやましく思っていたはずだった。誕生日の数週間前に、私はアネットの住むグリーンローンに行き、姉夫婦とデレクと一緒に地元の自転車屋に向かった。そこで、すごくかっこいい一〇段速のロス社のマウンテンバイクを見つけた。

でも全員が同じことを考えた。モーリスがこんな高級自転車を持つのは危険かもしれない。福祉住宅に自転車を置けないのはわかっていた。一瞬で壊されるか盗まれるはずだ。だけど、そんな状況だからといって、モーリスが上等な自転車を持っていけないはずはない。こんな生活を強《し》いられているのは、彼のせいじゃない。モーリスはただの男の子だ。私のアパートメントの駐輪場に置いておき、用心して乗っていれば大丈夫だと思った。

そんなわけで、私はロスの自転車を買い、モーリスの誕生日までそこに置いてもらうことにした。当日、モーリスには、デレクが新しい自転車を買ったのでみんなで取りにいこうと誘った。ブルースとアネットと三人の子どもたちも行くことにした。店に入ると、突然、店長が奥から大きな赤いリボンのついたピカピカの自転車を押してきた。店長はモーリスの前までそれを転がしてきて、こう言った。「おめでとう！　新しい自転車だよ」

モーリスはデレクを指さした。「彼のだよ」

私たちは全員で声をそろえた。「サプライズ！」

モーリスがその自転車を本当に自分のものだとわかるまでに、二分はかかった。アネットの家に自転車を持って帰ると、モーリスとデレクは自転車で出かけたまま、ブルースが夕食だから中に入ってと呼ぶまで何時間も戻らなかった。それでもまだ、モーリスはやめたがらなかった。

私は今でもよくその日のことを思い浮かべる。あの午後のモーリスの驚きと、解き放たれて夢中で自転車をこいでいた至福のときを思い出す。その瞬間の無邪気さを、彼の反応の純粋さを思い出す。ロスの自転車が自分のものになってどんな気持ちがしたかを想像する。と同時に、そんな無邪気なときがすぐに終わってしまうことも、善意や天真爛漫《てんしんらんまん》な楽観や、ときには愛さえも、悪意に満ちた厳しい現実から私たちを守ってくれないことも思い出す。ピカピカのロスの自転車はモーリスにとって間違いなく魔法のようなものだった。

でも、サンタクロースと同じで、魔法は現実には存在しない。

モーリスに自転車を買ってから数週間後、ナンシーから電話があった。仕事関係で会った男性を紹介したいと言う。私は三八歳で、離婚してからもう一〇年以上たっていた。いろいろな人と出かけてみたし、つきあったこともあったけれど、どの人とも心から本気にはなれなかった。年齢を重ねるごとに、そんな人が本当に現れるのかと不安になった。けれど、まだ自分の家族を持つ夢をあきらめてはいなかった。お見合いっぽいのは気が引けたけれど、妹には会ってみるわと伝えた。

マイケルというその男性は、おじと一緒にヨーロッパへの旅行客相手にレンタカーの会社を経営し、成功していた。離婚歴があり、ふたりの息子がいて、ひとりは大学を卒業するところで、もうひとりは大学に入るところだった。

私とマイケルはチェルシーにあるメキシコ料理のレストランで、妹とその婚約者のジョンと待ち合わせた。私はパリッとした青いスーツを着て、ロブスターを食べたことを憶えている。それに、デートはものすごく久しぶりだったので、居心地が悪かったことも。マイケルはあたたかくておもしろく、上品で洗練されていた。いい人だと思いながら、その夜は別れた。

数日後、マイケルから電話があって、二度目のデートに誘われた。今度は近所のレストランに行った。前回ミュージカル俳優のマンディ・パティンキンの話をしていたので、マイケルはそのCDを持ってきた。三度目のデートのとき、マイケルは私をアパートメントまで迎えにきて、L&Mタバコをプレゼントしてくれた。私がタバコをやめたのは知っていたはずなので、どうしてだろうと思った。でも、そのあとでわかった。ローラとマイケル。つまりL&Mだ。

四度目のデートでは、ふたりで彼が住んでいる郊外のレストランに行った。私は彼の車の後ろについて、自分の車を運転していった。料金所で通行料を払おうとすると、係員が言った。

「先ほどあなたの前に通ったハンサムな紳士が、あなたの分も支払っていきましたよ」素敵だと思った。よく気がつく人。たった二五セントだけど、やっぱりいいなと思った。

モーリスには、はじめてのデートのあとすぐにマイケルのことを話した。素敵な男性を紹介してもらって、どうなるか様子を見てみたいと言った。モーリスは、どうして私に恋人がいないのかとたまに聞くことがあり、私はいつも肩をすくめていた。私はモーリスには全部正直に話しておきたかった。恋人の存在によって私たちのつきあい方が変わったり、もしかしたら終わってしまうかもしれないとモーリスが心配しないようにと思ってのことだ。そんなことは絶対にないとモーリスにしっかりと伝えたかった。モーリスは純粋にワクワクしていて、私のために喜んでくれているように見えた。

「そろそろローリーもいい人に出会わないと」モーリスはそう言った。「ローリーのお世話をしてくれる人にね」

モーリスにマイケルの話をしたのと同時期に、マイケルにもモーリスの話をした。街角で驚くべき少年と出会ったこと、彼と友だちになったこと、毎週月曜に会いつづけていること、そしてお互いの人生にとって大切な存在になったことを。マイケルはうなずいて、「素晴らしいね」と言ってくれたが、とくに興味を持った様子はなかった。モーリスについていろいろ質問してくる人も多かったけれど、マイケルはなにも聞かなかった。

戦没者記念日《メモリアルデー》の週末、シンガポールから届いたばかりの一〇メートルを超えるマイケルの新しいボートを見にいった。彼はその船にパディントン・ステーションという名前をつけていた。私はそれまであまりボートに乗ったことはなかったが、すぐに楽しめるようになった。独立記念日の週末から二週間のクルーズに行こうと誘われ、即座にイエスと答えた。

モーリスにそのことを伝えた。二週続けて月曜に会えなくなる。それほど間を置くのはモーリスに出会ってからはじめてだった。今回もまた、モーリスは驚くほどやさしかった。私のために喜んでくれて、ぼくのことは心配しないでと言ってくれた。私がいい思いをするのは当然だから、楽しんできてと言った。モーリスは大丈夫だと言ってくれたが、心のどこかで二週続けてモーリスに会わないことに、心苦しさを感じていた。私はハウス先生が言ったことを思い出していた。「ある日突然モーリスを捨てたりしませんよね」私は捨てようとなんてしていない。二週続けて月曜日にお休みをとるだけだ。それでも、モーリスをがっかりさせたのではと思わずにいられなかった。

クルーズのあと、マイケルは私にウェストチェスター郡の彼の家に引っ越さないかと言ってくれた。そのころには、私は完全に恋に落ちていた。マイケルは私が男性に求めるものをすべて備えているような気がしていた。親切で気がきき、寛容で素晴らしい父親に見えた。癇癪持ちではなく、お酒もそれほど飲まなかった。

彼の家には引っ越したかったものの、心の中にしこりを感じていた。モーリスはどうなるの？　マンハッタンではほんの二ブロック離れた場所に住んでいて、モーリスはいつでも私のところに寄って一緒に過ごすことができた。マンハッタンを離れて四五分もかかる郊外に引っ越すことになることをモーリスに話すと想像しただけで、泣きそうになった。それは正解のないクイズのようだった。自分の心に正直にマイケルと一緒にいながら、モーリスとの関係も保ちつづけるにはどうしたらいいの？

奇妙な偶然だが、モーリスもちょうど引っ越しが決まったところだった。モーリスの母親が、ブルックリンの低所得者向けの集合住宅に入居できることになったのだ。それは、モーリスにとってこれまでではじめての本当のおうちになるはずだった。

モーリスは労働者《レイバーデー》の日の週末に引っ越すことになっていた。私がマイケルの家に引っ越す予定の週末だ。モーリスが新しい家への引っ越しを心待ちにしていることで私の罪悪感は少しやわらいだが、それでもやはり心苦しかった。モーリスがブルックリンに引っ越しても、私がマンハッタンに住んでいればいつでも会うことができたが、郊外に移ってしまえば、私たちの特別な関係は永遠に変わってしまうだろう。

モーリスに引っ越すことを伝えたときには、どうしても涙をおさえられなかった。そのころもまだ、私たちはマンハッタンで毎週月曜に会ったり電話で話したりして友情を育てていた。それでも、私たちの間の特別ななにかが失われることに、部屋で焼くクッキーの甘さ、モーリスがテーブルをセットする姿、彼の衣類を洗濯したりクリスマスツリーを整えたりする時間が失われてしまうことに、深い悲しみを覚えた。

今度もまた、モーリスは苦い想いから私を救ってくれた。

「ローリー、毎週月曜に会えるじゃない」そう言った。「ハードロックカフェにも行けるし。なにも変わらないよ」

路上にいたこの男の子が、私が郊外に行っても大丈夫だと安心させてくれている。そして、彼は続けて言った。「ぼくなら心配いらないよ。ぜんぜん大丈夫。ローリー、今度はあなたの番だよ」


私は持ち物を全部荷造りして郊外に送り、労働者の日の週末に新しい家まで車を走らせた。

マイケルの家は中二階のある農家風の素朴な建物で、裏庭に小川が流れていた。モーリスには、引っ越しが終わったらすぐに電話してねと伝えておいた。モーリスも持ち物を全部箱詰めしたが、自転車だけは私のアパートメントの駐輪場に置いておくことにした。私はドアマンにチップを渡してモーリスが好きなときに取りにこられるようにした。

その週末にモーリスから電話はなく、私は心配になった。週明けの月曜に、やっと電話があった。でも泣きじゃくっていて、なにを言っているかわからなかった。落ち着いて、なにがあったのか教えてと言うと、モーリスは深呼吸して一気に吐き出した。

「自転車を盗まれちゃった。それにママが逮捕された」

モーリスはマンハッタンのミッドタウンで自転車を乗りまわしていて、遅くなってしまったと言う。暗くなったら乗らないように約束していて、モーリスはずっとそれを守っていた。でも、引っ越しがあったその週末、どんな理由があったかはわからないが、自転車を乗っていて夜になってしまった。年上の男の子がふたりで飛びかかってきてモーリスを殴り、ピカピカのロスの自転車を持ち去ってしまったらしい。追いかけようとしたがだめだった。せっかくプレゼントしてもらった自転車を盗《と》られてしまってごめんなさいと言うモーリスを、私は大丈夫だとなぐさめた。

「たかが自転車じゃない。あなたが怪我してなければいいのよ」でも、モーリスにとってあの自転車はただの自転車ではなかった。それは大切ななにかのしるしで、そのなにかが残酷にもぎ取られてしまったのだ。

その話が本当でなかったことを知ったのは、何年もあとになってからだ。自転車をなくしたのは本当だったが、モーリスが言ったように盗まれたのではなかった。モーリスが自転車に乗っていると、ブライアントで顔見知りだった男の子がいたので、止まって話していた。まだ暗くなる前で、あたりはかなり明るかった。二〇代の男の人が近寄ってきて、自転車をほめたそうだ。モーリスはその男の人を近所で見かけたことはあったが、話したことはなかった。

「ちょっとそのへんをひとまわりさせてもらえないかな？」男の人が聞いた。

モーリスは自転車に乗ったまま、ノーと言った。

「ちょっとだけだから、いいだろ？　一度乗ってみたいだけだから」

その男は財布を取り出し、運転免許証をモーリスに手渡した。

「盗むわけないよ。免許証を持っていていいから。だったら安心だろ？」

モーリスはその男に自転車を貸したくなかった。自分の直感は立ち去れと言っていた。だがモーリスはその直感を打ち消した。信用してみることにしたのだ。免許証を受け取って自転車を渡し、男が走り去るのを見送った。

「一〇分で戻るから」と男は言った。

モーリスはその場所でじっと一〇分待った。それより長くかかるはずだとモーリスは踏んでいた。だってかっこいい自転車なんだもの。三〇分待ち、一時間待った。日が暮れて、夜になった。

モーリスはその場所で七時間待ちつづけた。

免許証は偽物で手がかりにならなかった。自転車は永遠に戻らない。怒りとショックと悲しみの入り混じった感情がわいてきた。なによりも、私が買ってあげたもの、彼を信用してプレゼントしたものを失くしてしまったことに、震えあがった。とても本当のことは言えない。自分が不注意で愚かだと思われてしまう。そこで、ふたりのチンピラに襲われたことにしたのだ。

今になってみれば、なぜモーリスが直感を打ち消したのかわかる。私のせいだ。私が彼を信頼する様子をモーリスは見ていた。モーリスを部屋に入れ、特大ジョッキから小銭を盗むかもしれないなどと心配することもなかった。信頼がなにより大切だと私が言うのを聞いていた。私の親切を受け取って、自分も誰かに親切にしたいと一歩を踏み出したのだ。信頼と友情のなんたるかを理解するようになったことで、それを実行しようと思ったにちがいない。

そして、モーリスが信頼しようと選んだ人は、彼の心を引きちぎった。

私はモーリスの人生に役に立たないきれいごとを吹き込んでしまったのだろうか？　路上で

生きのびるために必要な、身を守る盾を奪ってしまったのだろうか？　ちょっとばかりごはんを食べさせて新しい自転車を買ってあげることで、彼の世界が変わるなどと錯覚し、彼をだましているのではないだろうか？　自分に厳しく問いかけた。私はモーリスの役に立つどころか彼の足をひっぱっているのではないか？

そのあとモーリスは母親の逮捕のことを話しはじめたが、すべてを話してくれたわけではなかった。

母親が逮捕されるまでずっと、モーリスは新しいアパートメントに移れることに興奮していた。これまではいつも一〇人、一二人という人たちと小さな部屋に押し込まれていたのが、生まれてはじめて、母親とおばあさんとふたりの姉だけで寝室がふたつある部屋に住めるのだ。そのことが、私が郊外に引っ越すことの心苦しさをやわらげてくれたのは間違いない。

モーリスは決して、ほんの一瞬たりとも私たちの友情を心配する様子は見せなかったけれど、本心は動揺していたはずだ。これまで大人はいつも彼を見捨ててきた。私もそうするのではないかと恐れなかったはずはない。モーリスは私の部屋でぶらぶらし、宿題を終わらせ、衣類を洗濯することを心から楽しむようになっていた。私と一緒にいる時間を愛《いと》おしく思うようになった今、その私が新しい人生を踏み出し、どこかに行ってしまうのだ。モーリスは不安を見せなかったけれど、あとになって私は、彼が私たちの間にあったものを失うのではないかと死ぬほど恐れていたことを知った。

それでも、モーリスには新しい家があった。モーリスの家族は何年も福祉局をたらいまわしにされ、自分たちの場所を確保する順番を待っていた。やっと彼らにその順番がまわってきたのだ。引っ越しの二日前、モーリスはワクワクしながら母親の帰りを待っていた。母親から新しいアパートメントのことをもっと聞けるはずだった。だが、その金曜、母親は家に帰らなかった。そして土曜日も。ドラッグのやりすぎでどこかで寝ているのだろうと思った。月曜の引っ越しにまにあえばそれでいい。

そして、月曜日。おばあさんから母親が逮捕されたと聞いた。

タイムズスクエアの少し南のいかがわしい地域にある、マンハッタン中央のバスターミナルで母親はドラッグを売っていたと言う。吹き抜けの階段に立っているとき別の女に襲われ、その女を殴って血まみれにしてしまったらしい。騒ぎに気づいた警官がやってきて、母親のポケットに入っていたクラックの袋を発見した。そのまま逮捕され、麻薬売買と殺人未遂の疑いで起訴された。

引っ越し予定日だった月曜日、モーリスとおばあさんはロウワーマンハッタンの裁判所に行った。法律扶助協会の弁護士は、判事が棄却してくれれば、まだ新しい福祉住宅に移れる可能性があると教えてくれた。弁護士は判事に家族の悲惨な現状を説明して情状を求め、新しい家に移れる可能性をあげ、それが人生を立て直す唯一のきっかけなのだと述べた。

モーリスは母親が手錠をかけられて法廷に連行されるのを見た。弁護士は判事に、ダーセラと家族が七年間もホームレスで、人間性を奪われたようなシェルターに住んできて今やっと自分の家を持てる可能性があるのだと説明した。どうか慈悲をもってこの家族に人並みの生活をさせるチャンスを与えてくださいませんか？

「被害者の女性を見ましたか？」判事は弁護士に聞いた。

「被告人は自分の身を守っていただけです」弁護士は答えた。

「とても正当防衛とは思えませんね。悪意のある危害です」

判事は棄却してくれなかった。次の公判日を告げ、それまでダーセラを拘束するよう命じた。母親は判事席の奥の部屋に消えていった。そして、新しい部屋に入居する望みも消えた。殺人未遂で二五年の懲役を求刑されたダーセラは二年半の司法取引に応じ、ライカーズ島の女性刑務所に送られた。その二年半、モーリスは一度も母親に面会に行かなかった。おばあさんと姉たちは行っても、モーリスだけは行かなかった。自分は刑務所に面会に行くような人間じゃないと自分に言い聞かせていたのだ。

おばあさんはニューヨーク市からブルックリンのハンコック通りにあるぼろぼろの部屋を割りあてられた。そこはブライアントよりもさらに狭かった。モーリスと姉とおじさんのひとりはその部屋に引っ越し、しばらくするとモーリスの知らない人たちもそこに寝泊まりするようになった。これまでと同じで、その部屋はまた麻薬の巣窟になり、食事も平穏もプライバシーもない荒れた場所になった。

モーリスは母親が逮捕されて住み家を失ったことを私に言わなかった。私はモーリスの母が刑務所にいる間も、モーリスたちは新しい家に住んでいるものだと思い込んでいた。モーリスは以前と同じように、自分の人生の過酷な現実から私を守っていた。ハンコック通りの部屋のことも、その部屋で数日過ごしたあと、そんな生活に我慢できなくなったことも私には教えてくれなかった。モーリスはその部屋を出て路上で寝起きしはじめた。でもそれを隠していた。

私が引っ越してモーリスの母親が逮捕されたあとも、モーリスと私は毎週月曜に会っていた。レストランで食事をしたり、映画を観にいったり、ゲームセンターで遊んだりしたが、異変があったことはまったく教えてくれなかった。私とモーリスのあいだが以前と違うことは否定しようがなかったけれど、お互いに新しい環境でも関わりを保とうと努力していた。

そのうちに、物理的な距離が問題になってきた。私もモーリスも、月曜日に都合が悪くなることもあった。しばらくすると、月に三回くらいしか会えなくなった。二回のこともあった。

それでも、私は自分の中で秘密の計画を考えていた。マイケルとはうまくいっていて、出会ってから数カ月もしないうちにプロポーズされると確信した。一緒に楽しく暮らしながら、彼の船で時間を過ごし、彼との将来を頭に描きはじめていた。

計画はそのころから思い浮かべていた。もしモーリスの生活状況がまたひどいことになったら、私たちの家に引っ越せばいい。寝室が四つもある大きな家だ。モーリスにもマイケルにも、それを話したことはなく、ただ頭の中であれこれと考えていただけだ。

マイケルは裕福な男性で、お金に困ることはないように見えた。マイケルがモーリスに与える影響を想像した。大人の男性のお手本としても、ある種の父親がわりとしても。もしかしたら、マイケルがモーリスの大学の学費を払ってくれるかもしれないと夢見た。私たちと一緒に住めばモーリスの人生が一変するだろうとも思った。

もちろん、モーリスもそんなことはひとことも口に出さなかったけれど、どこか心の奥底でそんな夢を見ていたと思う。少なくとも、私はそんな夢を見ることで、郊外に引っ越してしまった自分の罪悪感をやわらげていた。

モーリスとの関係が複雑になっていたのは明らかだった。姉の一家はフロリダに引っ越すことになり、感謝祭がちょうど引っ越し準備の最中だったために、感謝祭をアネットの家で祝うこともできなくなった。かわりにアネットの姑《しゅうとめ》が私たちみんなを自宅に招いてくれたが、姉の姑の家となると、姉の家のように気軽にモーリスを連れてはいけない。当然のことだが、私とモーリスの関係はそれほど簡単に説明できないものだ。私の新しい生活は以前よりも複雑になり、モーリスをどこにでも連れていくわけにいかなくなった。

モーリスを連れていくかどうかでさんざん悩み、夜中も目を覚ましてはあれこれと考えたが、結局、私はモーリスを連れていかないことにした。それは、当時の私にとって人生でいちばんつらい決断のひとつだったし、いまでもそのことを考えるとキリキリと胃が痛む。だれよりモーリスと感謝祭を過ごしたかったけれど、愛する男性やフロリダに引っ越す姉夫婦とも一緒にいたかった。今になって思えば、絶対にモーリスを連れていくべきだった。

でも、私はそうしなかった。モーリスに感謝祭に会えないと告げたのだ。

モーリスはいつものように、私に気にしないでと言ってくれた。

「ぼくのことは心配しないでね」モーリスはそう言った。「感謝祭のすぐあとに会えるから」

それに、私たちの大好きなクリスマスだってある。

感謝祭の一週間前、ナンシーが婚約者のジョンと結婚した。私がマイケルと出会ったときにナンシーと一緒に来たジョンだ。披露宴のあと、マイケルと私が泊まっていたホテルの部屋で、マイケルは私に小さな黒い箱を手渡してプロポーズした。それほど驚きはなかった。その前に彼と一緒に指輪を選んでいたからだ。でも、ダイヤとそれを載せる美しい台を選んだだけで、完成した指輪はまだ見ていなかった。プロポーズされた私は彼の腕に飛びつき、イエスと言った。悲惨に終わった最初の結婚のあと、私はもう一度だれかを愛せる自信を失っていた。でも今、私は夢を現実にするチャンスを、素晴らしい男性と自分自身の家族を持つチャンスを手に入れたのだ。結婚式は翌年の六月に決まった。

そろそろ、郊外の家でマイケルとのはじめてのクリスマスを計画する時期になっていた。モーリスを家に呼んで一緒にクリスマスを過ごしたいとマイケルに告げたのは、クリスマスの数週間前だった。

「それはあんまりふさわしくないな」とマイケルは言った。

一瞬、その言葉の意味が理解できなかった。

「どういう意味？　ふさわしくないって」

「クリスマスにモーリスを呼ぶべきじゃない」

「ちょっと待って」私は言った。「モーリスが私の友だちだって知ってるでしょう。彼が私にとってどれだけ大切かも知ってるわよね。どうしてモーリスを呼んじゃいけないの？」

「だって彼のことを知らないから。彼の家族のこともなにも知らないし」

「モーリスは素晴らしい子よ。それに私の友だちよ。私が保証するわ」

「ローラ、別にモーリスを信用してないわけじゃないんだ。でもモーリスにも家族がいる。親類のことだってなにも知らないし、かかわりを持ちたくないんだ」

マイケルと私は何時間も言い争った。

私は自分の耳を疑った。怒り、混乱し、ショックを受けた。マイケルがモーリスを受け入れないとは思いもしなかったのだ。モーリスがこの家に足を踏み入れることにマイケルが反対するとは、想像もしていなかった。これまでそのことを真剣に話し合ったことはなかったが、私はモーリスのことをあれことマイケルに話していたし、彼は私たちの関係がどんなものかわかっていた。私にとってモーリスが家族の一員であることは、言うまでもなかった。私が心から愛する男性が、その気持ちをわかってくれないと今さらながらに知ったことは、あまりにもショックだった。

もっとショックだったことがある。マイケルがクリスマスにモーリスを招きたがらなかっただけでなく、私が何を言っても彼が断固としてゆずらなかったことだ。マイケルは自信に満ちた裕福な男性で、自分のやり方を通すことに慣れていて、何事も譲歩しなかった。このことについて話し合いの余地はなかった。

「どうしてそんなに冷たくなれるの?」

「たいしたことじゃないだろう?」

「モーリスに約束したのよ。私の気持ちはわかってるでしょ?」

「会うなと言ってるわけじゃない」

「でも家に呼んじゃいけないんでしょ？」

「だって、落ち着かないだろう」

私たちは言い争いを続け、お互いに疲れはてた。私はベッドに入って頭から毛布をかぶった。眠ろうとしても眠れず、夜中の二時ごろ起き上がり、着替えて川沿いまで運転し、そこに車を停めた。私は車の中でただ泣いた。

モーリスとの友情とマイケルとの人生を秤《はかり》にかけなければいけないなんて、ひどすぎると思った。車の中に座っていると、ハウス先生の言葉がくりかえし耳の中にこだました。「モーリスを捨てないで」私はモーリスを想い、今どこにいるのだろうと思った。母親のいない家でひとり汚いシーツにくるまっている姿を想像した。盗まれた自転車のことを思った。いつもふたりで焼いていたクッキーのことを、もうそれができないことを思った。私のところに来なければクリスマスにどこへ行くのかと考えた。救世軍ともらいもののおもちゃでいっぱいの箱を想像した。

そして、どう言えば、なにをすればマイケルの気持ちを変えることができるだろうと考えた。いちばんつらかったのは、彼があまりにかたくなだったことだ。モーリスのことで私たちの関係にひびが入ろうとは、それまでまったく思いもしなかった。私はマイケルを愛していたし、彼と結婚して彼との子どもが欲しかった。だけど、これまでに見たことのない彼の一面を見てしまった。かたくなというより身勝手で、私が悶《もだ》え苦しんでいてもなんとも思わない彼の一面を。

モーリスのためでなくても、私のためにそうしてくれてもいいはずじゃない？　自分のしていることが、私をこれほど傷つけていることが、なぜわからないのだろう？　もし私の気持ちがわかっているとしたら、どうして気にかけてくれないの？

私は家へと車を走らせ、ベッドにもぐり込むと、それから四日間マイケルと口をきかなかった。

そのあと、私はきっぱりと一線を引くべきだった。モーリスを受け入れないのなら、私は一緒になれないとマイケルに言うべきだった。マイケルと私の人生は、彼と彼の家族だけのものではなく、私たちふたりのものだと言うべきだった。マイケルが気に入ろうが気に入るまいが、モーリスは私の人生の一部なのだと告げるべきだった。クリスマスにモーリスを招く、それで決まりだと言うべきだった。

なのに、私はそう言わなかった。今度もレストランでモーリスと待ち合わせ、クリスマスに会えないと告げたのだ。クリスマスのすぐあとの月曜に会って、そのときにプレゼントを渡し、また毎週月曜に会えるからとモーリスに約束した。ごめんなさい、本当にごめんなさい、本当に、本当にごめんなさい。モーリスはいつものように、こう言った。「ローリー、大丈夫だよ」

翌年の六月、私はマイケルと郊外の自宅で地味な結婚式をあげた。一〇〇名ほどの人を招き、裏庭にテントを張った。その美しい夏の日、私たちは自宅の敷地の中を流れる小川のそばで、誓いの言葉を述べた。どこから見ても素敵な結婚式だった。

モーリスがそこにいなかったことを除けば。

16 予想外のひとこと

ある日モーリスは、おばあさんが住むブルックリンの福祉住宅の狭い部屋に何人いるか数えてみた。一二人。全員がそこに住んでいたわけではないにしろ、すごい数の人だった。いとこ、おじさん、友だち、ドラッグ仲間、近所の人、ここで寝ている麻薬常習者たち。それがモーリスの日常だった。薄汚い部屋で、空間を求めて闘う毎日。だけど、最愛の母親が刑務所に送られたあと、そんな混沌がモーリスには耐えられなくなった。そこで、彼は部屋を出た。

モーリスにとって、路上はなじみの場所だった。大きな食卓や小銭の入った特大ジョッキやきれいに包装されたプレゼントには面くらっても、路上生活なら表も裏も知りつくしている。モーリスは私と出会ったころから一〇センチ近くも背が伸び、歳の割に背が高く、身体は引きしまって強靭《きょうじん》だった。少年というより大人の男性に近かった。

モーリスには路上でひとり生きのびる自信があった。食べ物にありつき、警官をかわし、必要となればタフな男を演じることも心得ていた。それに、月に少なくとも数回はマンハッタンで私に会える。モーリスにとって、私と会うことはこれまでになく大切になっていた。ますます敵対的になっていく世界の中で、それは少しでも正常を感じられる唯一の機会だった。

モーリスはどこで寝たらいいかも知っていた。タイムズスクエアにある、さびれたカンフー映画館だ。正式な名前はタイムズスクエア劇場と言っていたが、そこでは二四時間カンフー映画が上映されていた。物乞いをしたお金で入場券を買い、後ろのほうの座席に座って身体を丸め、けたたましいカンフーの闘いの音が頭の中で鳴り響くその場所で眠った。昼間は物乞いをしてもっと映画代を稼ぎ、通りのむかい側にある映画館でエディー・マーフィーの『星の王子ニューヨークへ行く』を何度も何度も観た。三〇〇回は観たはずだ。セリフも全部暗記していた。

西五九丁目のYMCAに忍び込み、勝手にシャワーを浴び、たまにはブルックリンに戻っておばあさんの様子も見ていた。でも、そこに長くとどまることはなく、モーリスがどこへ行くのか、どこに寝泊まりしているのかを訊ねる人もいなかった。以前と同じ学校に通っていたけれど、そのうち別の学校、つまり特別支援学校に移された。モーリスははじめその意味がわからなかったが、そのうちに生徒のほとんどに深刻な精神や心の問題があることに気がついた。自分がそのひとりだとは思えず、数カ月で通うのをやめてしまった。一六歳になるころには、もう学校とはまったく縁が切れていた。

今のモーリスに必要なのは、なんとか食べていく手だてを見つけることだった。もう物乞いはいやだった。目の前には答えがあった。考えるまでもなく当たり前で、今すぐにもできること、つまり、モーリスの人生に関わるほぼすべての男たちと同じく、ドラッグを売ることだ。

クラックほど稼げる仕事はほかになかった。モーリスは、おじさんたちが丸めた分厚い札束のなかから二〇ドル札や一〇〇ドル札を抜き出すのを見て、その商売がどれだけ儲かるかを知っていたし、やり方もわかっていた。今すぐドラッグの商売に手を染めれば、その日のうちに何百ドルも手に入れることができるはずだ。ホームレスとなって映画館に寝起きしていると き、モーリスはそのことを考えた。何度も何度も、深く考えた。自分と闘い、クラックが呼ぶ声とその現金に目がくらんではいけない理由を見つけようとした。

なにかがモーリスを引き止めた。ドラッグが袋小路の道だと、なにかがモーリスに教えたのだ。モーリスはマンハッタンの中心部にあるメッセンジャー会社に向かった。その会社では若者を雇い、企業から企業を歩いて郵便物を運ばせていた。最初の会社で断られ、次の会社でも、その次の会社でも断られたが、モーリスはあきらめなかった。最後にブレット・メッセンジャー派遣会社がチャンスをくれた。モーリスはファイルや手紙や法律文書を受け取り、マンハッタン中を北から南まで、地下鉄に乗ったり歩いたりしてそれらを送り届けた。時給八ドルの仕事だった。物乞いとは永久におさらばした。

小切手を受け取ると、すぐにそれを現金化した。まともな仕事をこつこつこなしてお金を得ることに喜びを感じた。自分の稼ぎがうれしくて、もっと稼ぎたくなった。モーリスは、ドラッグの売人が頭脳と行動力で成功する様子を見てきて、自分がその両方を備えているのを知っていた。だれよりもうまく路上で生きのびられることもわかっていた。商売の達人になれることも知っていた。商品を売り買いし、右から左へと動かせばいいのだ。だから、モーリスは売人になった。といってもドラッグではなく、ジーンズの売人だ。

モーリスはチャイナタウンに行き、ゲスの模造ジーンズを一着七ドルで買い、高いときは四〇ドルで売った。八〇年代の後半といえば、ニューヨークでコピー品のジーンズの商売が急拡大していた時代だ。はじめはメッセンジャー仲間に売っていたが、そのうちドラッグディーラーやその愛人を相手にしはじめた。週に数百ドルも稼ぐようになったモーリスは、数日おきにブルックリンを訪ね、おばあさんが食べ物やほかのものに不自由しないようにお金をあげた。お金の出どころは話さなかったし、おばあさんも聞かなかった。偽物のジーンズを売るのは違法だとわかってはいたが、自分はホームレスで極貧で一寸先もわからないのだ。そんな状況で、善と悪を容易に分けることはできない。モーリスは、自分が生きのびて、家族を助けるために必要なお金を稼ぐことで精一杯だった。そのプレッシャーの中で、クラックではなくジーンズを売ることを選んだのは、彼にとっては理にかなった正しい選択だった。

しばらくするとお金が貯まり、カンフー劇場で寝泊まりすることもなくなった。一泊四五ドルの安ホテルを借りた。売春婦やジャンキーが時間単位で借りるような場所だ。汚くてうるさくて危険なところだったけれど、モーリスにとっては別の意味があった。人生ではじめて、自分の部屋と自分のベッドと自分のシャワーを持てたのだ。

そうやって、モーリスは生きのびた。一時期、タイムズスクエアにたむろするホームレスや家出少年のためのシェルターにも入居したが、そこはすぐに出た。一度はふつうでは考えられないこともした。児童福祉局のオフィスに自分から出頭したのだ。少年のためのグループホームに入居すれば、食事やベッドが与えられ、これからのことを考えるチャンスをもらえるかもしれないと思ったからだ。だが、福祉局はモーリスのファイルを調べて、おばあさんが保護者になっていたことを発見した。彼らはおばあさんの居場所を見つけると、モーリスをそこに送り返した。結局、モーリスはふりだしに戻った。

そんなわけで、また路上に出た。

そうしているうちに、母親が出所した。二年半ぶりに釈放された母親を待っていたのは、ブルックリンの危険なブラウンズビル地域のシェルターだった。ダーセラは二寝室の部屋を割りあてられた。ということは、モーリスもそこに住める。さっそく母親のアパートメントに移った。ふたりの姉はすでに恋人と暮らしていたので、母親とふたりきり、これまでで最高の居場所だった。母親は、少なくともしばらくの間は麻薬が抜けていたし、いとこやおじさんや麻薬常習者で混み合ってもいなかった。そこではダーセラとモーリスだけ、母と息子だけだった。

ある日、モーリスが帰ってくると、母親がやせた背の低い男とキッチンで話していた。

「あれ、だれ？」モーリスは聞いた。

「あんたの父親だよ」

父を最後に見たのは六歳のときだ。母親が金づち片手に現れ、モーリスを家に連れ帰ってくれたあの日以来だった。あの年の夏、父親は息子と一緒に住みたいと言い出し、ダーセラはなぜかそれを許したのだった。あの三カ月の間に、モーリスは栄養失調で死にかけた。白癬《はくせん》にかかり、肋骨が透けてみえるほどやせこけた。父親のネグレクトで死の寸前までいったところで、ダーセラが現れて父と愛人を金づち片手に追い払い、モーリスを家に連れ戻してくれたのだった。

弱々しくやせた父親の姿が、モーリスには信じられなかった。虚勢も恐ろしさも消えていた。ただ年老いて見えた。それでも最悪の記憶は消えず、父親を見るのはいやだった。

「あいつ、ここでなにやってんだ？　つまみ出せよ」

モーリスは母親にそう言い、父親には何も言わずに家を出た。

まもなくモーリスは父親がエイズだと噂に聞いた。感染の原因が不潔な注射針によるものか、無防備なセックスによるものかはわからない。街角で父親を見ても無視していたが、かわいそうにも思った。昔は恐れ知らずのいちばん強い男で、みんなを震えあがらせていた。それがいまや老人のように足を引きずっている。

ある日、モーリスは父親がつまずいて歩道に倒れたのを見た。考えるより先に、駆け寄って手を貸していた。その後、ふたりは時おり言葉をかわすようになった。あるときモーリスはこれまで聞きたかったことを聞いてみた。「なあ、なんでそんなふうなんだ？　父親みたいになりたいと思いたかったのに、あんたみたいには絶対になりたくないと思うよ。どうしてそんな生き方しかできないんだ？」

父親はささやくように小声で言った。「ほかの生き方を知らないんだよ」

そして父親はモーリスに謝った。何度も何度も、くりかえし「すまない」と言った。

「本当にすまないと思ってる。間違ってもおれみたいになるな。おまえにはおれみたいになってほしくない」

父親がますますやせて弱々しくなっていく様子をモーリスは見ていた。最期《さいご》が近くなったころ、たまたまモーリスを道ばたで見かけた父親が、話をしようと呼びとめた。

「おれはほとんどなにもおまえにしてやれなかったけど、ひとつだけ頼みを聞いてくれ」

モーリスは身がまえた。

「おまえの息子をモーリスと名づけてほしい。それだけだ」

モーリスは自分の名前が嫌いだった。父親も、その父親も同じ名前だったからだ。自分の息子には絶対に同じ名前をつけないつもりだった。どんなことがあっても。だが、年老いた父親は病にむしばまれている。モーリスは同情して言った。

「ああ、わかった」

数日後の朝、近所の人が父親が死んだと教えてくれた。ハロウィーンの日だった。父親が住んでいた部屋へ行くと、父がマットレスの横の床に横たわっていた。モーリスはかがみ込んで父親を抱き上げ、ベッドに寝かせた。そのあまりの軽さに驚いた。ブルックリンいちタフな男、トマホーク団の帝王は、骨と皮だけになっていた。モーリスは救急車が到着するまで待っていた。救急隊員が父を搬送するのを見送った。それから部屋を出て、街路を歩いた。

モーリスは父親が死んだことをすぐには私に話さなかった。いつものように、自分の人生の悲しく困難な章から私を遠ざけた。でも、父親に対するモーリスの複雑な感情は、そのほころんだ、傷だらけの、終わりのない関係は、私にも理解できたはずだと思う。泥にまみれた家族の歴史が大人になった子どもたちにどんな影響を与えるか、子ども時代の重荷がどんな大人になるかを決めるかを、私はだれより身をもって知っていた。

モーリスのことでの軋轢《あつれき》は決してささいなことではなかったけれど、それを除けば私とマイケルは夫婦としてそこそこうまくいっていた。マイケルは私にモーリスとつきあうなとは言わなかったし、私はモーリスに会いつづけた。そのうちマイケルも私と一緒に彼に会うようになり、三人で何度も食事をしたり出かけたりするようになった。マイケルもモーリスが特別な少年で、私にとってどんなに大切な存在かがやっとわかりはじめたのだ。一度は折れて、クリスマスにモーリスを招待することを許してくれたほどだった。姉夫婦と弟のスティーブンもやってきて、素敵なときを過ごした。

ただ、アネットの家で過ごしたあの日々とは違っていた。マイケルは、本当の意味でモーリスと打ち解けたことはなかったと思う。いつもどこかしら壁をつくっていたような気がする。モーリスが私の人生にいてくれてうれしかったが、モーリスと一緒に住む夢がかなわないことは残酷なほどに明らかだった。私はそれを口に出すことさえしなかった。

マイケルのがんこさは別の面でも心配だった。私は四〇歳を超えて、子どもを持てるタイムリミットが迫っていた。結婚前に子どものことを具体的に話し合ったことはなく、今思えばそれは大きな間違いだった。当時、私は彼といることがとにかく楽しく、ロマンスに包まれていたので、真剣に膝をつき合わせて話し合うことなど思いもよらなかった。彼が自分を愛していることはわかっていたし、愛し合うふたりなら子どもを持つのは当然だと思い込んでいたのだ。それが問題になるとは思わなかった。

いよいよ真剣に話し合ったのは、結婚してから一年以上がたってからだった。

「家族が欲しいの」私は言った。「子どもが欲しいのよ」

マイケルは床を見たあと、私に向き直った。

「ぼくはもういい」

多少の言葉のやりとりを覚悟していた私にとって、彼のきっぱりとした事務的な言い方はショックだった。家族を持つことが私にどれほど大切か、自分ならどんなに素晴らしい母親になれるかを彼に訴えた。それに、私たちの子どもを見てみたいと少しは思わないの？

「まったく思わない」

マイケルはすでにふたりの男の子を育てあげ、息子を心から愛していた。息子たちを本当に誇りに思っていたけれど、彼の中で子育てはもう終わったことだった。私が全部やるから、と彼に言った。いつも私が起きて世話をするからと訴えた。ベビーシッターのお金だって私が払う。とにかく、できるだけあなたの都合のいいようにするからと。それでも、マイケルはモーリスのときと同じようにゆずらなかった。

私は訴えつづけた。何度も子どもの話を持ちだした。三〇回も議論したころ、マイケルはけりをつけるように一方的に言った。

「議論してもむだだ、ローラ。とにかく子どもはいらない」

私は打ちひしがれ、縮こまった。傷つき、その傷を自分でなめ、それが癒えて消え去るのを待った。だがその傷を引き起こしたものは、痛みの源として私の中にいつまでも残った。時間がたつと、その痛みは怒りに変わり、私はその怒りをできるだけ心の底に押し沈めて、なんとか生きつづけた。だが、それはずっと皮を一枚めくったそれほど深くない場所に存在しつづけ、決して消えなかった。

そうやって、私はゆっくりと夢をあきらめた。ずっと子どもがふたり欲しいと思っていた。ひとりっ子だと寂しいだろうと思ったからだ。四二歳になったとき、子どもをふたりつくるのはもう無理だと悟った。奇跡が起きてマイケルの気持ちを変えられたとしても、おそらくひとりだけになる。それが自分勝手なことだと突然気づいた。自分のことばかり考えて、子どものことを考えていなかったと。いつそう気づいたのかはっきり憶えていない。ある瞬間、ある日、ある週というわけではなかったように思う。時がたつにつれ、私の長年の夢は短くなったロウソクの火のようにただ消えていった。

私の家族の物語は、なによりも失われたものについての話だ。そしておそらく、こうであればよかったのにと願う気持ちについてのものだ。私は、居間でワルツを踊るような、幸せで愛に満ちた両親が欲しかった。どうしても自分の子どもが欲しかった。私たちはみんな健全で悩みのない関係を求めるけれど、そんなものは存在しない。それでも人生が美しいのは、失望の中に奇跡のような恵みが隠れているからだ。失われたものも、こうだったらと思い描く理想も、私たちの手の中にあるものほど輝いてはいない。

私は父を思い返し、紆余曲折《うよきょくせつ》あった私たちの関係を考えた。父は私の子ども時代を支配していたけれど、大人になってからの私は父に同じ力を与えなかった。父を切り捨てた、と言ってもいい。それでも、妹や弟に年老いていく父の世話をさせることを申し訳なく思った。その責任をさぼりたくはなかった。少なくとも月に一度か二度はロングアイランドに帰って父に会い、家を掃除した。主に父の世話をしていたナンシーと、自宅に残って父の嫌味に耐えなければならなかったスティーブンを助けるために、自分にできることをした。

一九八七年の春、私はロングアイランドに車を走らせ、実家を隅々まで片づけていた。洗濯をし、シーツをたたみ、散らかったタバコの吸がらを拾い集めた。掃除がだいたい終わったところに、父がどこからか帰ってきた。父が私を見て喜び、なにもかも順調というときもあったけれど、なにか気に入らないことがあると、父はいつも同じ態度をとった。罵り、文句をつけ、馬鹿にするのだ。その日、父はすぐに私に文句をつけはじめた。なにを言われたかは憶えていない。父の言葉を頭から閉めだしていたのだと思う。私は疲れていらいらし、自制心を失って父にあたった。

「あんたなんか、これまでずっと他人をいじめることしかしてこなかった人間よ」父親にそう言いながら、怒りがさらに込みあげていた。「あんたがお母さんをいじめ抜いたから、お母さんはガンで死んじゃったのよ。あんたがフランクを追いつめたから、フランクが吃音になって大変な人生をおくることになったんじゃない。ずっと私たちみんなにひどいことして、もうこりごりなのよ。これ以上がまんしないからね！」

父はショックで黙り込んだ。私は玄関を出ていき、父とは二度と口をきかなかった。

それから一年半後、私の三八歳の誕生日の数週間後にアネットが電話をかけてきて、父がかなり悪いと教えてくれた。父はしばらく調子が悪く、だんだん弱くなっていた。私たちは食事の宅配ボランティアを頼んで父の自宅に食べ物を届けていた。医師からはタバコをやめるよう言われていたが、父はやめなかった。自宅で酸素ボンベにつながれてからも、なんとか方法を見つけてはタバコを吸っていた。宅配ボランティアは、酸素ボンベがいつか爆発するのではないかとこわがって家に入ってくれなかった。

その後、呼吸困難になった父を、姉と妹が病院に連れていった。父が悪くなっていることを私に知らせるため、ふたりは電話をしてきた。私は見舞いに行かず、姉たちにもその理由はわかっていた。それでも、父が死ぬ前に会わないと私が後悔するのではないかと心配してくれた。もう決めたことだからと断ると、みんなはそれ以上なにも言わなかった。

アネットは病院にほぼずっとつきそっていた。ある日、父がゼーゼーと音を立てて呼吸しはじめ、「もう死ぬ」とつぶやいた。だが以前にも呼吸困難になっていて、何度も死ぬと言っていた。看護師は姉に家に帰って翌朝戻ってくればいいと言った。

その日遅く、病院から姉に父が危篤《きとく》だと連絡が入った。姉は急いで病院に戻ったが、まにあわなかった。子どもたちがだれもつきそっていないときに、父はひとりで死んでしまった。私は母の最期のときに、みんなが母を囲んで手を握り、どれほど愛しているかを伝えた瞬間を思い出さずにいられなかった。今でも私は、父の最後の月日に言葉をかわさなかったことを後悔していない。冷たいと思われるかもしれないが、本当のことだ。でも、父がひとりで死んでいったことには、とてつもない悲しみを感じる。よい父親になれたかもしれないのにと思うからだ。

お葬式では私たちのだれも言う言葉が見つからなかった。結局いちばん若いスティーブンが弔辞《ちょうじ》を書き、ミサでそれを読んだ。父がテレビ番組のハネムーナーズが好きだったこと、番組と同じように、父を慕う人たち、父のバーで一緒に酒を飲む仲間たちがいたことを、二五歳のスティーブンは話した。父が仕事場としたさまざまなバーで過ごした日々と、どこへ行っても新しい友だちをつくったことを話した。「父はただのバーテンダーではありませんでした。それ以上の存在だったのです」スティーブンはそう言った。「みんなの顔を憶えていました。好みの酒も憶えていました。父はだれとでも打ち解けられる人でした」それは涙なしでは聞けない美しいスピーチで、一〇〇パーセント本当のことだった。父は素晴らしい人だった。ただ、私たちは父の素晴らしい面をそれほど見ることができなかっただけだ。

何年もたってから、スティーブンは父の最期が近づいたころ、なぜあんなふうにふるまってきたのか父に聞いてみたと言っていた。

「わからない」父はそう言った。「怒鳴るつもりじゃなかった。あんな自分にしかなれなくてすまなかった」

その日、父はスティーブンに何度も謝り、そうすることで私たち全員に謝っていた。私は父が申し訳なく思っていることも、父が自分を変えられないことも知っていた。父が母を愛していたことも、態度に示せなくても深く深く愛していたことも知っていた。天国では父が母を苦しめることはできないと私は自分に言い聞かせた。天国でなら、父は悪人にならないはずだ。天国でなら、父と母はワルツを踊っているにちがいない。

モーリスは、父親が死んで一年ほどたったころにミカという女の子に出会った。おじさんのひとりがミカの母親とつきあっていたので、モーリスもよく顔を会わせていたのだ。モーリスは最初はミカのことが嫌いだった。ガミガミとうるさい女の子だと思っていた。ミカにはやさしい面もあったけれど、たいていは攻撃的で、モーリスはいさかいはこりごりだった。

ある晩、ミカが寄りかかってきてキスをした。モーリスは「やめろよ」と言ったがミカはあきらめず、まもなくするとモーリスはこれまで感じたことのないなにかを感じるようになった。

マイケルと一緒に、モーリスとミカを夕食に連れ出したことがある。ミカはすごくかわいらしい娘で、本を読むのが好きだと言っていた。いいところのある女の子だと思ったけれど、モーリスもミカも若すぎて、私は心配になった。モーリスが子どもを育てる場面が想像できず、ミカが妊娠することを心配した。その後、私はモーリスに気をつけるよう言い、モーリスもそう約束してくれた。それでも、なにかが起きるのではないかという悪い予感をぬぐうことはできなかった。

そのころ、モーリスの生活はかなり安定していた。母親はまたドラッグをやるようになってはいたが、以前ほどひどくなかった。一八歳になったモーリスは自分で低所得者用の住宅に応募できる資格を得た。母親は懲役刑でその資格を失っていたから、彼が福祉住宅に応募すれば母親の助けになる。福祉住宅に入居して、そこに母を住まわせるのだ。モーリスは書類に記入をすませ、市の職員がヒルサイド街にある二寝室の部屋の鍵を手渡してくれた。それは彼の人生でも、とりわけ記念すべき日になった。モーリスは玄関を入ると、ひざまずいて床に口づけした。

かれこれ一〇年も、モーリスはまともな家に住んでいなかった。今やっとそれを手に入れたのだ。モーリスは母親をそのアパートメントに入居させ、自分はブルックリンのミカの家に居候していた。ミカとはけんかが絶えなかったが、一緒に楽しむことも多かった。ふたりで遊園地に遊びにいき、ゲームの景品にばかでかいテディベアをもらったと自慢していた。

ミカの妊娠がわかった日もまた、モーリスの人生最良の一日だった。子どもを持つことなど思いもよらなかったし、膝の上で息子をあやす自分の姿を想像できなかったけれど、いよいよ父親になるのだと思うと気持ちが高まった。子どもが生まれるのがなぜこれほどうれしいのかモーリスにはわからなかった。それでも、ただうれしかった。

モーリスは、ダウンタウンマンハッタンの聖ビンセント病院で出産につきそった。ミカは健康な男の子を出産した。モーリスはその小さくてか細い息子を抱いて、額にキスをした。ミカには息子につけたい名前をあらかじめ伝え、ミカもその名前を気に入っていた。

その夜、モーリスは初めての息子モーリスを腕に抱いた。

翌日、モーリスは病院を出ると地下鉄に乗って母親のアパートメントを訪ねた。母親は姉のラトーヤとその幼い息子とともにそこに住んでいた。姉セレステの幼い娘も来ていた。でも、門を曲がって建物を見上げたモーリスは、その場に凍りついた。

窓があったはずの場所に、焼け焦げてまだ煙の出ている穴が開いていた。

モーリスは、家族を想って震えあがり、階段を駆け登った。部屋は火事で全焼していた。隣の人たちに母親を知らないかと聞いたが、だれも行方を知らなかった。母と姉たちの安全がわかったのは、その日のあとになってからだ。火事の原因もそのときにわかった。甥と姪がライターで遊んでいるうちに、モーリスの大きな白いテディベアに引火したのだった。あっというまに部屋に炎が広がった。

その瞬間、モーリスはふたたびホームレスになった。

モーリスに息子ができたと聞いても、私はあまりうれしくなかった。もちろんモーリスにもいつかは子どもができるとわかってはいたが、彼自身がまだ一九歳で、若すぎたし不安定すぎた。モーリスには、今の状況を考えれば子どもをつくるのは無責任だと言い、彼の両親と彼自身を疲弊《ひへい》させた循環がくりかえされることを私がどれほど恐れているかを伝えた。モーリスは私の気持ちをわかっていたが、大丈夫だと言うだけだった。

「ローリー、心配しないで。大丈夫だから」そう言った。

私がそんなことを言ったので、モーリスは息子を見にきてくれとも言わなかったし、私と会うときに息子を連れてくることもなかった。彼のためにもっと喜んで、助けてあげられればよかったけれど、私はそうできなかった。息子への責任感が、モーリスに間違った判断をさせてしまうのではないかと心配した。

そのころの私はモーリスをまだ一人前の大人として見られなかった。たった八年前に出会ったとき、モーリスはまだほんの子どもだった。それが、もう父親になり、自分の子どもを育てる責任を背負うなんて。正直言えば、考えただけで恐ろしかった。モーリスを信じていたし、特別な能力があることはわかっていたものの、私と会ったことでなにかを学んでいたとしても、それはもろいものだとも感じていた。彼のせいではなく、彼が住む世界のせいでそう感じたのだ。

もしかしたら、私自身の子どもの問題が原因で、そんな反応をしてしまったのかもしれない。それはちょうど、私が自分の子どもを持つことはないとはっきりしたころだった。喉から手が出るほど欲しかったものが指の間をすり抜けていくのに、私はなにもできずにいた。そんなとき、まだ父親になるには若すぎ、責任をとる準備のない一九歳のモーリスに子どもができた。私は心のどこかで、モーリスが安々と父親になろうとしていることに腹を立てていたのだろうか？　あまりにも不公平な仕打ちに神を恨んでいたのだろうか？　おそらく。

それでも父親になることにモーリスが興奮しているのを見て、私も気持ちが軽くなった。息子には自分が持てなかったものを全部与えたい、自分がくりかえし味わったトラブルを経験してほしくないとモーリスは言っていた。息子のことを話すとき、モーリスの表情はパッと明るくなった。息子をジュニアと呼び、次から次へと写真を見せびらかし、きっといい父親になるとくりかえし私に約束した。モーリスを信じているなら、もっとも困難なときでも彼を信じ抜くことが必要なのだと私は気づいた。モーリスに彼自身の人生を生きさせなければならない、と。

息子の一歳の誕生日の少しあと、私はマンハッタンでモーリスと落ち合った。クリスマスは目の前で、冬の空気は乾いて冷たかった。モーリスと私はミカとジュニアのことを話し、近況を伝え合った。

その日、モーリスはこれまで一度もしたことのないことをした。金を貸してくれと言ったのだ。

ミカがすごく欲しがっている冬物のコートがあって、それを買ってあげたいのだと言う。そのコートは三〇〇ドルもするらしい。

「モーリス、それはちょっと高すぎない？」私は言った。

「だけど、ミカが見つけてすごく気に入ったから、買ってあげたいんだ」

モーリスがお金を欲しがったらどうするか、それまで考えたこともなかった。お金と茶色の紙袋に入れたランチのどちらがいいかと訊ねたとき、モーリスが即座にランチと答えたことを思い出した。それまでモーリスのためにたくさんのお金を使っていたけれど、私たちの友情はお金とは無関係だった。そのモーリスが今、お金を貸してくれと言っている。

私は戸惑ったが、同時に、モーリスとあまり会えないことやモーリスの息子に対する自分の反応に罪悪感を感じてもいた。だから、なんとかするわと言った。

「二〇〇ドルはあげるけど、残りの一〇〇ドルは貸すことにするわね。その分はすぐに返しはじめてほしいの。週に二五セント硬貨一枚でもいいから。モーリス、わかった？」

「もちろん。ローリー、本当にありがとう」

ふたりでATMまで歩き、私は三〇〇ドルを引き出した。モーリスは私をハグして、もう一度ありがとうと言った。そして、私たちは別れた。

次の月曜日、会う約束になっていたのにモーリスからは連絡がなかった。その次の月曜も。

ひと月が過ぎ、ふた月が過ぎた。

そんなふうに突然、モーリスは私の人生から姿を消した。

17
暗い森

モーリスと出会ってからの八年間で、私たちが言葉をかわさなかったり、顔を合わせなかったりしたのは、いちばん長いときでも三週間だった。私たちはお互いが日常の一部だったし、ふたりで話したり出かけたりすることは、少なくとも私の人生には欠かせないものになっていた。

それなのに、突然モーリスがいなくなった。ブルックリンに住んでいるとは聞いていたが、住所は知らなかった。モーリスは私に居場所を隠し、マンハッタンで私と待ち合わせたがった。私は彼の電話番号も知らなかった。携帯電話が普及する前で、モーリスの家に固定電話があるかどうかも定かではなかった。私が郊外に引っ越してからは、モーリスが毎週月曜に私のオフィスに電話をかけてきて、その日の待ち合わせを決めていた。時間はまちまちでも、モーリスはかならずきちんと連絡をくれた。

その連絡がぱったり途絶えた。私の誕生日がやってくるころには、八カ月が過ぎていた。誕生日にはきっと連絡をくれるはずだと思っていた。出会って以来、モーリスは私の誕生日にかならず電話をかけてきて、おめでとうと祝ってくれた。だが、誕生日が来てもなんの連絡もなかった。私は電話帳を一ページずつめくって、モーリスと同じ苗字のメイジックという名の人が目に入ると、片っぱしから電話をしてみたがむだだった。

感謝祭が来て、クリスマスが来て、また誕生日が来たけれど、モーリスからの音沙汰はなかった。

当時私が働いていたティーン・ピープル誌で私のアシスタントだったレイチェルに、モーリスと名乗る男性から電話があったら、すぐに私を探してつないでほしいと頼んだ。マンハッタンの街角やバスの中でモーリスを見かけたような気がしても、いつも違っていた。

モーリスは私の人生から永遠にいなくなってしまったのかもしれない。死んでいる可能性さえ頭に浮かんだ。

今ふりかえってモーリスに起きたことを考えると、偉大な神話のテーマが頭に浮かぶ。それはジョゼフ・キャンベルが英雄の旅と呼ぶものだ。その旅路を、私たちの多くは遅かれ早かれたどることになる。それは、自分が何者か、どこから来たのかを見つける旅路だ。若くてエネルギーに満ちあふれ、世界のなんたるかを知らないとき、人は暗くミステリアスな森に引き寄せられる。その森は、素晴らしいなにかを約束し、私たちを誘惑する。そこには思いがけず厳しい挑戦が待ち受けていて、その挑戦にどう立ち向かうかで、どんな人間になるかが決まるのだ。その森から生きて出れば、人は賢く強くなり、そこで得た経験が世界をよりよい場所にする。英雄の旅とは自己発見の旅だ。

モーリスが私の人生から消えたのは、その暗い森に分け入るためだった。

モーリスの旅路は、裏切りから始まった。父親はドラッグをやっていたし、母親は中毒患者だった。モーリスのおじさん全員と周囲のすべての大人がドラッグに関わっていた。でも、ただひとりだけ、その渦《うず》に飲み込まれなかった人がいた。それが、おばあさんのローズだった。ローズおばあさんはドラッグをやっていなかったとモーリスは子どものころからずっと信じていた。母親が外でドラッグをやっていたり刑務所にいたりした間、家族をまとめていたのはおばあさんだった。おばあさんがモーリスをなぐさめ、いい子だとほめ、ママはだれよりモーリスを愛していてすぐに家に帰ってくるから心配いらないと言ってくれた。狂気に満ちた家族の中で、おばあさんは動じない岩のような存在だった。

モーリスが幼いとき、おばあさんは夜、決して眠らなかった。ただいすに座って起きていた。モーリスはその理由を聞いてみた。

「子どもたちを見ていないといけないからね。あたしはいつもあんたを見守っているんだよ」

息子が生まれたころ、おばあさんがガンで入院していると知った。モーリスにはそれ自体がひどい痛手だったけれど、その後、おばあさんがおばさんのひとりにマリファナの袋を持ってきてくれと頼んだというのを聞いてしまった。

「どういうこと？　なんでマリファナの袋なんか」

おばあさんはずっとドラッグをやっていたのだと、おばさんは言った。

モーリスは打ちのめされた。と同時に、ばらばらの記憶がひとつにまとまりはじめた。おばあさんがひと晩中起きていたのは、子どもたちに見られずにドラッグをやるためだった。そういえば朝方にはうとうとして、昼間は眠っていた。モーリスは怒り、裏切られたと感じた。おばあさんを責めるつもりで病院に駆けつけた。

面会時間には早すぎたが、その病院には行ったことがあり、中の様子を知っていた。モーリスは地下から忍び込み、五階まで上がった。ローズおばあさんの病室に入ると、おばあさんは酸素吸入器につながれて横たわっていたが、酸素マスクがはずれてパジャマが汚れていた。だれもおばあさんの世話をしてないように見えた。モーリスは大声で病院の人間を呼び、すぐにおばあさんの世話をしろと怒鳴った。ふたりの警備員がモーリスをつかみ、抑えつけると、病院の外に連れ出した。

おばあさんはその晩亡くなった。モーリスはおばあさんと話せずじまいだった。

裏切られたという想いはしばらく消えなかったが、時間がたつにつれて、おばあさんは裏切ったわけではないと悟りはじめた。ドラッグに負けたのは本当だったが、それをモーリスに隠して自分のいちばんいい面を見せていたのだ。おばあさんこそ、モーリスの守り神だった。マリファナを手渡してすぐに奪ったあの日からずっと、モーリスを麻薬から遠ざけてきた。モーリスの中に特別ななにかを見たおばあさんは、できるかぎり手をつくして死ぬその日までモーリスを無事に守りきったのだ。

そのおばあさんが逝ってしまった。もう守ってくれない。自分はもう守られる側ではないと気づいたのはそのときだ。

モーリスには家族がいた。これからは自分が家族を守る存在にならなければならなかった。

実際、家族は増えていた。ジュニアが生まれて四カ月後に、モーリスはミカと別れた。とにかくけんかが絶えず、うまくいかなかったのだ。両親がいつも争っているのを見ていたモーリスは、ジュニアにそれを見せたくなかった。ミカとは別れて暮らしても、ジュニアを一緒に育てることに決めた。

その後、モーリスはミシェルという名の美しい女性に会い、恋に落ちた。

ミシェルはモーリスの静かでひかえめなところが好きだった。モーリスはほかのうるさい男の子のように偉そうな態度をとらなかった。モーリスは彼女の中に自分と同じものを見た。賢く、落ち着いていて、自分に自信があった。それにミシェルはタフに見えた。闘いをいとわず、簡単には他人を信用しない。ミシェルにとって、妥協は人生の支配権を失うに等しい、絶対にしてはならないことだった。

モーリスはミシェルを座らせて、こう言った。「きみの欲しいものをすべて与えてあげられるかどうかわからないけど、ぼくのそばにいれば必要なものは全部手に入る。大変なときも一緒に乗りきろう。ぼくを信用してほしい。そうすれば絶対にうまくいくから」

ミシェルはモーリスの目をのぞきこんで言った。「信じるわ」

「ぼくも信じる」モーリスが答えた。

ふたりはブルックリンのワシントン街にあるアパートメントに引っ越した。息子が生まれ、その子をジャリークと名づけた。モーリスはジャリークが生まれたことを私に言わなかった。ジュニアが生まれたときの私の反応を見て、もうひとり子どもが生まれたとは言えなかったのだ。私からお金を借りたのも、ミカのコートを買うためではなかった。

ジュニアとジャリークのコートを買うためだったのだ。

あのときモーリスは私を失望させたと感じ、そのことに動転していた。私が彼を無責任だと思っていると感じたし、実際にそうだったのだろう。時計を巻き戻せるのなら、あのときの私の厳しい態度を取り消したい。私の気持ちがそれほど彼を悩ませるとは思わなかった。わかっているつもりでも、わかっていなかった。モーリスが私に電話をしてこなかった理由のひとつは、これ以上私を失望させたくなかったからだった。

もうひとつの理由は、モーリスが新しい家族を養う方法を見つける必要があると気づいたことだ。モーリスはもう、私と一緒にステーキやクッキーを食べていた幼い男の子ではなかった。父親になったのだ。私にも、それ以外の人にも、食べ物や着る物やそのほかの生活の糧《かて》を頼ってはいられない。自活する手立てを見つけなければならなかった。モーリスは決心した。しばらく家族をニューヨークに残して、商売を立ち上げるためにノースカロライナに行こうと決めたのだ。

モーリスはジーンズやその他の衣料品をニューヨークで仕入れて、少し流行に時間差のあるノースカロライナでそれを売ろうと計画していた。いったんしくみをつくってしまえば、あとはニューヨークから商品を発送して、お金を送り返してもらえばいいだけだ。

でも、ミシェルはその旅行に絶対反対だった。モーリスと一緒に行く仲間がよくないと思っていたからだ。モーリスはふたりの仲間と一緒に現地に赴《おもむ》くことになっていて、そのふたりともドラッグの売買に手を染めていた。ミシェルはそのふたりがノースカロライナでドラッグを売るのではないかと心配していた。モーリスがドラッグの取引に手を出すようなことは絶対にないと信頼していたが、悪い仲間といればトラブルに巻き込まれることはわかっていた。この旅でいいことはなにもないと思ったミシェルは、モーリスに行かないでと懇願した。

それでもモーリスはなにかをしなくちゃいけないと感じ、息子たちにさよならのキスをして、ミシェルに愛していると伝えると、南に向けて長距離バスに乗った。

モーリスはノースカロライナのいくつかの都市を転々とした。ミッシェルや子どもたちに会いたくて、できるかぎり家に電話しては、すぐに帰るからと約束した。旅の雲行きがあやしくなっていることはミシェルには伝えなかった。一緒に旅行している男たちはドラッグディーラーと問題を起こしたり、地元の女の子やその恋人たちとトラブルになっていた。ふたりはけんかや脅迫をくりかえしていた。

モーリスはそれを知り、関わるまいと精一杯努力したものの、巻き込まれてしまうことも多かった。父親ならそんな状況でどうしたかを見ていたし、足引きおじさんやダークおじさんが、必要ならタフにふるまってきたのも知っていた。だからモーリスの直感は、立ち上がって闘えと言っていた。大都会から来たタフな男として地元のチンピラをあしらうのだと。自分がまぬけでないことをまわりに証明しなければならないと、モーリスは教わってきた。犯罪者に囲まれているかぎり、そうふるまっていなければならない。

モーリスは、しばらくのあいだクリケットという名の男のぼろぼろのトレーラーに寝泊まりしていた。クリケットはたくさんの銃を持っていた。その銃を見たとき、モーリスはここは自分のいるべき場所ではないと思った。こんな生活は自分によくないとモーリスは悟りはじめていた。

ある朝、地元のペンテコステ派教会に行くと、礼拝のあとに牧師がやってきて会衆の中からモーリスを脇に連れ出した。

「若いお方、ここでなにをしているのかしりませんが、神さまが『家に帰るときだ』とおっしゃっていますよ。やるべきことがあるはずです。家にお帰りなさい」

モーリスはそれを受け流した。まだ仕事が残っていたのだ。

「今夜ここを発《た》たないと、大変なことになりますよ」牧師は続けた。「あなたのいるべき場所はご自宅です」

その夜、クリケットのトレーラーに仲間といると、車がキーッと停まる音が聞こえた。その前に、モーリスと一緒に旅をしていた男のひとりが地元の女性とけんかになり、その女性の兄弟やいとこたちが仕返しにやってきたのだった。叫び声や罵り声とともにトレーラーをボンボンと叩く音が聞こえ、モーリスがトレーラーから一歩出た瞬間に、最初の銃声が響いた。モーリスは車の後ろに飛び込み、前輪に寄りかかった。銃弾が耳元をかすめた。もう一発はフロントガラスに当たり、ガラスが飛び散った。耳をつんざくような銃声がして、何も考えられなくなった。クリケットと仲間が撃ち返すのが見えた。身を隠しては撃ち、また身を隠す。モーリスは銃撃がやむのを祈ったが、撃ち合いは続いた。数百発もの銃声が夜の闇に響いた。

すると、クリケットがモーリスに銃を投げた。

モーリスの父親なら銃を手にとったはずだ。おじさんたちもそうだろう。そして今、自分の番がきたようだ。モーリスはタイヤの陰に隠れて、牧師に言われたことを考えた。「大変なことになる」。ブルックリンで待っているミシェルの姿が頭に浮かんだ。息子のジュニアとジャリークのことを考え、息子を抱いたとき、それまでのどんなときより男としての責任を感じたことを思い出した。

そして、私のことを考えた。

銃撃戦の最中には、私のこれまでのお小言《こごと》など思い出す間はなかった。遅刻しちゃだめ。時間を守りなさい。タバコは身体によくないわ。宿題しなさい。まっすぐ座って。服を洗濯しないと。礼儀正しくね……。アネットの家へのお出かけやハードロックカフェでの食事やあたたかいクッキーを思い出す間もなかった。モーリスが私を愛していると言い、私が彼を愛していることに気づいた瞬間のことも思い出せなかった。銃声が耳元で鳴り響く中では、私とはじめて行った野球の試合を思い出すことも、モーリスが息子を連れていくはじめての野球の試合を想像することもできなかった。

その混乱と銃弾の嵐の中で、足元にある弾の入った銃を見て、モーリスの頭に浮かんだのはひとつだけだった。「おれはやらない」

モーリスは銃を手に取らなかった。その二〇秒が二〇時間にも思えたが、銃撃はやみ、男たちは立ち去った。クリケットが軽蔑したようにモーリスを見下ろしていた。

「なに泣いてやがんだ」そう責めた。

「家に息子がいる」モーリスは言った。「おれは帰る」

そして、夜明けにニューヨーク行きのバスに乗った。

ブルックリンの部屋に戻ってミシェルと息子たちを見ると、モーリスは短い感謝の祈りを口にした。子どもたちが自分の身体をひっぱり、はい上がってハグしてくれたときには、それまで感じたことがないほどやさしい気持ちがこみあげてきた。

母親にも会えてうれしかった。旅の途中でよく母親を思い出し、心配していた。そのころには母が病気だと知っていたからだ。長い懲役刑を終えたあとまもなく、母親はモーリスを座らせて悪い知らせを伝えた。

ダーセラはＨＩＶに感染していた。

モーリスは打ちのめされた。当時はＨＩＶといえば死刑宣告だと思われていた。そのときから、モーリスは母親が死ぬ日に備えて心の準備をはじめた。頭の中でその日をあれこれと想像し、そのときの感情を予想し、その日がやって来たら耐えられるように備えた。

母親の病気をなかなか受け入れられなかったのは、しばらくドラッグに戻っていた母親が、最後にやっと中毒を完全に克服していたからだ。麻薬を抜くため厳しい施設に入院した母親からは、三カ月間というものなんの連絡もなかった。そのあと、彼女はブロンクスのリハビリ病院に九カ月入っていた。モーリスが面会に行くと、母は明晰《めいせき》で表情も冴《さ》え、これまで一度も見たことがないほど生き生きとしていた。注射針とクラックが転がり、ディーラーと警官に囲まれ、いすにダラリと座り込んで白目をむいている、そんな人生がやっと過去のものになったのだ。

「もうあんなのはいやなんだよ」ダーセラはそう言った。

モーリスにとって、麻薬が抜けた母親は奇跡だった。ダーセラはモーリスの子どもたちをかわいがった。ジュニアに物語を話して聞かせ、ジャリークに歌を歌い、ふたりをサーカスに連れ出し、愛情と関心をたっぷりとそそいだ。モーリスもそのことに心を動かされた。なかでもいちばん感動したのは、母親がクリーンになってからはじめてのモーリス自身の誕生日だ。パーティには息子たち、姉、いとこ、母親が来て、笑い、歌い、楽しんだ。誕生日はこうでなくちゃ、とモーリスは思った。いい感じだ。すごくいい。

母親が自分を愛してくれているのはわかっていた。金づち片手に自分を救い出してくれたあの日からずっと。できるかぎり自分をドラッグから引き離そうとしていたことも知っていた。母が自分を失望させたり裏切ったりしたことはなかった。病気を患《わずら》っていることは確かで、それが悪魔のように彼女をむしばんでいたが、母はそんな病をおして、家族をひとつにまとめた。そして、モーリスにも自分の家族ができた。これっぽっちも母親に裏切られたという気持ちにはならなかった。ただ感謝の念でいっぱいだった。

ノースカロライナから戻ってまもなく、姉のラトーヤから電話があった。母をこの数日見かけていないと言う。モーリスはあわてた。母がドラッグに戻ったのでないことは確かだった。それだけは自信があった。その日、ブルックリンのウッドヒル病院から電話があった。母が発作を起こして道ばたで倒れ、救急車が到着したときには心停止していたと言う。母は昏睡状態に入っていた。

モーリスは毎日病室を訪れ、母の横に座っていた。時おり意識が戻り、目を開けたり腕を動かしたりしたが、呼吸器につながれて話はできなかった。だからモーリスが語りかけた。自分も姉もみんな立派に成長したと言った。姉たちは元気で自分の家族を持っていた。モーリスにも家族がいて、将来成功することを母はわかっていたはずだ。

モーリスは聖書の詩編五一編を母に読み聞かせた。

神よ、私を憐《あわ》れんでください。
御慈《おんいつく》しみをもって
深い御憐《おんあわ》れみをもって
背《そむ》きの罪をぬぐってください
私の咎《とが》をことごとく洗い
罪から清めてください

モーリスはそのページを開いたまま、母のベッドのそばに聖書を置いて帰った。母が回復していると信じ、数日すれば家族のもとに戻れると思っていた。

翌朝の四時に、電話が鳴った。母は逝ってしまった。

遺体の確認に病院に来てくれと言われた。いやだったがしかたなかった。母の遺体を見たとき、自分の感情に驚いた。解放された気がしたのだ。母は長年背負ってきた重荷を下ろしたように、自然で平穏に見えた。モーリスはかがみ込み、母を抱きしめキスをした。そして最後のお別れを言った。


それから数日後、私がオフィスにいると、アシスタントのレイチェルが顔をのぞかせて興奮しながら、モーリスから電話がかかっていると教えてくれた。

「なんですって」私は大声をあげた。「つないで」

モーリスが最後に連絡をくれてから三年半がたっていた。モーリスがどこに行ってしまったのか、彼になにが起きたのか、まったく知らなかった。電話をとったとき、私の心臓はドキドキと波打っていた。

「モーリス、あなたなの？」

「ローリー」彼が泣いているのが伝わってきた。

「モーリス、大丈夫？　大丈夫なの？」

「ママが死んだ」モーリスはそう言った。母親がドラッグを抜いてクリーンになったこと、発作を起こしたこと、自分が遺体を確認したことを教えてくれた。死んだのは悲しいけれど、母がやっと平穏を手に入れてよかったとも言っていた。
そして、モーリスはこう言ったのだ。「ローリー、今はあなたがぼくのお母さんだ」

18 最後の試験

モーリスは、母親の葬儀のあとすぐ私に電話をくれた。姿を消している間に何度も私に電話しようと思ったが、結局しなかったという。一〇〇ドル借りたことを申し訳なく思っていたことも、その理由のひとつだ。

「モーリス、一〇〇ドルなんて、あなたに比べたらどうでもいいことだって、わかってるでしょう?」私は声を荒げた。「死ぬほど心配してたのよ」

「ごめんなさい」モーリスは謝った。「いちど離れて、いろいろと整理してみようと思ったんだ」

母親が死んだあと、これまでの人生で自分を心から気にかけてくれた人は片手で数えられるくらいしかいなかったことにモーリスは気づいたと言う。そのうちのひとりであるおばあさんを失い、母親も逝ってしまった。もうひとりを失うことは耐えられないと思った。それで、私に電話をかけたのだった。

翌日会う時間を決め、お互いに積もる話をしようとレストランで待ち合わせた。モーリスは以前より成長し、大人びて見えた。もう立派な男性になっていた。それでも、彼の大きなにっこりとした笑顔は、私の記憶の中の、出会ったあの日にマクドナルドで見た笑顔と同じだった。モーリスは、母親が福祉住宅を失ったいきさつを話してくれた。自分の子どもたちのことや、ノースカロライナで人生の別れ道に立ったことを教えてくれた。ノースカロライナで間違った道に転落する寸前まで行ったモーリスは、もう二度と自分をそんな状況に置くようなことはしないと誓った。

「失うものの大きさがわかったんだ」とモーリスは言った。「世界でいちばん大切なものを失うようなことは絶対にしたくない」

ふたたびモーリスの顔を見て彼の話を聞いていると、大きな安堵《あんど》の波が押し寄せてきた。モーリスは人生の大きな曲がり角を越えたのだと思った。世の中にはあらゆる種類の英雄《ヒーロー》がいるが、人はヒーロー以上の存在になれる。

ヒーローを超えた存在、それはサバイバーだ。

モーリスは、自分があんな子ども時代を耐え、生き抜いたことや、路上生活を生きのびられたことが、決して当たり前でなく、むしろかなり稀有《けう》な例だとわかっていた。これは誇張でもなんでもない。モーリスのおじさんたちの人生を見ればわかる。

足引きおじさんは長年のドラッグ濫用《らんよう》で身体がぼろぼろになった。今は糖尿病で足が不自由になり、仮釈放違反で刑務所にいる。

ジュースおじさんは、ドラッグのせいでゆっくりと精神を病んでいった。今も路上で香水を売っている。

オールドおじさんは、銀行強盗で一〇年の刑期をやっと終えたばかりだ。

ナイスおじさんは、ドラッグ取引で連邦刑務所に服役中。

Eおじさんは、エイズで死んだ。

ダークおじさんは、まだどこかの路上にいる。だれもその行方を知らない。

犠牲者はそれだけではない。ブルックリンアームズでモーリスと一緒に育った子どものうち、少なくとも五人は麻薬中毒になった。少なくとも三人のいとこが刑務所に入った。そのうちブルックリンアームズでモーリスと一緒に育った同い歳の親しいいとこは、麻薬取引で服役し、出所後に撃たれて死んでいた。

モーリスの人生の中のそうして消えていった多くの人たちは、過去の重いしがらみから逃れるすべがなかった。そんな重荷を理解できる人は多いはずだし、私もそれを身近に感じる。過去から引き継いだ悲しみの激流に逆らうこと、すなわち決して消えない家族の歴史に逆らうことは、長い人生にわたる勝算のない闘いであり、人はただそれに耐えることしかできない。

そして、その闘いが悲劇で終わることもある。

弟のフランクは運動神経のいい子どもで、将来はプロのスポーツ選手になるのではないかと思われていた。野球がうまく、レスリングでも活躍した。ボウリングのチャンピオンになったこともある。弟の部屋には、バットをふる男性の小さな金の像や、レスリングのポーズをとる男性の輝くトロフィーがずらりと並んでいた。

弟のスポーツへの情熱は、父との絆を結ぶ数少ないもののひとつだった。フランクがいちばんうれしかった子ども時代の思い出は、父がある日仕事から帰ってきて、大好きなミネソタツインズ対ニューヨークヤンキースの試合のチケットを二枚くれたことだといつも話していた。父はスポーツを通してフランクとつながることができたはずだった。キャッチボールをしたり、バントのやり方を教えたりできたはずだった。だが、そうはならなかった。

ある晩、父が仕事から帰宅して、玄関のドアをバタンと閉めた。それは、暗雲が父に降りてきたしるしだった。父はフランクの部屋に直行し、ドアを押し開け、大声で怒鳴りはじめた。フランクはベッドの中に隠れた。父はトロフィーのひとつをつかみ、小さな像を台からもぎ取った。バラバラになったトロフィーを床に捨てると、次のトロフィーに手を伸ばし、それも壊した。最後の一体を半分に折り曲げて踏みつけ壁に叩きつけるまで、父はやめなかった。フランクは、ぐちゃぐちゃに折れたトロフィーが散らばった部屋で眠った。翌日、私が学校から帰って弟の部屋をのぞくと、全部片づいていて、金色の小さな像がずらりと並んでいた棚は空になっていた。

フランクが高校でスポーツを続けなかったのは、不思議でもなんでもない。実際、フランクは卒業さえしなかった。

高校一年生のあたりで、フランクは道を見失った。

酒をあおり、ドラッグにも手を出した。一七、八歳のころ、友だち何人かとフロリダに行き、深刻なトラブルに巻き込まれた。何が起きたのかは正確に憶えていない。ただ、両親が弟を刑務所から保釈させ、弟が全壊した車を弁償したことは憶えている。フランクは暴力的なわけではなく、たんに落ち着きがなく不注意で、あちこちで少し荒れていただけだった。

ある晩私がロングアイランドの実家にいると、フランクが明らかになにかでハイになって入ってきた。まもなく父親と怒鳴り合いのけんかになり、熱くなりすぎたフランクはその日、ふだんからはまったく考えられない行動に出た。キッチンナイフをつかんで、父に向けてふったのだ。母はフランクにやめてと叫んだが、一歩下がってその場をしずめ、フランクに言いたいことを言わせたのは父だった。そう、怒り出したらだれにも止められない、あの父のほうだったのだ。父がそんなふうにものごとを収める姿を、私ははじめて見た。

そのけんかからまもなく、フランクは海軍に入隊した。それは母のたっての望みだった。母はフランクが完全に自分を見失っていることを察し、海軍の規律と習慣が彼をいい方向に変えるはずだと考えた。父親にナイフを向けるほど自分を見失っていたことに恐怖を感じたフランクは、母の言うことを聞いた。

海軍で、フランクは世界を見る機会に恵まれた。彼が興奮しながらセイシェル島の話をしてくれたのを憶えている。フィリピンから素敵な陶器のセットを送って、母を驚かせたこともあった。母が高級な陶器を持ったことがないことを、フランクは憶えていたのだ。母はその贈り物をとても気に入り、弟は母が喜んだことに興奮していた。

海軍には三年近くいたが、除隊になる三週間前に病気の母につきそうために帰宅した。母が亡くなったのは、フランクの帰宅からわずか二週間後だった。その後、フランクはロングアイランドにある、リパブリック・フェアチャイルドという航空機の翼を製造する会社で働きはじめた。マーレーンという女性と恋に落ち、ダレンとトニエットのふたりの子どもに恵まれた。

弟は楽しく幸せな生活に落ち着いたかに見えた。大人相手だとシャイになるのに、子どもとは打ち解けて、ダレンとトニエットはよくなついていた。フランクはダレンにスポーツを教え、フットボールを投げ合って、長い午後を過ごした。ダレンの試合には必ずサイドラインで声援をおくり、応援を欠かしたことは一度もなかった。ダレンがトロフィーをもらうと、いつまでも賞賛しつづけられるよう、かならずそれを部屋の大きな棚に飾った。

だが、フランクが三〇代のとき、リパブリック・フェアチャイルドが工場をカンザスに移転し、彼は職を失った。一年後にはマーレーンとも離婚した。それでも子どもたちは父親のそばにいたし、フランクも父親として子育てをしていた。トニエットとはそれから一年以上も一緒に住んでいたが、そのころを境に弟は道を踏みはずしはじめた。

パートタイムの仕事につくものの、いつも長続きしなかった。体重が増え、五〇キロ近くも太りすぎたかと思うとやせ、また太った。最後はアネットの家族の近くに移り住んだので、甥や姪はフランクが近くにいて喜んでいた。弟はおもしろくて愛情たっぷりでやさしかった。ついハグしたくなるような人間で、大人には彼の天然のやさしさがわからないこともあったが、子どもたちにはいつもそれが見えていた。

四一歳になった弟は、激しく咳き込むようになった。姉はそれをたちの悪い風邪だと思っていた。なににも決してぐちを言わない弟は、とくに心配していなかった。でもじつのところ、フランクは太りすぎていたし、タバコも吸いすぎていた。身体を大切にしていなかった。自分にはそんな価値がないとでも思っているように。

病院でちょっとした検査をしてもらうと、一酸化炭素の数値がとんでもなく高いと言われた。病院から出してもらえず、そのままさらに検査を受けることになった。フランクはアネットに電話をし、アネットが病院に着くと、フランクはピザを買ってきてほしいと頼んだ。

「なに言ってるの?」アネットは言った。「そんなこと許されないわ。あなた病院にいるのよ」

医師はフランクを入院させた。翌朝アネットが見舞いに行くと、弟は呼吸器につながれていた。高熱が続き、抗生物質も効かなかった。医師はどこが悪いのかわからず、最後まで原因を特定できなかった。検査をくりかえし、さまざまな仮説が浮かんだが、はっきりとした診断はくだされずじまいだった。呼吸器の専門医はお手上げだった。腎臓医にもわからなかった。私たちにわかったのは、フランクが重篤《じゅうとく》な状態で、しかも悪化していることだけだった。

みんなが別々にフロリダに飛んでフランクを見舞った。弟の病室にはじめて入ったとき、私は言葉が出なかった。弟は真っ青で太りすぎで、ぜいぜいとあえいでいた。呼吸器につながれて話もできない。私はニューヨークに帰ったが、アネットはその後六週間、毎日二回フランクを見舞った。

ある晩アネットから電話があり、フロリダに来てくれと頼まれた。

「お願い。ひとりでここにいるのはつらいの」姉はそう言った。私は翌朝一番の飛行機を予約した。搭乗準備中に、アネットから電話があった。

「フランクが亡くなったわ」

私は悲しみに胸がつぶれた。私たちみんながそうだった。とくにアネットは自分を責めた。フランクは姉の家族の近くで暮らすために、フロリダに越したのだった。アネットはできるかぎりフランクに会っていたが、もっと彼のためにできたはずだと感じていた。弟の咳が深刻だと見抜けなかった自分に責任を感じていたのだ。姉は、自分が弟をがっかりさせたのではないかとも思っていた。

それはみな事実ではなかった。弟がフロリダに引っ越すと、姉は両手を広げて弟を迎え、死のときには弟のそばで手を握っていた。フランクのお葬式では、スティーブンがスピーチに立ち、アネットに自分を責めてはいけないと言い、私たちみんながフランクを心から愛していたと言った。それでも、私たち全員が少しずつ後ろめたさを感じていた。それは、フランクが父親からいちばんひどい虐待を受けていたからだ。私たちはみんな、フランクを犠牲にして自分だけが逃げのびたような気持ちになっていた。

私は、父がフランクに負わせた傷が、フランクに道を踏みはずさせたのだと思わずにいられなかった。

医師は死因を突きとめられなかった。結局、フランクの身体は疲れはて、心臓、肺、そして精神が、動きを止めたのだった。診断がつかなかったのは、フランクがそれまでもずっと死んだも同然だったからだと思った。弟の中のなにかが壊れてしまい、彼はこの地上に一度も根を下ろすことができなかったのだ。

最悪だったのは、弟はいい人間だし生きる価値があったのに、自分でそう思えなかったことだ。私たちはときどきフランクの思い出話に花を咲かせ、彼のとっぴで愉快な行動を懐かしむ。フォルクスワーゲンがビートルを廃止したとたんに、真っ青のビートルを七四〇〇ドルで買ったと鼻高々だったこと。メッツとヤンキースが大好きで、海軍時代にはスティーブンが手紙でスコアカードを送っていたこと。子どものころ、ビートルズのアルバムに合わせてロックスターみたいに歌真似をしていたこと。

スティーブンがまだ一〇歳で五年生のとき、校内放送で校長室に呼び出されたことがある。校長室に行くと、そこには一九歳のフランクが大真面目な顔で待っていた。

「大変なことになった」フランクはスティーブンに言った。「お父さんとお母さんはカンカンだ」

フランクはスティーブンを車に乗せ、家に向かって運転しはじめたが、いきなりロングアイランド高速道路に乗り、反対方向に向かった。

「どこに行くの?」スティーブンは聞いた。

「いまにわかる」フランクが言った。

フランクはスティーブンをシェイ・スタジアムに連れていった。そこでは一九七三年のナショナルリーグ優勝戦、ニューヨークメッツ対シンシナティレッズの第五戦が行われていた。七対二でメッツがその試合を制し、シリーズ優勝を飾った。九回の終わりに、フランクはスティーブンをフィールドの隅に連れていき、忍び込んでお祝いに混じろうとした。

「そんなことしていいのかな」スティーブンは言った。「トラブルにならない?」

「大丈夫だよ。ぼくについてきて」

最後のアウトのあと、数千人のファンがフィールド内に殺到し、喜びの声をあげ、芝生をむしり、自分たちがホームランでも打ったようにベースをまわっていた。その中に、めちゃくちゃに駆けまわるスティーブンとフランクの姿があった。エメラルド色に輝く芝生の上で浮かれ騒ぎ、ただなにも気にせず幸せな時間を楽しむふたりを思い浮かべると、私も幸せな気分になる。

私たちはフランクの遺体をフロリダから連れ帰りロングアイランドに埋葬することにした。

父と母が眠るハンティントンの聖パトリック墓地に、もうひとつの区画がすでに準備されて支払済みだったと知ったときには、私たちみんなが驚いた。そのことを私たちのだれも知らず、だれがそこを買ったかもわからなかった。父がそうしたのだろうか？　それとも母が？　それに、どうしてひとつだけだったのか。当時、アネットは結婚していて、ナンシーにも私にも夫がいた。スティーブンは婚約中だった。フランクだけがひとり身だった。母がこうなることを予見して、自分の横にフランクが眠れるようにもうひとつお墓を準備していたのかもしれないと思うこともある。

今フランクは、なだらかな丘の上の平らな芝生の下で、両親とともに眠っている。

ノースカロライナから戻ったモーリスは、模造ジーンズの商売から足を洗い、ブロンクスの警備会社で警備員の仕事についた。時給五ドル一五セントから始めて、六カ月もしないうちに警備主任に昇格した。上司はモーリスの人あしらいのうまさ、とくに緊迫した状況をしずめる手腕を認めていた。しばらくの間、モーリスは社会福祉局の担当になった。そこではいつもだれかが興奮していたり、けんかが起きたりしていたからだ。モーリスはものごとをおさめるのがうまかった。

「あなたがここにいる理由はわかります。状況は理解できますよ」モーリスはそんなふうに言う。「お金が必要なんでしょう。だったら、口論をやめて列にならんでお金をもらうか、さもなければけんかを続けてつまみ出されるかです。そうなったら、来週まで待つことになりますよ」

モーリスはこんなふうにも説得した。「ご自分の行動を考えて。あなたの選択が、次にあなたの身に起きることを決めるんですよ。それはあなたの手の中にあるんです」

そのうちモーリスの時給は一八ドルにも上がった。

だが、モーリスにはもっと大きな目標があった。そこで学校に戻ることにした。

モーリスは社会人向けの予備校に入学した。二年間必死に勉強してGED（一般教育終了検定）に合格し、高校卒業の資格を取るつもりだった。入学してからわずか二カ月後、先生がモーリスを脇に連れ出した。

「モーリス、きみなら今すぐGEDを受験できるよ」

でもモーリスは結構ですと断った。彼にとってはこの試験がすべてだった。この試験が、自分の将来と、これからの人生の方向を決める。そう思うと受験する覚悟がまだできなかった。

それでも先生は勧めつづけた。

そして、ついにモーリスはブルックリンの試験場に行き、先のとがった黄色い鉛筆を取りだして、テストを受けた。ＧＥＤ検定は広い範囲を網羅する試験だ。英語、数学、社会。テストは二日にわたり、終わったときモーリスは疲れはてていた。絶対に落ちたと思った。そこでまた学校に戻って勉強を続けた。

　それから二カ月後に学校から家に帰ると、ミシェルと子どもたちがモーリスを待ちかまえたように迎えてくれた。なにか妙な感じがした。食卓に座ると、大好物のスペアリブの大盛りと、コラードサラダとコーンブレッドが並び、夕食のあとには大きく切ったチーズケーキが出てきた。

「どうしたの？　なにがあったんだい？」モーリスが聞いた。

　ジュニアがモーリスに近寄って額縁を手渡した。その額縁の中にはＧＥＤの合格証書が入っていた。郵便で届いていたのだ。

　ミシェルと子どもたちが一斉に声を上げた。「おめでとう！」

　モーリスは顔をおおって泣きだした。

　高校卒業資格は、はじめの一歩にすぎなかった。もうひとつ、モーリスがずっと頭に描いていた夢があった。モーリスはニューヨーク警察の採用試験を受け、それにも合格した。

それでも、刑事になるには二年間の大学教育が必要だ。モーリスはブルックリンのメドガー・エバンス・カレッジに入学した。在学中に、たまたま、ニューヨーク市に住む黒人の若者の運命についての新聞記事を読んだ。大学にいる黒人男性よりも、刑務所にいる黒人男性のほうが多いという内容だった。モーリスは他の学生や大学の学長を巻き込んで、刑務所から大学へと導く教育プログラムを立ち上げた。それは黒人の若者に地域活動への参加をうながし、自分の長所や可能性を認識させる学生組織だった。

学長のエディソン・ジャクソン博士はモーリスに感銘を受け、ニューヨーク市議会の予算討議会でスピーチをしてほしいと依頼した。スピーチの当日、モーリスは早起きしてネクタイとジャケットを身につけ、何度もスピーチを読み返した。会議室の外では、深呼吸して気持ちを落ち着かせた。

いよいよ彼の番になると、マイクの前に座り、咳払いをして、スピーチを始めた。最初の文章でつっかえ、その次でもつっかえた。だがそのあとは落ち着いて話せた。

「メドガー・エバンス・カレッジを代表して、このプログラムへの資金援助を市議会にお願いいたします。黒人の若者の教育と進歩を支えるために、私は全力をつくすつもりです」

スピーチのあと、ジャクソン博士はモーリスの肩に手を置き、素晴らしかったと言った。博士はモーリスをこの教育プログラムの顔にした。それからまもなく、モーリスは「よき父親になるための取り組み」と呼ばれる大学プログラムの研究担当者になった。モーリスは地域と学校での素晴らしい業績を認められ、表彰を受けた。

大学の単位をひとつでも取得したのは、一族の中でモーリスがはじめてだった。

19 人生最高の贈り物

二〇〇一年一〇月五日の金曜日、ニューヨーク州ライにあるウェストチェスターカントリークラブ。マホガニーがふんだんに使われた宴会場は、イブニング姿の九〇人近い招待客でいっぱいだった。各テーブルには、美しい生花のアレンジメントが置かれている。ある特別のお祝いのために、みんなここに集っていた。

その日は私の五〇歳の誕生日だった。

夫のマイケルは、何カ月も前から誕生日パーティを準備してくれていた。私はかなり前からこの日のためにドレスを選んでいた。バーグドルフ・グッドマンで見つけた黒いシルクシャンタンの美しいドレスだ。姉と妹と弟やその家族も駆けつけてくれた。全員がそろったのは五年ぶりだった。私はその日のテーマを「音楽でつづる私の人生」と決め、一〇年ごとに思い出に残る三曲を選んだ。

ワールドトレードセンターが攻撃されたのは、パーティの三週間前だった。

私はとっさにパーティをキャンセルすることを考えたが、日がたつにつれ、今こそ私たちの恵みを祝うときかもしれない、私たちの人生を生きる価値のあるものにしてくれる家族や友人に感謝するときかもしれないと思うようになった。そしてパーティは計画どおりに開かれ、全員が出席した。

魔法のような夜だった。九月一一日の同時多発テロの暗い影が、家族や友人とともに過ごせる幸運を、私たちになおいっそうはっきりと気づかせてくれていた。パーティのテーマに音楽を選んだのは、姉や妹と私が成長していく中で、音楽が大きな意味を持っていたからだ。私とアネットは、ハンティントン・ステーションの自宅の居間でレコードをかけながら、チェビー・チェッカーのツイストの曲に合わせて何時間も踊った。そのころダンスは私たちの逃げ場だった。そして今夜もふたたびそうなった。

カクテルと夕食のあとは、お祝いのスピーチが続いた。タキシードをパリッと着こなしたマイケルが乾杯し、友人のフィービーとジュリー、義母のジーン、そしてアネットもお祝いの言葉をくれた。スティーブンの番になると、プレスリーの「ワンダー・オブ・ユー」に合わせて私とダンスを踊ってくれた。

目まいがするほど幸せだった。今ここで、私は世界中でいちばん愛する人たちに囲まれている。持てるものすべてに心の底から感謝した。自分の人生を思い返し、これまで旅した光景をもう一度見直し、旅の仲間に感謝を伝え、自分がどれほど幸運かを見直す機会などめったにない。家族や友人の言葉を聞き、みんなにありがとうと言う機会を持てたその夜のことを、私は永遠に忘れないだろう。

ついに最後の乾杯の時間になった。乾杯の音頭の主は黒いタキシードを着こなし、白黒のピカピカの靴をはいていた。彼の妻は髪をアップにして息をのむほど美しい紺色のドレスに身を包んでいる。その会場にいるほとんど全員が彼に会ったことがあり、そうでなくても彼の話は聞いていた。みんなが彼に会い、彼の言葉を聞くのを楽しみにしていた。彼は妻にキスをして、前に出てきてマイクを取り、乾杯のスピーチを始めた。

「ローリー、どこからはじめたらいいだろう」モーリスはそう切りだした。「ぼくたちは……ぼくたちの出会いは、ぼくにとって特別なことでした。ぼくは、無一文の路上の物乞いでした。その日はお腹がペコペコで、女の人に『すみません、小銭ありますか？』と聞いたんです。女の人は歩いていってしまいました。でも、立ち止まったんです。道の真ん中で立ち止まったので、車にひかれそうなりました。その人はぼくを見ると戻ってきて、マクドナルドに連れていってくれました。食事のあと、ふたりでセントラルパークを散歩しました。そしてハーゲンダッツに行って、それからゲームで遊びました。

そのとき、彼女がぼくの命を救ったんです。ぼくは間違った道に、坂道を転げ落ちそうになっていました。ぼくの母はもう亡くなりましたが、その母がドラッグ漬けになっているところに、神様がぼくに天使をつかわせてくれたんです。ぼくの天使はローリーでした」

「あなたがいなければ」モーリスはそう言ってグラスを掲げた。「今のぼくはなかったでしょう」

モーリスの命を私が救ったと聞いたとき、私は自分でも驚くほど心を打たれた。その乾杯のスピーチの間中、私はあたりはばからず泣き崩れた。モーリスが私と出会ってどんなに幸運だったかとだれかが言うたび、私はその言葉を止めて訂正してしまう。幸運だったのは私のほうだ。

モーリスは私に生きることのなんたるかを教えてくれた。人間が学びうる中でいちばん大切なことを教えてくれた。それは、持てるものに感謝することだ。モーリスは忍耐と勇気とあきらめないことを教えてくれた。そして逆境を乗り越えることで生まれる本当の強さを教えてくれた。お金の真の価値を、茶色の紙袋に入ったランチの意味を、クッキーを焼くようなちょっとした日課の大切さを教えてくれた。友だちとはなにかについて、私が教えたことよりはるかにたくさんのことを教えてくれた。

私があげたものをすべて、モーリスは一〇倍にして返してくれた。食事にもシャツにも自転車にも歯ブラシにも、モーリスは私が知らなかった純粋な感謝を返してくれた。手を貸したらいつもハグを返してくれた。親切には信じられないほどの明るい笑顔を返してくれた。愛が最高の贈り物だとしたら（私はそうだと信じているが）、だれかを愛せることは最高の恵みだ。モーリスはどこからともなく私の前に現れて、私の愛を受け入れてくれた。そのことに、私はどれほど感謝してもしきれない。彼の心の広さはいつも私を驚かせ、今日この日まで、彼との関係は私の人生でもっとも誇らしいものだ。

五〇歳の誕生日からおよそ一年後に、マイケルと私は離婚した。モーリスのことでの恨みが尾を引いていたのかもしれない。子どもを持つのを反対されたことも、ずっとくすぶりつづけていたように思う。

子どものかわりに犬を飼おうと言ったときでさえ、マイケルは反対した。私は断固としてゆずらず、赤毛のトイプードルを飼ってルーシーと名づけると宣言し、マイケルがいやでもかまわないと言った。そして、そのとおりに行動した。私のかわいいルーシーは、子どもを持てない痛みを乗り越える助けになった。二年後には、愛らしいココというプードルをルーシーの妹にした。私が子どものころ、どのペットも長生きしなかったが、ルーシーとココは私の大切な家族になった。

マイケルは私と同じようにふたりの〝娘〟をかわいがったが、結局私たちは別の道を歩きはじめた。離婚はどちらか片方の責任ではない。マイケルと私はふたりで素晴らしいときを過ごしたし、彼はさまざまな意味でいい夫であり、私が生涯でいちばん愛した男性だった。これからもきっと友人でありつづけるけれど、今、私はひとりでいる。自分の人生を前向きに力強くとらえ、幸せを感じているし、将来についてもこれまでにないほど希望に満ちている。

長く成功したキャリアのあと、私は広告業界から引退した。これまで素晴らしい人たちに囲まれてきたことに心から感謝しているし、今も彼らは私の友人だ。たまに業界に戻りたくなることもあるけれど、おそらく戻らないだろう。そろそろ新しいことを始めるときなのだ。

私は結局マンハッタンのアパートメントを売り、しばらくフロリダに引っ越したが、落ち着かなくなってすぐニューヨークに戻ってきた。マンハッタンにそのうちアパートメントを買いたいと思っているが、なによりも家族全員でクルーズに出たい。姉のアネットとブルース。もうすっかり大人になった姪のコレットとその夫のマイクと息子のダシェル。姪のブルックとその彼氏のスティーブ。妹のナンシーとジョンと姪のジェナと甥のクリスチャン。かわいい弟のスティーブンとその妻エリース。姪のオリビアにエミリー。もちろんモーリスと美しい妻のミシェルと素晴らしい子どもたちも一緒に。

どこへ行こうと何をしようとかまわない。ただみんなが同じ船にいればそれでいい。

私はこれからもずっとモーリスに会いつづけるだろう。毎週月曜でないとしても、できるだけたくさん。

私たちの関係をふりかえると、それがどれほど珍しいものだったかに驚かされる。

私たちはかけ離れた世界の住人で、少なくとも表面的な共通点はほとんどなかった。私はモーリスの人生についてほとんどなにも知らなかった。たとえば、私と出会ったときモーリスが一二歳だったと知ったのも、つい最近だ。それまでずっと一一歳だと思っていた。モーリスは子どものころ、毎年誕生日を祝ってこなかったので、私と出会った当時は自分の本当の年齢を知らなかったのだ。この本を書きはじめてやっと、当時何歳だったかわかったのだった（そのことをこの本の最初であえて訂正しなかったのは、そのほうがモーリスと私にとっての真実を語っていると思ったからだ)。

私とモーリスとは、年齢も文化も環境も違いすぎていた。外から見ればとても親友になりそうなふたりではなかった。

それでも、モーリスとの友情ほど、私にとって身近で大切な友情はないと心から言える。

メドガー・エバンズ・カレッジを出たモーリスは、結局、警官にはならないことにした。建設業界に入り、今は小さな建設会社を立ち上げている。古いビルの内部を解体して、配管や配線や壁を新しくするビジネスだ。モーリスは驚くほど優秀で、彼がビジネスで成功することは間違いない。すでに何人か従業員もいる。二〇一〇年にオールドおじさんが刑務所から出所すると、モーリスはおじさんに仕事を世話した。

だけど私がなにより誇りに思うのは、モーリスの家族だ。ミシェルとはもう一四年以上も一緒にいる。これまでにもまして今いちばん彼女を愛しているとモーリスは言う。母親が死んだあと、モーリスと姉たちはそれぞれ数百ドルの死亡年金を受け取った。モーリスはその一部を使ってミシェルの婚約指輪を買った。ふたりは治安判事の前で結婚した。モーリスとミシェルにふたりの証人だけが立ち会った。商売が軌道に乗れば、ミシェルと本物の結婚式をあげたいとモーリスは計画している。

ふたりには素晴らしい子どもたちがいる。やっと子どもたちに会えたとき、私はその場で惹きつけられた。彼らは本当に驚くべき子どもたちだ。賢く、活発で、おもしろく、夢にあふれている。

モーリスはミシェルの連れ子イキームの父親になった。イキームは背が高くハンサムな二〇歳の男性だ。いつか陸軍に入隊したいと思っている。モーリスの長男のジュニアは今一七歳でモーリスより背が高くなった。コックさんになるのが目標だ。一六歳のジャリークはあのころのモーリスにそっくりだ。刑事になりたいと言っている。一一歳のジャヒールはおまわりさんになるのが夢で、チェスが大好きだ。

娘もふたりいる。長女の名前はプリンセス。一四歳で、「マーマー」と「ヤーヤー」のあだ名で呼ばれている。ファッション工科学院に出願して、服飾マーケティングとデザインでキャリアを築きたいと言う。その妹のプレシャスは八歳で、なわ跳びとマイリー・サイラスに夢中だ。獣医さんになって、ついでに女優もやってみたいそうだ。「冒険に出たい」と言っている。いちばん年下のジャハメッドは四歳だ。この子はエネルギーの塊で、モーリスに似てプロレスが大好きだ。おもちゃのチャンピオンベルトを頭の上に掲げて、拳闘ポーズをとってくれる。音楽の才能も豊かで、とくにドラムがお得意だ。モーリスが鉛筆を二本渡すと、テーブルで素晴らしいリズムをとってくれた。「ぼく、パンケーキもつくれるよ」と言う。

モーリスの子どもたちの賢さとやさしさと輝きに、私は魅了された。そしてなにより、モーリスのなんとたくましく愛情豊かでがまん強い父親であることか。プリンセスの握っているチョコバーを取るまねをしてみたり、ジャヒールのチェスの試合が終わるまで二時間も待っていたり、小さなジャハメッドをひょいとすくい上げてしばらく膝にのせていたりするモーリスを見て、彼がどれほどあたたかくやさしい父親かに驚いた。

子どもの扱いがうまいのは、母親やおばあさんゆずりだとモーリスは言う。感謝祭の日にキッチンに立つとき、モーリスは母親のダーセラやおばあさんのローズがそばにいるかのように、子どものことをふたりに話すそうだ。耳をすませば、ふたりが語り返してきて、あれに気をつけなさいとか、これをやりなさいという声が聞こえると言う。そうやって、ふたりがモーリスにいい父親とはなにかを教えているのだと。

モーリスはまた、地域の若者グループで子どもたちの指導者となり、恵まれない子どもたちを助けるボランティアグループも立ち上げている。路上での日々から自分を救い出した親切を、社会に返すのだという。

「自分の子ども時代は神様の恵みだ」モーリスは私にそう語った。「それがあったから、きちんと子どもを育てられるようになった。自分の父親にならって、父親のしたことが子育てのすべてだと思っていてもおかしくなかった。でも、あなたに出会って、別の道があることがわかったんだ」

モーリスと彼の家族に会いに、はじめて彼のアパートメントに行ったときのことは忘れられない。

モーリスとミシェルはブルックリンの同じアパートメントに一二年住んだあと、ダウンタウン・マンハッタンに引っ越した。おんぼろの建物に見えるかもしれないが、モーリスはそう思わない。

「ぼくが育った場所に比べれば、今の生活は王様みたいだ」だから、娘をプリンセスと名づけたのだそうだ。「あの子を本当のお姫様だと思ってるんだ」

部屋はかなり広く、洗濯物やおもちゃやスニーカーでいっぱいだった。窓からはマンハッタンブリッジが見え、そのむこうにブルックリンブリッジが見えた。その眺めは息をのむほど雄大で、希望と冒険の象徴のようだった。片方の壁には額に入った子どもたちの写真が飾られ、もう片方の壁には小さな薄型テレビがかかっていた。Ｘｂｏｘもあって、モーリスはかつて私に教えてくれたように、今度は子どもたちにゲームの手ほどきをしてあげていた。

そして、あれもあった。

ダイニングの倍の広さがある居間の中央に私が目をやると、モーリスが誇らしげに微笑んだ。

そこには、大きな大きな食卓があった。

壁の両側に届きそうなほど長い食卓には、家族全員がらくに座れた。必要なときにテーブルを引きのばせばもっと長くできた。モーリスとミシェルと子どもたちはそこで食事をし、その日にあったことを話し、からかい合い、誕生日パーティや野球の試合やチェスの大会の計画を立てる。ジャハメッドの機嫌がいいときは、黄色い鉛筆でドラムのリズムを刻んでくれる。

「ほらね」モーリスは目くばせしながら言った。「いつか大きな食卓を買うって言ったでしょ」

私はその食卓につき、私の家族と夕食を楽しんだ。

エピローグ
モーリスより愛をこめて

ローリーへ

この手紙を書いているのは、あなたがぼくの人生にどんな大きな影響を与えたか、知ってほしいからなんだ。

これまでのことをふりかえると、もしあなたに会っていなければ、今のぼくはいなかったと思う。これまでの長い年月、あなたがぼくに示してくれた愛と思いやりに、ぼくは永遠に感謝している。

あなたはぼくに、夢見ることを教えてくれた。人を信頼することを、社会の役に立つことを、そしてなによりも、どうしたら善き人間になれるかを、どうしたらよい父親になれるかを教えてくれた。

すべてはあの日、お金をせがんだぼくの前をあなたが通り過ぎたあの日に始まったんだね。あのとき、ローリー、ぼくは、あなたも話によく聞く偉そうな金持ちの白人のひとりにちがいないと思ったよ。

でもあなたは戻ってきた。今なら、あなたと会う前のぼくの世界がどれほど一面的なものだったかがわかる。ぼくが教わった世界観は、たった一面からのものの見方でしかなかったんだ。母とおばあさんは人種差別の時代に生きてきた。それに教育の欠如が加われば、不信が植えつけられるのは当然だ。

ぼくがあなたと会いはじめたころ、おばあさんはよく言っていた。「あの白人のビッチに近寄るんじゃないよ」って。だけど、あなたとの関係がぼくの役に立っていることを見て、そのうちおばあさんは、「あのご婦人はおまえのことを心から気にしているよ」とか「あの女の人はどうしてる？　今度はいつ会うのかい？」って聞くようになったんだ。はじめはまったくあなたのことを信用していなかったおばあさんが、あなたを尊敬するようになり、最後はあなたを神様がぼくにつかわした守り神だと思うようになったんだよ。

あなたはよくぼくに、大きくなったらなにになりたい？　って聞いたよね。あのころ、ぼくは先のことなんて考えたこともなかった。一日一日を生きのびるだけだったんだ。大人になったらなにになりたいかよりも、次の日になにを食べるかのほうが心配だった。当時の生活を考えると、大人になれるかどうかもわからなかった。でも、あなたと出会ってから、ぼくはもっと先の人生を考えるようになった。こんなぼくでも仕事につけるかもしれないと思いはじめた。生まれてはじめて、大人になった自分を思い描くことができたし、警官として働いている姿を想像できるようになったんだ。

それでも、問題はあった。ぼくは自分にまったく自信がなかった。それまでぼくはずっと読み書きができないと言われつづけていた。学校の成績が悪くて、特別支援学級の試験を受けさせられた。試験に同席した母は、なぜかぼくには読み書きができないと思い込んだ。自分ではゆっくりなら読むことも書くこともできるとわかっていたのに、いつもからかわれているうちに、読み書きなんてできてもできなくても関係ないし、家族のほかの男の人と同じ人生をおくるに決まってると思うようになっていた。

そのとき、ローリー、あなたがまたぼくを救いにきてくれたんだ。自分なんてもう終わったも同然だと思ったそのときに、ぼくのはじめての夢が絶対にかなわないと思ったそのときに、あなたがぼくくらいの歳のころに学校で苦労したことを教えてくれた。その話がぼくにとってどれほど大切だったことか。あなたみたいな人にも、これほど頭がよくて豊かな人生をおくっている人にも、昔は問題があって、その苦労を乗り越えたことを知って、自分にももしかしたらできるかもしれないと思いはじめた。

それからは、ぼくの無能さを馬鹿にする声には、絶対に耳を貸さなかった。ぼくへのあなたの見方が真実で、それに反対する人はただ嫉妬しているか、不幸なんだと思うことにした。それが、今このときまで、ぼくが人生の問題にうまく対処するのに役立っているんだよ。今日このときも、ぼくに夢を見る勇気を与えてくれている。

ローリー、あなたはぼくにたくさんのことを教えてくれた。あなたがいなければ絶対にできなかったたくさんのことを経験させてもらった。ロングアイランドのお姉さんの家に連れていってくれたときのことはみんな憶えているよ。

なかでも、忘れらない瞬間がいくつかある。ブルックがサンタクロースがいないと知ってどうしても泣きやまなかったときのことだ。「あー、早く泣きやまないと殴られちゃうぞ」と思ったのを憶えてる。お父さんのブルースが近づいたとき、「叩かれる」と思ったよ。でも、ブルースは娘をやさしくなぐさめた。驚いたし、うれしかった。彼はブルックを抱えて涙をふいてあげ、耳元でなにかささやいてハグしたんだ。それだけだった。ぼくはブルースが世界一のお父さんだと思ったし、その日、父親であることについてなにかを学んだんだ。

その次によく憶えているのは、みんなで大きな食卓を囲んだときのことだ。あんな大きな食卓は見たことがなかったけど、惹かれたのはそこじゃない。食べ物でも立派な食器でもない。心から感動したのは、そこでかわされていた愛情だった。みんなが次から次に話をして、たくさん笑ってた。あのころはその感情をどう説明していいのかわからなかったけれど、今はそれが家族ってものだとわかる。それは、ぼくが毎晩妻や子どもといるときに感じる気持ちだ。

ローリー、あなたのおかげで、ぼくは愛と思いやりを示すさまざまな方法を知ることができた。あなたがぼくのために毎日ランチをつくって、茶色の紙袋に入れてくれたこともそうだ。紙袋がなぜ大切なのかわからない人だっているだろう。でも、ぼくにとって、あれはだれかがぼくのために時間をさいてくれたという証だった。ぼくのことを考えてくれて、気づかってくれた証拠だった。ローリー、あなたはぼくのためにわざわざランチをつくってくれた。ぼくのことを考えていると身をもって示してくれた。学校の友だちみんなにも、ぼくを気づかってくれる人がいることを示してくれた。あの茶色の紙袋を持たせてくれたことは、どんなに感謝してもしきれない。

あなたと過ごした時間は、ぼくの人生の最良のときだ。ゲームをしたり、一緒にぶらぶらしたりして楽しかった。でも、あなたと一緒にいたことで、だれよりも多くのことを学んだよ。そのときはわからなかったけど、大人になるにつれ、あなたがくれた人生の教訓が今の人生の道しるべになっていることに気づいたんだ。

「自分の強さを証明するのに、けんかばかりしてる必要はないのよ、モーリス」って言ってくれたのを憶えてる？　あなたは憶えてないかもしれないけれど、ぼくは決して忘れない。身体より心の強さが大切だって教えてくれたんだ。ぼくは今そのことを子どもたちに教えようとしている。

最後に、大切なことを言っておかなくちゃ。ぼくがなぜ姿を消して長い間連絡しなかったかを。あの当時、ぼくの人生に起きていることを正直に打ち明けたかったけど、言えなかった。ぼくが若くして子どもを持ったことをあなたが喜んでなかったのを知っていたから、ふたり目ができたと言えなかった。あんなにぼくのためにしてくれたあなたを、がっかりさせたくなかったんだ。それに、あなたはぼくが自分の足で立つために必要なことをすべて教えてくれたと思ったんだ。だから、電話するのをやめて自分の世界に入ることにした。ローリー、ぼくは正しかったよ。あなたに教わったことが、ぼくの命を救ってくれた。

やっともう一度あなたに電話したとき、ぼくは少年ではなく大人になっていた。ぼくは今、生きのび、人を愛し、子どもを持ち、あなたに教わったことをみんな子どもに教えている。そしてなにより、あなたがぼくを愛してくれたように、ぼくも子どもたちを愛している。

あなたが書いた本は、かけ離れたふたりの間の珍しい友情の話だけど、ぼくにとってはそれ以上のものだ。それは子を想う母と、母を想う子の話だ。その想いは、血のつながりや遺伝子とは関係ない。互いを必要としたふたりの人間の話であり、ブロードウェイと五六丁目の角で出会う運命にあったふたりの話なんだ。毎週月曜日に、その母親は息子を知るようになり、息子は母親を知るようになった。

そして、月曜ごとに、ふたりの心が見えない糸でつながれていったんだ。

お母さんへ、愛をこめて

モーリス・メイジック

謝辞

私のところにやってきて永遠に人生を変えてくれたモーリスに、どこからお礼を言ったらいいでしょう？これまで多くの人に、私に出会ったモーリスは幸運だったと言われましたが、そのたびに私はこう言ってきました。「いいえ、モーリスに出会えた私が幸運だったんです」。モーリス、あなたは私の人生にこれ以上ないほどの喜びを与えてくれましたね。そして、あなたは私に友情の本当の意味を教えてくれました。あなたがくれたすべてのことに、心から「ありがとう」の言葉を贈らせてください。モーリスの妻であり私の親友でもあるミシェルにも、モーリスのそばにいてくれたことに感謝します。あなたがた二人と、このうえなく愛情にあふれた二人の家族を、私は心から誇りに思います。

そして、愛するお母さん。あなたの強さと無条件の愛に、深い深い感謝の気持ちを送ります。お父さん、いいときのあなたは素晴らしい人でした。あなたは勤勉であることの大切さを示してくれました。あなたから受け継いだ勤勉さのおかげで、私は広告業界でキャリアを築くことができました。それからやっと平穏を得た弟のフランク。いつまでも愛しています。あなたを思い出さない日はありません。

「友だちは選べるけれど、家族は選べない」と言います。それは真実かもしれないけれど、私ほど兄弟姉妹に恵まれた人間はいません。アネット・ルブセン、ナンシー・ヨハンセン、スティーブン・カリーノ。あなたたちの人生と家族の物語を書くことを許してくれてありがとう。この執筆の間だけでなく、私の人生でずっとあなたたちが与えてくれた愛と支えに、なんとお礼を言っていいかわかりません。

愛情豊かでやさしく、みんなの支えとなる父親像をモーリスに見せてくれた義兄のブルース・ルブセンにも感謝します。あなたはモーリスに深い影響を与え、彼の今の人生に欠かせない役割を果たしました。かわいらしい三人の姪たち、コレット・ルブセン・レイド、ブルック・ルブセン、ジェナ・ヨハンセン、いつも私の心の支えになってくれてありがとう。興味を持ってくれ、支えてくれる三人を、心から愛しています。義弟のジョン・ヨハンセン、甥のクリスチャン・ヨハンセンとデレク・ルブセン。あなたたちは私の誇りです。おばのダイアナ・ロベディーとおじのパット・プロシーノにも、私たちをいつも見守ってくれていることに感謝します。

この本の題名『見えない糸』は、私がこれまで知り合ったさまざまな人たちにも当てはまることです。共著者のアレックスと私はタイム・インクで一七年も働いていたのに、一度も出会う機会がありませんでした。編集部にいたアレックスと広告部にいた私を引き合わせてくれたのは、友人のマーサ・ネルソンです。アレックス、私から物語を引き出し、それに力を与えてくれたことに感謝しています。モーリスと同じで、あなたも天国にいる母が私に引き合わせてくれたのだと思っています。

親友でもあり、私のメンターでもあるバレリー・サレンビア。モーリスのことをはじめて打ち明けた友人はあなたでした。あのとき、私を信じてくれてありがとう。三〇余年にわたるあなたの愛と支えと友情に心から感謝します。

世の中には語られない物語が多くあります。優秀な出版エージェントの力がなければ、私たちの物語もまた埋もれたままだったにちがいありません。この物語に感動してくれる人がいると信じてくれたジャン・ミラーに感謝します。この気持ちをどう言葉にしたらいいかわかりません。あなたとあなたのチームの仕事ぶりはまさに見事でした。みなさんと働けたことを光栄に思います。

この本の出版社探しのために惜しみなく力を貸してくれたネナ・マドニアにも感謝を送ります。ネナ、あなたはこの本が出来上がるまでずっと、伴走者として支えてくれました。あなたが私のエージェントであること、そして親友であることを誇りに思います。

この本にふさわしい出版社を得た私たちは、本当に幸運でした。ハワード・ブックスのジョナサン・メルクとベッキー・ネスビットはこの物語を受け入れてくれただけでなく、情熱をもって取り組んでくれました。なにより、この物語を愛してくれてありがとう。おふたりにはどんなに感謝してもしきれません。才能あふれるわれらが編集者のジェシカ・ウォンが見せてくれた、この本へのゆるぎない愛と支えにも心から感謝します。私たちの旅を、このうえなく素晴らしいものにしてくれてありがとう。あなたは私のヒーローです。ハワード・ブックスの才能豊かなチームに、とくにベティー・ウッドマンシーとジェニファー・スミスのおふたりにも心から感謝します。

タイム・インクの友人たちに、ありがとうの言葉を捧げます。ミス誌で出会ったマーサ・ネルソンとは、私のキャリアを通して交わりを持てたことを幸運に思います。私のそばにいてくれたこと、そしてアレックスを紹介してくれたことに感謝します。ポール・ケインは私とモーリスが出会ったころから、私の話を聞いてくれ応援してくれました。あなたの応援がどれだけ私の励みになったかわかりません。熱心に話を聞いてくれたデビッド・ガイトナー、そしてその同僚のレベッカ・サンフエザとナンシー・ヴァレンチノにも感謝します。優秀な広報チームのサンディ・シュルギン－ウェーフェルとハイディ・クルップにもお礼を言いたいと思います。

モーリスと私の友情を支えてくれたＵＳＡトゥデイの友人全員には、心から感謝しています。なかでも、モーリスに特別な思いやりを見せてくれ、いちばん必要なときにモーリスに服を何袋も持ってきてくれたルーとドナ・コーナに心からありがとうの言葉を送ります。

教師の仕事は教えることですが、キム・ハウス先生はそれ以上のことをしてくれました。モーリスを心から思いやってくれました。あなたが教師の枠を超えてモーリスに見せてくれた大きな愛に心から感謝します。あなたが子どもたちの人生を変えてきたことを、私は尊敬してやみません。

人との出会いには、理由があると私は信じています。親友で助言者でもあるローラ・リン・ジャクソンも、そのひとりです。あなたの励ましと知見と支えは、この本を実現させる大きな助けになりました。なかなか書けないときに、その時間を楽しむように教えてくれたことで、気持ちがらくになりました。嵐の前の静けさ、と言ってくれた言葉は本当でした。私の人生に平和と癒しをもたらしてくれて、ありがとう。

人生の中で、私は長年のよき友に恵まれました。友は突然現れて、人生を変えるものです。いいときも悪いときも、私のそばにいてくれた親友のみんなに感謝します。みんながくれた愛と支えのほんのひとかけらでも、私がお返しできていればいいのだけれど。

そして最後に、読者のみなさんに心からの感謝を捧げます。この本が、みなさんの人生の中にある「見えない糸」でつながれた関係を考えるきっかけになることを願っています。人との出会いは偶然ではないと、私は信じています。

ローラ・シュロフ

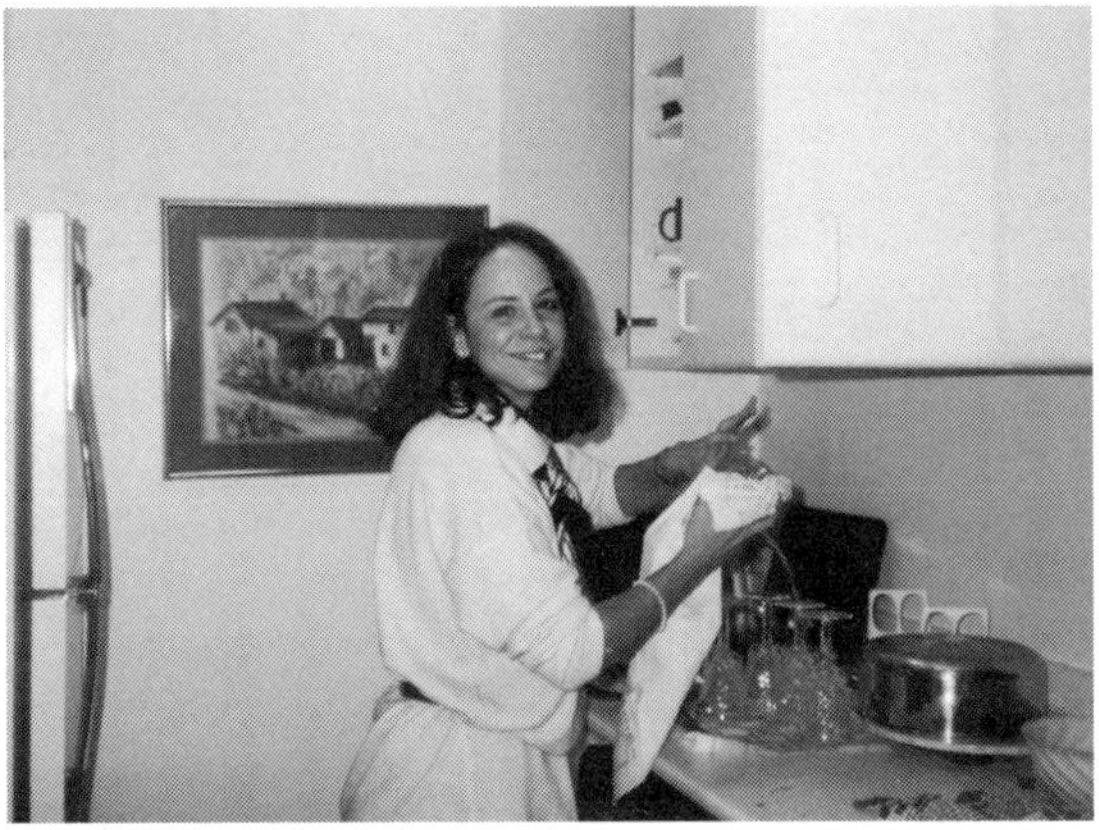

西 56 丁目の私のアパートメント、シンフォニーの部屋で。
ワンルームながら、私にとってはいちばんくつろげる場所だった。

セントラルパークでたこを飛ばそうとしているモーリス。
最初は少々手こずったが、最後には成功した。

モーリスの家族および親族の古い写真。
モーリスの母（中央でモーリスの姉を抱えている）と
祖母のローズ（右端）が写っている。

母マリーと父ヌンジー。
1949年2月、ロングアイランドでの結婚式にて。
祖母が3日で絹のウェディングドレスを仕立てた。

1960年代のカリーノ家の子どもたち。
（左から）フランク、私、アネット、ナンシー、スティーブン。

アネットの自宅にて。
アネットと義兄と三人の素敵な子どもたち。
(左から) デレク、ブルック、コレット。

1986 年のクリスマスで。
はじめてのクリスマスプレゼント (リモコンカー) の包みを開けるモーリス。
手を貸しているのはナンシー。

2001年、私の50歳の誕生日を祝ってくれたモーリスとミシェル。

モーリスの夢がかなった。
ダウンタウン・マンハッタンの自宅の大きな食卓に集う家族。
(左から) ミシェル、プリンセス、プレシャス、ジャハメッド、ジャヒール。

訳者あとがき

本書の原題『インビジブル・スレッド』には、「縁」という日本語がしっくりと馴染む。「ご縁がある」、「ご縁がない」と言うとき、私たちは「人知を超えたなにか」の存在を感じ、謙虚な気持ちになる。「縁」という言葉を使って、私たちは出会いを導いてくれた何者かに感謝し、別れの中に平穏を見出そうとする。

読者のみなさんの中にも、偶然の出会いが人生を変えたという経験を持つ方がいらっしゃるだろう。そこまではいかなくても、一見偶然に見えて、あとで思い返してみると出会うべくして出会っただれかがきっと周りにいるはずだ。

本書もまた、出会うはずのない二人が不思議な縁に導かれ、その出会いがお互いの人生を変え、魂を救うこととなった実話である。舞台は一九八〇年代後半のニューヨーク。バブル経済の中で貧富の差は拡大し、都市にはホームレスがあふれ、ドラッグが蔓延した時代だ。コカインの中でも中毒性の高いクラックが一気に広まり、注射針やスプーンを通してＨＩＶ感染を引き起こした。マンハッタンの地下鉄は落書きで汚れ、犯罪率が急上昇し、服役中の若年の黒人男性の数は、黒人男子大学生の数を超えていた。

著者のローラ・シュロフさんは、当時三〇代の独身キャリアウーマンだった。創刊間もない全国紙の広告営業を担当するエグゼクティブで、マンハッタンの新築アパートメントに自分の城を構え、順調な人生を送っていた。予定がキャンセルになったある週末、散歩に出かけたローラさんは、マンハッタンの中でも一番人混みの多い劇場街で、物乞いの男の子に声をかけられる。ホームレスと物乞いは、当時のマンハッタンの風景の一部であり、その声もまた、雑音の一部だった。これまで何百回としてきたように、ローラさんは無視して通り過ぎた。だが、なぜか途中で振り返り、男の子のところに引き返してきた。そして小銭を渡すかわりにその男の子をマクドナルドに連れていく。二人は週に一度夕食を共にするようになり、年を重ねて次第にお互いにかけがえのない存在となっていく。それを「親子のような関係」と言えば簡単だが、事実は少し違う。

もちろん、これだけでも充分に「いい話」だ。だが、この物語は成功した白人のキャリアウーマンが、貧しい黒人の男の子に救いの手を差し伸べたという単純なストーリーではない。ローラさんは、「モーリスはあなたに出会えて幸運だったね」と言われるたび、いつも「幸運だったのは私のほうよ」と答える。ここまで本書を読み進められた読者の方なら、そのわけをすでにおわかりのはずだ。そしてこれから読まれる皆さんは、ローラさんの過去が明らかになるにつれ、ローラさんもまたモーリスを必要としていたことがわかってくるだろう。

四月はじめのニューヨークにしては驚くほど暖かいある日、私はマンハッタンのレストランでローラさんと会った。私の所用のニューヨーク旅行の際に会っていただけないかとメールを送ったところ、快諾いただいたのだ。ローラさんからの「ご連絡いただいて、本当にありがとう。是非お会いしたいです」という返信に、ひと懐っこさが感じられた。

翻訳者は著者の一語一句に寄り添い、その頭と心に入り込み、著者が見たこと聞いたことを追体験する。著者のほうは書いたことを忘れていても、翻訳者は決して忘れない。ローラさんは待ち合わせの一五分前にかならず到着すると書いていたので、私は二〇分前にレストランに到着した。時間ぎりぎりに到着したローラさんから、「お待たせしたかしら？」と聞かれたので、「一五分前に到着すると本に書かれていたのでちょっと早めに来ました」と正直に答えると、アハハ、そうだったわねと大きな笑顔が浮かんだ。

アネットとナンシーはお元気ですか？　スティーブンは？　モーリスはどうしています？アネットとナンシーは家族と幸せな生活を送っている。弟のスティーブンは最近離婚したという。本の中では幼かったスティーブンも、今では五〇に近いおじさんだ。モーリスは今もマンハッタンで建設業を営んでいる。不況のあおりをうけて経営は決して楽でないが、妻のミシェルに支えられ七人の子どもたちを立派に養っている。本書のおかげでモーリス自身が講演を依頼されることも多く、仕事に差し支えない程度に引き受けているのだとか。

ローラさんがこの本を書きはじめたとき、姉たちは懐疑的だったという。「読んでくれる人がいるのかしら?」と思われていたそうだ。ローラさんも、まったく自信はなかった。最初の計画では、ローラさんの生いたちや家族のことを書く予定はなかったらしい。だが、書き進むうちに家族の歴史を避けて通れなくなった。姉妹と弟は反対した。「わざわざそんなこと公開しなくても。そもそも私たちの家族の話に誰が興味を持つの?」と言われた。だが、出来上がった文章を読んで、公開することを許してくれた。

あの日モーリスとは、「お母さんが引き合わせてくれたと思っている」とローラさんは言った。「母が亡くなったとき、私はまだ二〇代のはじめで、今考えればほんの子どもだった。泣かずに母のことを話せるようになるのに、何十年もかかったわ。母が傍にいてくれたらどんなにいいだろうって、ずっと思いつづけていた。でも、振り返ってみると、母はいつも私のそばにいてくれたのだと思う。モーリスと会わせてくれたことも含めてね」

「この本を出版する前に、モーリスの担任だったハウス先生に連絡をとろうと八方手をつくしたけれど、もう引退していて連絡先がわからなかったの」。そんなある日、モーリスの娘の学校にやってきた代用教員が、その娘にお父さんの名前を聞いたのだという。お父さんの名前はモーリスだと娘が言うと、その先生は昔モーリスの担任だったと言ったそうだ。その人こそ、あのハウス先生だった。「偶然だとは思えなかった」とローラさんは言う。

私とローラさんは、愛について、許しについて、家族について午後中語り合い、さよならを言うころにはもう日が傾きかけていた。

海と月社の松井由香里氏と知り合って五年余りが経つ。この五年の間に私は離婚し、車の免許を取り、大学に通い、十数冊の本を翻訳した。子どもたちは家を出て、四人家族が独りになった。その間、松井氏との細い糸が切れることはなく、こうして本書に出会うことができた。ご縁に感謝している。

関　美和

見《み》えない糸《いと》
物乞《ものご》いの少年《しょうねん》とキャリアウーマンの
小《ちい》さな奇跡《きせき》の物語《ものがたり》

2013年10月31日　初版第１刷発行

著者
ローラ・シュロフ
アレックス・トレスニオゥスキ

訳者
関《せき》 美和《みわ》

装幀
重原 隆

編集協力
藤井久美子

印刷
中央精版印刷株式会社

用紙
中庄株式会社

発行所
有限会社海と月社
〒151-0051　東京都渋谷区千駄ヶ谷2-10-5-203
電話03-6438-9541　FAX03-6438-9542
http://www.umitotsuki.co.jp

定価はカバーに表示してあります。
乱丁本・落丁本はお取り替えいたします。

ISBN978-4-903212-44-9